纳兰词

全鉴

（清）纳兰性德◎著

孙红颖◎解译

中国纺织出版社

内 容 提 要

《纳兰词》是清代著名词人纳兰性德所著的词作合集，内容涉及爱情、亲情、友情、边塞江南、咏物咏史及杂感等方面。词风清丽隽秀、幽婉顽艳，颇有南唐后主之风，在中国文学史上有着不可替代和忽略的地位与影响力。

本书参照权威版本，在每首词后附以注释和译文，以帮助读者更加深入地理解词意，从而走进纳兰性德那沉郁悲怆的情感世界，领略百年前《纳兰词》中的情深意切。

图书在版编目（CIP）数据

纳兰词全鉴／（清）纳兰性德著；孙红颖解译.
—北京：中国纺织出版社，2016.2（2019.9重印）
ISBN 978－7－5180－2230－4

Ⅰ.①纳… Ⅱ.①纳… ②孙… Ⅲ.①纳兰性德（1654～1685）—词（文学）—诗歌欣赏 Ⅳ.①I207．23

中国版本图书馆 CIP 数据核字（2015）第 295466 号

策划编辑：关　礼　　责任印制：储志伟

中国纺织出版社出版发行
地址：北京市朝阳区百子湾东里 A407 号楼　邮政编码：100124
销售电话：010－67004422　传真：010－87155801
http://www.c-textilep.com
E-mail：faxing@c-textilep.com
中国纺织出版社天猫旗舰店
官方微博 http://weibo.com/2119887771
佳兴达印刷（天津）有限公司印刷　各地新华书店经销
2016 年 2 月第 1 版　2019 年 9 月第 4 次印刷
开本：710×1000　1/16　印张：20
字数：260 千字　定价：38.00 元

凡购本书，如有缺页、倒页、脱页，由本社图书营销中心调换

前言

纳兰性德（1655—1685年），字容若，号楞伽山人，原名纳兰成德，避太子保成讳改名为性德，清朝著名词人，与朱彝尊、陈维崧并称清词三大家。

纳兰性德出生在一个天潢贵胄的家族中，父亲为清康熙朝武英殿大学士、一代权臣明珠，母亲爱新觉罗氏，是英亲王阿济格正妃第五女，后被封为一品诰命夫人。其家族——纳兰氏，隶属满洲正黄旗，是清初满族八大姓氏里最显赫、最有权势的家族，即后世所称的叶赫那拉氏。纳兰性德的曾祖父，是女真叶赫部首领金石台。金石台的妹妹孟古，嫁努尔哈赤为妃，生皇子皇太极。

性德自幼聪明好学，饱读诗书，文武兼修。康熙十年（1671），十七岁的性德入国子监，为太学生，后被祭酒徐文元赏识，推荐给其兄——内阁学士徐乾学。次年，十八岁的性德参加顺天府乡试，考中举人。康熙十二年，十九岁的性德参加会试中第，成为贡士，但因病错过殿试。三年后，性德在康熙十五年（1676）春补殿试，考中第二甲第七名，赐进士出身，后授三等侍卫，循进一等，武官正三品。康熙二十四年（1685），因寒疾与世长辞，时年三十一岁。

纳兰性德的一生虽然短暂，但存世作品颇丰：包括《通志堂集》二十卷（含赋一卷、诗词各四卷、经解序三卷、文二卷、《渌水亭杂识》四卷）；《词林正略》；辑《大易集义粹言》八十卷，《陈氏礼记说补正》三十八卷；编选《近词初集》《名家绝句钞》《全唐诗选》等书。而今流传最广的是其词。

纳兰性德在二十四岁时，将自己的词作编选成集，名为《侧帽集》，后因参透世事，将其更名为《饮水词》，再后有人在他原有词作的基础上增遗补缺，编辑一处，名为《纳兰词》。

《纳兰词》收录了纳兰性德的词作中最精华的篇章，尤其是他的悼亡词，词中表露的伤悼情怀是充盈于整部《纳兰词》的情感基调。

纳兰性德的悼亡词中很多是对亡妻的伤悼。性德与原配妻子卢氏感情极好，而卢氏只与性德共同生活了短短三年便撒手人寰，这成为性德心中永远的痛，每逢清明、七夕、中秋、重阳、亡妇的忌日与生辰，以及亡妇题照、一场虚梦……无不触动他的情思。于是无尽的思念便化作了一首首悼亡词，情深意苦，哀感动人。

悼念亡妻之余，性德也痛悼自身的命运。他满腹经纶，而冷酷的现实、惨淡的人生终于"唤千古英雄梦醒"，使他发出了"不是人间富贵花"的喟叹。他厌恶官场中的尔虞我诈，厌恶漂泊天涯饱尝羁旅行役之苦，厌恶侍卫生活桎梏他的自由和个性，压抑他的思想和感情，但他无力挣脱那个"天已早，安排就"的处境，理想破灭的失落感使他黯然神伤，词作中流露的凄婉之音，悼亡之悲，让人痛彻心扉。

纳兰词中有近六十首边塞词，这些词可以说在宋词之外别开生面，在艺术风格方面独具一格。作为康熙皇帝的贴身侍卫，性德曾多次随从康熙到塞北和关外去巡视，他以"自然之眼观物，以自然之舌言情"，既描写了边塞壮观雄阔的景物，又渲染了边塞风光的雄奇苍凉，既有对古今兴亡、英雄已逝的慨叹，又有对征人凄苦、壮志难酬的细腻刻画。其中蕴含着的兴亡之感和羁旅愁怀，景凄情真，既表达了他感伤孤独和无奈幽凉的情绪，又道出了他独特的生命体验。

纳兰词中还包括一些咏物词，这些词中所咏的花鸟、树木、风云、月露等自然风物，既不浓艳也不富贵，但在清幽的环境中别有情趣和格调。性德也通过这些吟咏寄寓了自己别样的情怀，反映了他"冰肌玉骨天分付，兼付与凄凉"的个性气质。

流传至今的《纳兰词》可以说是纳兰性德一生情感的真实写照。本书收录词作348首，在每首原文后附以注释和译文，以帮助读者更加深入地理解词意，从而走进纳兰性德的情感世界，领略《纳兰词》中的情深意切。

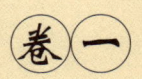

忆江南（昏鸦尽）／2
赤枣子（惊晓漏）／2
忆王孙（西风一夜剪芭蕉）／3
玉连环影（何处）／4
遐方怨（欹角枕）／4
诉衷情（冷落绣衾谁与伴）／5
如梦令（正是辘轳金井）／5
又（纤月黄昏庭院）／6
又（木叶纷纷归路）／6
天仙子（梦里蘼芜青一剪）／7
又（好在软绡红泪积）／8
又（水浴凉蟾风入袂）／8
江城子（湿云全压数峰低）／9
长相思（山一程）／9
相见欢（微云一抹遥峰）／10
又（落花如梦凄迷）／10
昭君怨（深禁好春谁惜）／11
又（暮雨丝丝吹湿）／12
酒泉子（谢却荼䕷）／12
生查子（东风不解愁）／13
又（鞭影落春堤）／14
又（散帙坐凝尘）／14
又（短焰剔残花）／16

又（惆怅彩云飞）／16
点绛唇 咏风兰（别样幽芬）／17
又 对月（一种蛾眉）／18
又 黄花城早望（五夜光寒）／19
又（小院新凉）／19
浣溪沙（泪浥红笺第几行）／20
又（伏雨朝寒愁不胜）／21
又（谁念西风独自凉）／21
又（莲漏三声烛半条）／22
又（消息谁传到拒霜）／23
又（雨歇梧桐泪乍收）／24
又 西郊冯氏园看海棠，因忆《香严词》有感（谁道飘零不可怜）／24
又（酒醒香销愁不胜）／25
又（欲问江梅瘦几分）／25
又（一半残阳下小楼）／26
又（睡起惺忪强自支）／26
又（五月江南麦已稀）／27
又（残雪凝辉冷画屏）／28
又 咏五更和湘真韵（微晕娇花湿欲流）／29
又（五字诗中目作成）／29
又（记绾长条欲别难）／30

1

又 古北口（杨柳千条送马蹄）／31
又 （身向云山那畔行）／32
又 （万里阴山万里沙）／33
又 庚申除夜（收取闲心冷处浓）／33
又 红桥怀古和王阮亭韵（无恙年年汴水流）／34
又 （凤髻抛残秋草生）／35
又 （肠断斑骓去未还）／36
又 （旋拂轻容写洛神）／37
又 （十二红帘窣地深）／37
又 （容易浓香近画屏）／38
又 （十八年来堕世间）／39
又 寄严荪友（藕荡桥边理钓筒）／39
又 （欲寄愁心朔雁边）／40
又 （败叶填溪水已冰）／41
霜天晓角（重来对酒）／42
菩萨蛮 回文（雾窗寒对遥天暮）／42
又 （隔花才歇廉纤雨）／43
又 （新寒中酒敲窗雨）／44
又 （淡花瘦玉轻妆束）／44
又 （梦回酒醒三通鼓）／45
又 （催花未歇花奴鼓）／45
又 早春（晓寒瘦著西南月）／46
又 （窗间桃蕊娇如倦）／47
又 （朔风吹散三更雪）／48

又 （问君何事轻离别）／48
又 为陈其年题照（《乌丝》曲倩红儿谱）／49
又 宿滦河（玉绳斜转疑清晓）／50
又 （荒鸡再咽天难晓）／51
又 （惊飙掠地冬将半）／52
又 （榛荆满眼山城路）／52
又 （黄云紫塞三千里）／53
又 寄顾梁汾苕中（知君此际情萧索）／54
又 （萧萧几叶风兼雨）／54
又 （为春憔悴留春住）／55
又 （晶帘一片伤心白）／56
又 （乌丝画作回文纸）／57
又 （阑风伏雨催寒食）／57
又 （春云吹散湘帘雨）／58
减字木兰花 新月（晚妆欲罢）／58
又 （烛花摇影）／59
又 （相逢不语）／60
又 （从教铁石）／61
又 （断魂无据）／61
又 （花丛冷眼）／62
卜算子 新柳（娇软不胜垂）／63
又 塞梦（塞草晚才青）／64
又 午日（村静午鸡啼）／65

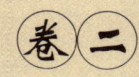

采桑子（彤云久绝飞琼字）／68

又 （谁翻乐府凄凉曲）／68

又（严宵拥絮频惊起）/69
又（冷香萦遍红桥梦）/70
又 咏春雨（嫩烟分染鹅儿柳）/71
又 塞上咏雪花（非关癖爱轻模样）/72
又（桃花羞作无情死）/73
又（拨灯书尽红笺也）/73
又（凉生露气湘弦润）/74
又（土花曾染湘娥黛）/74
又（谢家庭院残更立）/76
又（而今才道当时错）/76
又（明月多情应笑我）/77
谒金门（风丝袅）/78
好事近（帘外五更风）/79
又（马首望青山）/79
又（何路向家园）/80
一络索 长城（野火拂云微绿）/80
又（过尽遥山如画）/82
又 雪（密洒征鞍无数）/82
清平乐（烟轻雨小）/83
又（青陵蝶梦）/83
又（将愁不去）/85
又（凄凄切切）/85
又 忆梁汾（才听夜雨）/86
又（塞鸿去矣）/86
又（风鬟雨鬓）/87
又 秋思（凉云万叶）/88
又 弹琴峡题壁（泠泠彻夜）/89
又 元夜月蚀（瑶华映阙）/89
忆秦娥 龙潭口（山重叠）/91
又（春深浅）/91

又（长漂泊）/92
阮郎归（斜风细雨正霏霏）/93
画堂春（一生一代一双人）/94
眼儿媚（独倚春寒掩夕霏）/95
又（重见星娥碧海槎）/95
又 咏梅（莫把琼花比淡妆）/96
朝中措（蜀弦秦柱不关情）/97
摊破浣溪沙（林下荒苔道韫家）/98
又（风絮飘残已化萍）/98
又（欲语心情梦已阑）/99
又（小立红桥柳半垂）/100
又（一霎灯前醉不醒）/101
又（昨夜浓香分外宜）/101
青衫湿 悼亡（近来无限伤心事）/102
落花时（夕阳谁唤下楼梯）/102
锦堂春 秋海棠（帘外澹烟一缕）/103
海棠春（落红片片浑如雾）/104
河渎神（风紧雁行高）/104
又（凉月转雕阑）/105
太常引 自题小照（西风乍起峭寒生）/106
又（晚来风起撼花铃）/106
四犯令（麦浪翻晴风飐柳）/107
添字采桑子（闲愁似与斜阳约）/108
荷叶杯（帘卷落花如雪）/108
又（知己一人谁是）/109
寻芳草 萧寺纪梦（客夜怎生过）/110
菊花新 送张见阳令江华（愁绝行人

天易暮）／111
南歌子（翠袖凝寒薄）／111
又（暖护樱桃蕊）／112
又 古戍（古戍饥乌集）／113
秋千索（药阑携手销魂侣）／114
又（游丝断续东风弱）／115
又 渌水亭春望（垆边换酒双鬟亚）
　／115
忆江南　宿双林禅院有感（心灰尽）
　／116
又（挑灯坐）／117
浪淘沙（红影湿幽窗）／118
又（眉谱待全删）／119
又（紫玉拨寒灰）／120
又（夜雨做成秋）／120
又（野店近荒城）／121
又（闷自剔残灯）／123
又（清镜上朝云）／123

雨中花　送徐艺初归昆山（天外孤帆
　云外树）／126
鹧鸪天（独背残阳上小楼）／126
又（雁贴寒云次第飞）／128
又（别绪如丝睡不成）／128
又（冷露无声夜欲阑）／129
又 送梁汾南还，时方为题小影（握手
　西风泪不干）／130
又 咏史（马上吟成促渡江）／131
又 十月初四夜风雨，其明日是亡妇生
　辰（尘满疏帘素带飘）／132
河传（春浅）／133
木兰花　拟古决绝词柬友（人生若只
　如初见）／133
虞美人（春情只到梨花薄）／134
又（曲阑深处重相见）／136
又（高峰独石当头起）／137
又（黄昏又听城头角）／137
又（彩云易向秋空散）／138
又（银床淅沥青梧老）／139
又 为梁汾赋（凭君料理花间课）／140
又（残灯风灭炉烟冷）／141
鹊桥仙（倦收缃帙）／141
又（梦来双倚）／142
又 七夕（乞巧楼空）／143
南乡子（飞絮晚悠飏）／144
又 捣衣（鸳瓦已新霜）／145
又 柳沟晓发（灯影伴鸣梭）／146
又（烟暖雨初收）／147
又 为亡妇题照（泪咽更无声）／148
一斛珠　元夜月蚀（星毬映彻）／149
红窗月（梦阑酒醒）／150
踏莎行（春水鸭头）／151
又 寄见阳（倚柳题笺）／152
临江仙　寄严荪友（别后闲情何所寄）
　／153

4

又 永平道中（独客单衾谁念我）／153
又 谢饷樱桃（绿叶成阴春尽也）／154
又（丝雨如尘云著水）／155
又（长记碧纱窗外语）／156
又 塞上得家报云秋海棠开矣，赋此（六曲阑干三夜雨）／157
又 卢龙大树（雨打风吹都似此）／158
又 寒柳（飞絮飞花何处是）／159
又（带得些儿前夜雪）／160
又 孤雁（霜冷离鸿惊失伴）／161
蝶恋花（辛苦最怜天上月）／161
又（眼底风光留不住）／162
又（又到绿杨曾折处）／163
又（萧瑟兰成看老去）／164
又 夏夜（露下庭柯蝉响歇）／165
又 出塞（今古河山无定数）／166
又（尽日惊风吹木叶）／167
又（准拟春来消寂寞）／168
唐多令 雨夜（丝雨织红茵）／168
又（金液镇心惊）／169
又 塞外重九（古木向人秋）／170
踏莎美人 清明（拾翠归迟）／172
苏幕遮（枕函香）／172

又 咏浴（鬓云松）／173
淡黄柳 咏柳（三眠未歇）／174
青玉案 辛酉人日（东风七日蚕芽软）／175
又 宿乌龙江（东风卷地飘榆荚）／176
月上海棠 中元塞外（原头野火烧残碣）／177
又 瓶梅（重檐澹月浑如水）／178
一丛花 咏并蒂莲（阑珊玉佩罢《霓裳》）／179
金人捧露盘 净业寺观莲有怀荪友（藕风轻）／180
洞仙歌 咏黄葵（铅华不御）／181
剪湘云 送友（险韵慵拈）／182
东风齐著力（电急流光）／183
满江红 茅屋新成却赋（问我何心）／184
又（代北燕南）／185
又（为问封姨）／186
满庭芳（堠雪翻鸦）／188
又 题元人芦洲聚雁图（似有猿啼）／189

卷四

水调歌头 题西山秋爽图（空山梵呗静）／192
又 题岳阳楼图（落日与湖水）／193

凤凰台上忆吹箫 除夕得梁汾闽中信因赋（荔粉初装）／194
又 守岁（锦瑟何年）／195

金菊对芙蓉 上元（金鸭消香）／197
琵琶仙 中秋（碧海年年）／198
御带花 重九夜（晚秋却胜春天好）／199
念奴娇（人生能几）／200
又（绿杨飞絮）／201
又 废园有感（片红飞减）／202
又 宿汉儿村（无情野火）／204
东风第一枝 桃花（薄劣东风）／205
秋水 听雨（谁道破愁须仗酒）／206
木兰花慢 立秋夜雨，送梁汾南行（盼银河迢递）／208
水龙吟 题文姬图（须知名士倾城）／209
又 再送荪友南还（人生南北真如梦）／210
齐天乐 上元（阑珊火树鱼龙舞）／212
又 洗妆台怀旧（六宫佳丽谁曾见）／213
又 塞外七夕（白狼河北秋偏早）／214
瑞鹤仙 丙辰生日自寿。起用《弹指词》句，并呈见阳（马齿加长矣）／216
雨霖铃 种柳（横塘如练）／217
疏影 芭蕉（湘帘卷处）／218
潇湘雨 送西溟归慈溪（长安一夜雨）／220
风流子 秋郊射猎（平原草枯矣）／221

沁园春（试望阴山）／222
又 丁巳重阳前三日，梦亡妇澹妆素服，执手哽咽，语多不复能记。但临别有云：衔恨愿为天上月，年年犹得向郎圆。妇素未工诗，不知何以得此也。觉后感赋长调（瞬息浮生）／224
又（梦冷蘅芜）／225
金缕曲 赠梁汾（德也狂生耳）／226
又 再赠梁汾，用秋水轩旧韵（酒浣青衫卷）／227
又（生怕芳尊满）／229
又 简梁汾，时方为吴汉槎作归计（洒尽无端泪）／230
又 慰西溟（何事添凄咽）／232
又 西溟言别，赋此赠之（谁复留君住）／234
又 寄梁汾（木落吴江矣）／235
又 亡妇忌日有感（此恨何时已）／236
又（未得长无谓）／237
摸鱼儿 午日雨眺（涨痕添、半篙柔绿）／238
又 送别德清蔡夫子（问人生、头白京国）／240
青衫湿 悼亡（青衫湿遍）／241
忆桃源慢（斜倚熏笼）／243
湘灵鼓瑟（新睡觉）／244
大酺 寄梁汾（怎一炉烟）／245

卷五

忆王孙（暗怜双继郁金香）/248
又（刺桐花下是儿家）/248
调笑令（明月）/249
忆江南（江南好，建业旧长安）/250
又（江南好，城阙尚嵯峨）/250
又（江南好，怀古意谁传）/251
又（江南好，虎阜晚秋天）/251
又（江南好，真个到梁溪）/252
又（江南好，水是二泉清）/253
又（江南好，佳丽数维扬）/253
又（江南好，铁瓮古南徐）/254
又（江南好，一片妙高云）/255
又（江南好，何处异京华）/256
又（新来好，唱得虎头词）/256
点绛唇 寄南海梁药亭（一帽征尘）/257
浣溪沙（十里湖光载酒游）/258
又（脂粉塘空遍绿苔）/259
又 大觉寺（燕垒空梁画壁寒）/259
又（抛却无端恨转长）/260
又 小兀喇（桦屋鱼衣柳作城）/262
又 姜女祠（海色残阳影断霓）/262
菩萨蛮 回文（客中愁损催寒夕）/263
又 回文（砑笺银粉残煤画）/264
又（飘蓬只逐惊飙转）/265

采桑子（那能寂寞芳菲节）/265
又 九日（深秋绝塞谁相忆）/266
又（海天谁放冰轮满）/267
又（白衣裳凭朱阑立）/268
清平乐（麝烟深漾）/268
眼儿媚（林下闺房世罕俦）/269
又 咏红姑娘（骚屑西风弄晚寒）/270
又 中元夜有感（手写香台金字经）/271
满宫花（盼天涯）/272
少年游（算来好景只如斯）/272
浪淘沙 望海（蜃阙半模糊）/273
又（双燕又飞还）/275
鹧鸪天（谁道阴山行路难）/276
又（小构园林寂不哗）/276
南乡子（何处淬吴钩）/277
鹊桥仙（月华如水）/279
虞美人（绿阴帘外梧桐影）/279
茶瓶儿（杨花糁径樱桃落）/281
临江仙（点滴芭蕉心欲碎）/281
蝶恋花 散花楼送客（城上清笳城下杵）/282
金缕曲 再用秋水轩旧怨（疏影临书卷）/283

补遗卷一

望江南 咏弦月（初八月）／286
鹧鸪天 离恨（背立盈盈故作羞）／286
明月棹孤舟 海淀（一片亭亭空凝伫）
　／287
临江仙（昨夜个人曾有约）／288
望海潮 宝珠洞（汉陵风雨）／289
忆江南（江南忆）／290
又（春去也）／291
赤枣子（风淅淅）／291
玉连环影（才睡）／292
如梦令（万帐穹庐人醉）／292
天仙子（月落城乌啼未了）／293
浣溪沙（锦样年华水样流）／293

又（肯把离情容易看）／294
又（已惯天涯莫浪愁）／294
采桑子 居庸关（巂周声里严关峙）
　／295
清平乐 发汉儿村题壁（参横月落）
　／296
又（角声哀咽）／297
又（画屏无睡）／297
秋千索（锦帷初卷蝉云绕）／298
浪淘沙 秋思（霜讯下银塘）／299
虞美人 秋夕信步（愁痕满地无人省）
　／300

补遗卷二

渔父（收却纶竿落照红）／302
菩萨蛮 过张见阳山居赋赠（车尘马迹
　纷如织）／302
南乡子 秋莫村居（红叶满寒溪）／303
雨中花（楼上疏烟楼下路）／304
满江红 为曹子清题其先人所构栋亭，
　亭在金陵署中（籍甚平阳）／304
浣溪沙 郊游联句（出郭寻春春已阑）
　／306

参考文献／308

忆江南

昏鸦尽①,小立恨因谁? 急雪乍翻香阁絮②,轻风吹到胆瓶梅③。 心字已成灰④。

【注释】

①昏鸦:黄昏时归巢的乌鸦群。

②急雪乍翻香阁絮:据《晋书·列女传》"王凝之妻谢氏"条记载,王凝之的妻子谢道韫聪慧有才辩,在一次家庭聚会的时候,刚好下大雪,叔父谢安问这大雪纷纷像什么,谢安的侄子谢朗回答:"撒盐空中差可拟",谢道韫却认为是"未若柳絮因风起",谢安大悦。以絮咏雪即出自此处,"咏絮之才"从此也成了形容才女的新词汇。香阁:古代年轻女子居住的内室。

③轻风:料峭薄寒的春风。胆瓶:花瓶,长颈大腹形如悬胆,故名。

④心字:心字香,明杨慎《词品·心字香》:"范石湖《骖鸾录》云:'番禺人作心字香,用素馨茉莉半开者著净器中,以沉香薄劈层层相间,密封之,日一易,不待花蔫,花过香成。'所谓心字香者,以香末萦篆成心字也。"宋蒋捷《一剪梅·舟过吴江》:"何日归家洗客袍,银字笙调,心字香烧。"

【译文】

黄昏时分,乌鸦都飞尽了,而她却仍站在那里凝神远望,满怀的怨恨都是因为谁呢? 柳絮像飘飞的急雪,散落到香阁里,微微的晚风吹拂着胆瓶里的梅花。心字形的篆香不知不觉中已经燃成灰烬。

赤枣子

惊晓漏,护春眠①。 格外娇慵只自怜。 寄语酿花风日好②,绿窗来与上琴弦。

【注释】

①"惊晓漏"二句：意谓清晓，漏声将人惊醒，但却依然贪睡。

②酿花：催花开放。

【译文】

好梦正香的她被清晨的更漏声惊醒，却不愿起床而赖在床上。那柔弱倦怠的样子楚楚动人，惹人怜爱。寄语那催花开放的和风丽日，穿过纱窗，来与她一起拨弄琴弦。

忆王孙

西风一夜剪芭蕉①。倦眼经秋耐寂寥②？强把心情付浊醪③。读《离骚》④。愁似湘江日夜潮。

【注释】

①剪芭蕉：指风吹摇折损了芭蕉。

②寂寥：寂寂无生气，指花草将要枯萎时的状态。

③浊醪（láo）：即浊酒，带糟的酒。

④《离骚》：屈原的代表作，《楚辞》中的名篇，是中国古代最长的抒情诗。

【译文】

吹了一夜的西风，园中的芭蕉凋残了。满眼望去遍地狼藉，尽是落花败

叶,不禁让人陷入寂寥。取来一壶浊酒,勉强将这无限的寂寥饮下,随意读一段《离骚》,心中的愁闷,如那日夜奔腾不息的湘江水一般。

玉连环影

何处? 几叶萧萧雨。 湿尽檐花①,花底人无语。 掩屏山②,玉炉寒。谁见两眉愁聚倚阑干③。

【注释】

①檐花:屋檐下的花。
②屏山:即屏风,因屏风多折合组成,排列开时似山峰叠状,故云。
③阑干:同"栏杆"。

【译文】

是在哪里呢?潇潇细雨打着稀疏的枝叶。屋檐下的花已经湿透,而伫立在花前的人依旧默然无语。将屏风掩紧,玉炉中所焚的香也已经燃尽,退去最后一丝暖意。那人愁聚眉梢,默默地靠着栏杆。

遐方怨

欹角枕①,掩红窗。 梦到江南伊家,博山沉水香②。 澶裙归晚坐思量③。 轻烟笼翠黛④,月茫茫。

【注释】

①欹角枕:斜靠着枕头。欹(qī):通"倚",斜靠着。角枕:角制或用角装饰的枕头。
②博山:即博山炉,一种香炉。以盖上的造型似传说中的海上博山而得名。这里代指名贵的香炉。沉水香:即沉香,一种香料。
③澶裙:洗衣、浣衣。
④翠黛:指女子的眉毛,亦可指碧绿的远山。

【译文】

斜倚着角枕,掩住红窗。梦中我又去了江南,去了她的家中,她家中的香炉中袅袅升起沉水香燃出了烟。她到河边去洗衣,回来时天色已晚,她闲坐在窗前,心事满腹,若有所思。淡淡的雾气升起来,渐渐笼罩着远处的青山,薄薄的月光浩浩荡荡。

诉衷情

冷落绣衾谁与伴? 倚香篝①。 春睡起,斜日照梳头。 欲写两眉愁②,休休③。 远山残翠收④。 莫登楼。

【注释】

①香篝:焚香用的熏笼。
②写:这里指描眉。
③休休:罢了。
④收:消失、消散。

【译文】

她孤零零地睡在绣衾里,倚靠着熏笼睡去。春睡乍起,醒来已是黄昏时分,在落日的余晖里梳头理妆。对着镜子想要描画双眉时,看到镜中的自己愁容满面,打不起精神,还是算了吧。远处山峰的绿意在夕阳中渐渐消散,这时候不要去登楼远眺,那样只会徒增悲伤。

如梦令

正是辘轳金井①,满砌落花红冷。 蓦地一相逢②,心事眼波难定。 谁省③? 谁省? 从此簟纹灯影④。

【注释】

①辘轳:古代安置在井上用来汲水的工具。

②蓦地：突然地。
③省（xǐng）：明白。
④簟纹：指竹席的纹路，这里借指孤眠幽独的境况。

【译文】

清晨睡起，井台上响起了辘轳声，一夜风雨，昨夜掉落的红花铺满了井旁的石阶，凋零中透出一丝冷意。就在这时，我和她蓦然相逢，眼神交错，我却难以明了她迷离不定的眼神中暗藏的心事。谁能明白？谁能明白呢？从此以后，无论是独枕席上，还是静坐灯下，我都会思念她。

又

纤月黄昏庭院①，语密翻教醉浅。知否那人心？旧恨新欢相半。谁见？谁见？珊枕泪痕红泫②。

【注释】

①纤：细小。
②珊枕：珊瑚枕。泫：流泪。

【译文】

纤细的月牙照进了黄昏时分的庭院，相爱的人在喃喃细语中散去了些许醉意。是否了解她的心事？在她心底是否有旧爱与新欢纠缠不清。谁能够理解？谁能够理解啊？她的眼泪浸湿了枕头而无法安眠。

又

木叶纷纷归路。残月晓风何处。消息半浮沉①，今夜相思几许。秋雨②，秋雨。一半西风吹去。

【注释】

①浮沉：意谓消息隔绝。

②秋雨：用清朱彝尊《转应曲》词句："秋雨，秋雨。一半因风吹去。"

【译文】

秋风吹落透着微黄的叶子，纷纷飘落在归来的道路上。晓风吹动，西天残月，不知都去向了何处。相爱之人杳无音讯，今夜我又有多少相思无处寄托呢。秋雨被西风吹散了，如同我缭乱的心绪，难以释怀。

天仙子

梦里蘼芜青一剪①，玉郎经岁音书断②。暗钟明月不归来③，梁上燕，轻罗扇④，好风又落桃花片。

【注释】

①蘼芜：一种香草，又名蕲、薇芜、江蓠，据辞书解释，苗似芎，叶似当归，香气似白芷，叶子风干可以做香料，也可以作为香囊的填充物。古人认为蘼芜可以使妇人多子，而在古诗词里蘼芜一词多与夫妻分离或闺怨有关。

②玉郎：古代对男子的美称，或为女子对丈夫或情人的爱称。

③暗钟：即晚钟，暮钟。

④轻罗扇：质地极薄的丝织品所制的扇子，多为女子夏日所用。诗词中常以此隐喻女子的孤寂。

【译文】

梦里的蘼芜已经青青葱葱，想到相爱的人久别不归，杳无音信。低沉

的钟声里，明月一去不复返，梁上的燕子已经春归，青罗小扇陪伴着独眠，春风又吹落了几片桃花。

又

好在软绡红泪积①，漏痕斜罥菱丝碧②。古钗封寄玉关秋③，天咫尺④，人南北，不信鸳鸯头不白。

【注释】

①软绡：一种柔软轻薄的丝织物，即轻纱。这里指轻柔精致的丝质衣物。红泪：形容女子的眼泪。据说当初魏文帝曹丕迎娶美女薛灵芸，薛姑娘不忍远离父母，伤心欲绝，等到登车启程后，仍然止不住哭泣，眼泪流在玉唾壶里，染得玉唾壶渐渐变成了红色。待车队到了京城，壶中已经泪凝如血。

②漏痕：草书的一种笔法。斜罥（juàn）：斜挂着。菱丝：菱蔓。

③古钗：本指古人用的钗头，后比喻书法笔力遒劲。玉关：玉门关，古代以玉门关代指遥远的征戍之地。

④咫尺：周制八寸为一咫，十寸为一尺，指接近或刚满一尺，形容距离近。

【译文】

写信用的碧色软绡上，积满了我的眼泪，一手草书写下对守边征人的无尽思念。天际咫尺相隔，有情人南北千里，人怎能不憔悴白头呢。

又

水浴凉蟾风入袂①，鱼鳞触损金波碎②。好天良夜酒盈樽，心自醉，愁难睡，西南月落城乌起。

【注释】

①水浴凉蟾：指月亮照映在水中。蟾：蟾蜍，指月亮。

②金波：指月光照在水面上，水波浮动，映射出的金光。

【译文】

池塘水波上倒映着月影，徐徐的秋风吹入衣袖，水中嬉游的鱼儿冲碎了粼粼波光。我在如此良宵里独自饮酒，不等酒醉，心已沉迷，满怀的愁绪让我难以入睡，月亮在西南方落下，城头上飞起乌鸦。

江城子

湿云全压数峰低①，影凄迷，望中疑②。 非雾非烟③，神女欲来时④。 若问生涯原是梦，除梦里，没人知。

【注释】

①湿云：湿度大的云。

②望中疑：指远眺的视线迷离模糊。疑：不分明，难确定。

③非雾非烟：指多变的云气。

④神女：指巫山神女。

【译文】

巫山上云雾缭绕，烟雨迷蒙，高高的山峰好似被沉沉的云压低下来，山影凄迷，一眼望去，并不分明。并非雾气也非云烟，好像巫山神女快要腾云驾雾而来。如果觉得这生涯原是梦一场，这种美好只有在梦中，除了在梦里，没有人能够知晓。

长相思

山一程，水一程，身向榆关那畔行①，夜深千帐灯。

风一更，雪一更，聒碎乡心梦不成②，故园无此声。

【注释】

①榆关：即山海关，古称渝关、临渝关，明代时改为榆关，在今河北秦

皇岛。那畔：那边。

②聒：絮聒，吵闹之声。乡心：思念家乡的心情。

【译文】

跋山涉水走过一程又一程，将士们马不停蹄地向着山海关进发，夜已经深了，千万个帐篷里都点起了灯。

外面风声不断，雪花不住，扰得思乡的将士们无法入睡，在我温暖宁静的故乡，没有这般寒风呼啸、雪花乱舞的聒噪之声。

相见欢

微云一抹遥峰①，冷溶溶，恰与个人清晓画眉同。

红蜡泪，青绫被②，水沉浓③。 却与黄茅野店听西风④。

【注释】

①微云一抹：即一片微云。

②青绫：青色的有花纹的丝织物，古时贵族常用以制作被服帷帐。

③水沉：即水沉香，沉香所制成的香。这里指香气。

④黄茅野店：指荒村野店。

【译文】

一抹淡淡的云彩，笼罩在远方山峰周围，透着寒气，与我所思念的女子在清早画出的眉样相像。

红烛滴着殷红的烛泪，照着青色的丝被，沉水香飘出浓郁的香味。家里是如此舒适，而我却独自在这荒村野店中，听窗外的西风呼啸。

又

落花如梦凄迷①，麝烟微，又是夕阳潜下小楼西。

愁无限，消瘦尽，有谁知？ 闲教玉笼鹦鹉念郎诗②。

【注释】

①凄迷：形容景物凄凉迷茫，这里指悲伤惆怅。

②闲教玉笼鹦鹉念郎诗：化用柳永"却傍金笼共鹦鹉，念粉郎言语"之句。

【译文】

残花凋落，满地凄迷，如同我的梦一般。熏炉里的麝香散发出淡淡的轻烟，又是夕阳西下的时候了。

有谁知道楼中的女子正因为无限的愁绪而日渐消瘦？她只能将情郎的诗句教给玉笼中的鹦鹉以排解她的寂寞和情愁。

昭君怨

深禁好春谁惜①？薄暮瑶阶伫立②。别院管弦声③，不分明。

又是梨花欲谢，绣被春寒今夜。寂寂锁朱门④，梦承恩⑤。

【注释】

①深禁：深宫，冷宫。禁：帝王的宫殿。

②薄暮：傍晚，太阳快落山的时候。瑶阶：玉砌的台阶，这里指宫中的阶砌。

③管弦声：音乐声。

④朱门：宫门，这里指禁宫。

⑤承恩：蒙受恩泽，谓被君王宠幸。

【译文】

禁苑深深，里面美好的春景有谁来怜惜？暮色中，升起薄薄的烟雾，她在台阶上久久地伫立。别的院子里传来管弦的乐声，只隐隐约约，并不分明。

又到了梨花凋谢的季节，她将独自拥着绣被度过这寒冷的夜晚。禁宫的门紧紧的锁着，只有在梦中才能得到君王的恩宠。

又

暮雨丝丝吹湿①，倦柳愁荷风急。瘦骨不禁秋，总成愁。别有心情怎说？未是诉愁时节。谯鼓已三更，梦须成。

【注释】

①暮雨：傍晚的雨。

【译文】

暮雨丝丝，疾风吹湿了柳条和荷叶。憔悴的人禁不住秋天的寒冷，在秋寒里平添愁绪。

满腹的心事该向谁人诉说？现在还没有到诉说愁怀的时节。谯楼的更鼓已经报响了三更，我却迟迟不能入梦。

酒泉子

谢却荼蘼①，一片月明如水。篆香消②，犹未睡，早鸦啼。嫩寒无赖罗衣薄③，休傍阑干角。最愁人，灯欲落，雁还飞。

【注释】

①荼蘼：落叶或半常绿蔓生小灌木，攀缘茎，茎绿色，茎上有钩状的刺，上面有多个侧脉，形似皱纹，夏季开白花。王琪《春暮游小园》："开到荼蘼

花事了,丝丝天棘出莓墙。"

②篆香(zhuàn xiāng):盘香,为篆字形状。

③嫩寒:轻寒,春寒。无赖:无奈。

【译文】

在一片明月如水的夜色中,白色的荼蘼花凋谢了。篆香已经燃尽,我却还没有睡着,早鸦已经开始啼叫,又是一夜未眠。

丝丝的寒冷穿透单薄的衣衫,不要再倚靠栏杆相思了。灯要燃尽,大雁还飞的情景是最让人惆怅的啊!

生查子

东风不解愁,偷展湘裙衩①。 独夜背纱笼②,影着纤腰画。
爇尽水沉烟③,露滴鸳鸯瓦。 花骨冷宜香④,小立樱桃下。

【注释】

①湘裙:指用湘地丝绸制作的裙子。

②纱笼:纱制的灯笼。

③爇:燃烧。水沉:即水沉香、沉香。

④花骨:花骨朵,即花蕾。

【译文】

东风不解风情,偷偷吹展她的湘裙。孤独的夜晚,她背靠着丝纱的灯笼,灯光勾勒出她纤弱的身影,好像一幅画。

水沉香已经燃尽,露水浸湿了鸳鸯瓦。花朵的香气在这清冷的空气中更显清香,她安静地立于樱桃花下。

又

鞭影落春堤①，绿锦障泥卷②。 脉脉逗菱丝，嫩水吴姬眼③。 啮膝带香归④，谁整樱桃宴⑤？ 蜡泪恼东风，旧垒眠新燕⑥。

【注释】

①鞭影：马鞭的影子。

②障泥：即马鞯，垫在马鞍下，垂于马腹两侧以挡尘土，故称。

③嫩水：微微的水波。亦用以比喻眼波。吴姬：指吴地的美女。

④啮膝：良马名。元末高明《琵琶记·杏园春宴》："飞龙、赤兔、啮膝……正是青海月氏生下，大宛越睒将来。"

⑤樱桃宴：科举时代庆贺新进士及第的宴席。始于唐僖宗时期。王定保《唐摭言·慈恩寺题书游赏赋咏杂记》："新进士尤重樱桃宴。乾符四年，永宁刘公第二子覃及第……独置是宴，大会公卿，时京国樱桃初出，虽贵达未适。而覃山积铺席，复和以糖酪者，人享蛮榼一小盎，亦不啻数升。"

⑥旧垒：旧巢。

【译文】

骏马驰过长堤，马鞍两边的垂障上轻尘腾飞。水面上菱丝娇嫩，碧绿的春水好像吴地美女柔媚的眼波。

骑马归来，带回一缕春日的芬芳，是谁主持了庆贺新科进士的樱桃宴会。东风徐来，蜡烛被撩拨得流下烛泪，旧的燕巢里睡着新来的燕子，一切都是这么安详美好。

又

散帙坐凝尘①，吹气幽兰并②。 茶名龙凤团③，香字鸳鸯饼④。

玉局类弹棋⑤，颠倒双栖影。花月不曾闲⑥，莫放相思醒。

【注释】

①散帙：本指打开书帙，此处借指读书。凝尘：尘土聚积。

②吹气幽兰：指美女气息之香胜于兰花。

③龙凤团：茶名，即龙团凤饼，为宋代著名的贡茶，饼状，上有龙纹，故名。

④鸳鸯饼：形似鸳鸯的焚香饼。一饼之火，可熏燃一日。

⑤玉局：棋盘的美称。弹棋：古代一种棋类游戏。始于汉代，李贤注《后汉书·梁冀传》引《艺经》曰："弹棋，两人对局，白黑棋各六枚，先列棋相当，更先弹之。其局以石为之。"后至魏改为十六枚棋，唐为二十四枚棋。宋代以后，因象棋盛行而渐趋衰落。

⑥花月：花前月下。

【译文】

打开书卷，坐在尘土聚积的书房里，有呼气如兰的女子与我并肩而坐。书房里的龙团凤饼，散发着幽幽清香，点燃的鸳鸯焚香的香气，氤氤氲氲。

棋盘好似古代的弹棋，润洁的棋盘上映出枝头双栖鸟的身影，也倒映出

你我的身影。花与月都不曾闲着,千万不要触动我相思的情绪。

又

短焰剔残花①,夜久边声寂②。 倦舞却闻鸡③,暗觉青绫湿。
天水接冥蒙④,一角西南白。 欲渡浣花溪⑤,远梦轻无力。

【注释】

①残花:残存的烛花。

②边声:指边境上的羌管、画角等声音。

③倦舞却闻鸡:《晋书·祖逖传》:"(祖逖)与司空刘琨俱为司州主簿,情好绸缪,共被同寝。中夜闻荒鸡鸣,蹴琨觉曰:'此恶声也。'因起舞。"后以此作为壮士奋发的典故。这里则谓倦于"起舞"却偏偏"闻鸡"的矛盾心情。

④冥蒙:幽暗不明。江淹《杂体诗·效颜延之侍宴》:"青林结冥蒙,丹嵘被葱蒨。"

⑤浣花溪:又名濯锦江、百花潭,在今四川成都西郊,为锦江滞留,溪旁有杜甫故居浣花草堂。

【译文】

灯光昏暗,我剔去灯花,周围亮了许多。夜深了,边塞的羌笛和胡笳的声音都已经沉寂。不愿意像祖狄那样闻鸡起舞,却偏偏听到了鸡鸣的声音,不由得暗自流泪,青绫上满是泪痕。

远处天水相接,晨雾朦胧,西南角的天边露出了鱼肚白色。想要回到家中,再次泛舟在浣花溪上,然而乡梦幽远,软弱无力,无法抗拒这命运。

又

惆怅彩云飞,碧落知何许? 不见合欢花①,空倚相思树②。

总是别时情,那得分明语。 判得最长宵③,数尽厌厌雨④。

【注释】

①合欢花:树名,又名夜合树、绒花树、乌绒树,落叶乔木,树皮灰色,羽状复叶,小叶对生,白天对开,夜间合拢。

②相思树:木名,指有些具有红色种子的树种。如红豆树、海红豆等,象征忠贞不渝的爱情。

③判得:甘心情愿地。

④厌厌:绵长、安静的样子。南唐冯延巳《长相思》:"红满枝,绿满枝,宿雨厌厌睡起迟。"

【译文】

惆怅地看着彩云飞去,却不知道飞到哪里。看不见合欢花开,只得徒然倚靠着相思树。

离别的愁绪总是萦绕在心中,那种怅惘惋惜的心情,又有谁能说清呢?相思的夜晚最是漫长,我情愿在无眠中倾听一夜的雨声。

点绛唇　咏风兰①

别样幽芬②,更无浓艳催开处③。 凌波欲去④,且为东风住。
忒煞萧疏⑤,怎耐秋如许? 还留取,冷香半缕⑥,第一湘江雨。

【注释】

①风兰:一种寄生兰,因喜欢在通风、湿度高的地方生长而得名。

②别样:另一样,特有一样。幽芬:清幽香气。

③浓艳:(色彩)浓丽艳丽,代指鲜艳的花朵。

④凌波:形容在水上行走的轻盈柔美的姿态。此处是形容风兰在秋风中摇曳的姿态。

⑤忒(tuī)煞:亦作"忒杀",太、过分。萧疏:稀疏、萧条。

⑥冷香:清香,也指清香之花。多喻菊、梅之香气。

17

【译文】

　　风兰散发出别样的幽香,素雅恬淡没有一丝浓艳浮华。它在秋风中轻扬的姿态,犹如凌波仙子轻轻飘逸。暂且为春风留住脚步。

　　它的叶子如此稀疏,怎么能抵抗得住那寒冷的清秋呢?还是留取半缕清冷的花香,在这最美的湘江雨色里吧。

又　对月

　　一种蛾眉①,下弦不似初弦好②。庚郎未老③,何事伤心早?
　　素壁斜辉④,竹影横窗扫⑤。空房悄,乌啼欲晓,又下西楼了⑥。

【注释】

　　①一种:同是。蛾眉:蚕蛾的触须弯曲细长,故用以比喻女子的眉毛。此借指月亮。
　　②下弦:农历每月二十三日前后的残月,月弯如眉。初弦:即上弦,指阴历每月初七、初八的月亮,其时弯月如舟,故称。上弦月渐见圆满,下弦月则残缺以没,故谓后者不如前者好。
　　③庚郎:指南朝梁诗人庚信。此处是词人自指。
　　④素壁:白色的墙壁、山壁、石壁。斜辉:指傍晚西斜的阳光。
　　⑤竹影:竹叶影呈"个"字状,表示不成双之意。
　　⑥又下西楼:指月落。

【译文】

　　同样的月亮,但下弦月就不如上弦月好。我的年纪未老,为何过早地开始伤心呢?

　　白色墙壁上落下月亮的余晖,将竹影投映在窗棂间。空房间里静悄悄的,直到乌鸦声起,天色渐名,月落西楼。

又　黄花城早望①

五夜光寒②,照来积雪平于栈③。西风何限？自起披衣看。

对此茫茫,不觉成长叹。何时旦,晓星欲散,飞起平沙雁④。

【注释】

①黄花城：在十三陵北,军都山东南麓旧长城一关隘。

②五夜：即五更。古代将一夜分为甲、乙、丙、丁、戊五段为五个更次,故称。

③积雪：远处军都山头雪。栈：栈道或称栈阁。于绝险之地架木而成的道路。

④平沙雁：广漠沙原上之大雁。

【译文】

五更时分,晨光寒气逼人,照在积雪上,那积雪深得几乎埋住了栈道。西风不住的吹,我独自披上衣衫,放眼望向这难得的雪景。

面对这茫茫天地,不禁长嗟咏叹。天就要亮了,天边的星辰就要渐渐淡去,旷野上突然飞起一只大雁,不知飞向了何方……

又

小院新凉,晚来顿觉罗衫薄。不成孤酌,形影空酬酢①。

萧寺怜君,别绪应萧索②。西风恶,夕阳吹角③,一阵槐花落。

【注释】

①酬酢：饮酒时主客相互敬酒，主敬客曰酬，客敬主曰酢。这里是说独自酌饮，唯有自己的形影相随，非常孤独寂寞。

②萧索：凄清冷落。

③夕阳吹角：在落日中吹响号角。

【译文】

小院里忽然添了几分凉意，到了夜里，便觉得身上的衣裳有些单薄了。一个人独自饮酒，只能对着自己的影子对饮。

挂念你此刻寄居寺院，也许也感到凄清冷落吧。西风强劲，夕阳下响起了号角声，又是一阵槐花飘落。

浣溪沙

泪浥红笺第几行①，唤人娇鸟怕开窗，那更闲过好时光。

屏障厌看金碧画②，罗衣不耐水沉香③。遍翻眉谱只寻常④。

【注释】

①泪浥（yì）：被泪水沾湿。红笺：红色信纸。

②金碧画：即以泥金、石青、石绿三种颜色为主的山水画。古人多将此画于屏风、屏障之上。

③水沉香：即沉水香，又名沉香。落叶亚乔木，产于亚热带，木材是名贵的熏香料，能沉于水，故又名水沉香。

④眉谱：古代女子画眉所参照的图样。

【译文】

泪水浸湿了精美的信纸，不敢叫人开窗，怕窗外的鸟叫声加重自己的忧思，这样美好的春光，怎么能就这样在寂寞中消磨。

屏风上艳丽的彩画早就已经看厌，也不再有心思用水沉香来熏染罗衣。想描眉却翻遍眉谱也找不到想要的式样。

又

伏雨朝寒愁不胜①,那能还傍杏花行? 去年高摘斗轻盈②。
漫惹炉烟双袖紫③,空将酒晕一衫青④。 人间何处问多情。

【注释】

①伏雨:天气阴沉而未落下的雨。

②斗轻盈:指比赛行动迅捷轻快。轻盈:多用以形容女子体态之纤柔、轻快。李白《相逢行》:"下车何轻盈,飘然似落梅。"

③炉烟:熏炉中的烟。

④酒晕:饮酒后脸上泛起的红晕。

【译文】

天气阴沉,雨却迟迟不肯落下,再加上早晨的寒意,简直让人愁绪不断,那还能再沿着那条杏花盛开的小路散步?想起去年,也是在这条小路旁,我们一起攀上杏树枝头摘取花枝,比赛谁最轻盈利落。

熏炉上烟气萦绕,双袖被炉烟熏成了紫红色,酒晕微醺,映照青衫。人间广大,我这无处寄托的深情又有谁能够了解呢。

又

谁念西风独自凉,萧萧黄叶闭疏窗①,沉思往事立残阳②。
被酒莫惊春睡重③,赌书消得泼茶香④。 当时只道是寻常。

【注释】

①萧萧:风吹叶落发出的声音。疏窗:刻有花纹的窗户。

②残阳:夕阳,西沉的太阳。

③被酒:醉酒。春睡:醉困沉睡,脸红如春色。

④赌书:比赛读书的记忆力。此处用李清照和赵明诚的典故。李清照

《金石录后序》云:"余性偶强记,每饭罢,坐归来堂。烹茶,指堆积书史,言某事在某书某卷,第几页第几行,以中否胜负为饮茶先后。中则举,否则笑,或至茶覆怀中,不得饮而起,甘心老是乡矣!故虽处忧患困穷而志不屈。"此句以此典为喻说明词人往日与亡妻有着像李清照与赵明诚一样的美满的夫妻生活。消得:消受、享受。

【译文】

西风吹来,谁在这风中独自凄凉?看片片黄叶飞舞遮掩了疏窗。夕阳的余晖映在身上,我久久伫立追忆茫茫的往事。

记得我们曾经因为醉酒,而在春日的早上迟迟不想起床,我们还时常赌书,以至于茶杯倾覆,茶水倒进怀中,真是快乐得忘乎所以。这些在当时看来自以为是平平常常,而如今已不能如愿以偿。

又

莲漏三声烛半条①,杏花微雨湿轻绡②,那将红豆寄无聊③?
春色已看浓似酒,归期安得信如潮④。离魂入夜倩谁招⑤?

【注释】

①莲漏:即莲花漏。古代的一种计时器,以其状如莲花,故称。烛半条:蜡烛燃烧剩下半支。

②轻绡:一种透明而有花纹的丝织品,代指杏花的红色花瓣。

③红豆:红豆树、海红豆及相思子所结果实的统称,鲜红光亮,古人常用来比喻爱情或相思。无聊:无可凭托、渺茫虚空感。

④信如潮:潮水定期而来,故云。

⑤离魂:思绪。

【译文】

莲花漏刚刚响了三声,蜡烛也燃掉了一半,那略带寒意的几点杏花春雨轻打着我的脸庞,我把玩着红豆,消磨着我百无聊赖的情绪。

春色已经像香醇的美酒一般浓烈,思念的人的归期却如同潮水一样可望而不可即。谁能在入夜后，将我的思绪带到思念的人的身边？

又

消息谁传到拒霜①？ 两行斜雁碧天长②，晚秋风景倍凄凉。
银蒜押帘人寂寂③，玉钗敲竹信茫茫④。 黄花开也近重阳⑤。

【注释】

①拒霜：花名，木芙蓉，农历八月开花，耐寒不落，故名。

②斜雁：斜飞的雁群。碧天：青天，蓝色的天空。

③银蒜：银制的蒜形帘坠，用以压帘幕。

④玉钗敲竹：用玉钗轻轻敲竹，表示心事难耐，借以排遣愁怀。

⑤黄花：菊花。重阳：节日名，古时以九为阳数之极，九月九日故称"重九"或"重阳"。

【译文】

是谁传来的消息，说到秋天芙蓉花开的时候你就会回来？两行大雁缓缓向南飞去，这晚秋的景色分外凄凉。

银制的蒜形的帘坠压着帘子，有人百无聊赖地用玉钗轻轻敲打着竹子。菊花已经盛开，重阳节又要到来了。

又

雨歇梧桐泪乍收，遣怀翻自忆从头①，摘花销恨旧风流②。
帘影碧桃人已去③，屧痕苍藓径空留④。两眉何处月如钩⑤？

【注释】

①翻自：反而引发。忆从头：指往事一件件浮上心头。

②摘花销恨：指代当初曾与她有过美好的往事。

③碧桃：桃树的一种，又名千叶桃。花重瓣，不结实，共观赏和药用。

④屧（xiè）：原指木制鞋底，多泛指鞋。屧痕：鞋痕。

⑤两眉：代指所思恋之人。

【译文】

秋雨刚停，梧桐树叶不再发出淅淅沥沥的声音，我也止住了眼泪。回忆从前，释放情怀，我忍不住又想起与你一起度过的那段美好时光。

影帘招招，桃子熟了，人却已经离我而去，那生者苔藓的小径上还印着你的鞋痕。弯弯的月亮，好像你弯弯的眉毛，只是不知道此刻你在哪里？

又　西郊冯氏园看海棠，因忆《香严词》有感①

谁道飘零不可怜，旧游时节好花天②，断肠人去自今年。
一片晕红疑著雨③，晚风吹掠鬓云偏。倩魂销尽夕阳前④。

【注释】

①《香严词》：清初诗人龚鼎孳的词集。龚鼎孳，安徽合肥人，官至礼部尚书，与钱谦益、吴伟业并称"江左三大家"。

②旧游：昔日的游览。

③晕红：形容海棠花的色泽。

④倩魂销尽：感触很深。倩魂，指少女的梦魂。

【译文】

谁说海棠花凋零就不令人心生怜爱了呢，遥想去年同游之时，正是春花竞放的美好时光，而如今那令我肝肠寸断的人，已经离开我一年了。

胭脂色的花朵好像被雨水晕染，晚风吹去，天边的云朵如鬟随风飘去。在这夕阳落照前的光影里，那少女都为之梦断魂消。

又

酒醒香销愁不胜，如何更向落花行？ 去年高摘斗轻盈。
夜雨几番销瘦了，繁华如梦总无凭。 人间何处问多情？

【译文】

醉酒醒后，熏香已经燃烧将尽，但愁绪仍然没有散去，哪还有心情再到那条铺满落花的小路上散步？就在那条小路上，去年我们还在那里比赛谁能摘到更高处的花朵。

接连几天的夜雨让我变得更加消瘦憔悴，再奢华的生活也像一场梦一样留不下什么，人间有谁能够了解我这无法排遣的深情？

又

欲问江梅瘦几分①，只看愁损翠罗裙②，麝篝衾冷惜余薰③。
可奈暮寒长倚竹④，便教春好不开门⑤。 枇杷花下校书人⑥。

【注释】

①江梅：梅的一种，多植于江边野外。此处喻指如江梅般清雅的女子。
②愁损：忧伤。翠罗裙：绿色的丝裙。
③麝篝：熏香器具，指燃烧麝香的熏笼。余薰：余温。
④可奈：意即"能忍受"，能耐得住寂寞之意。
⑤便教：纵然，即使。
⑥枇杷花下校书人：原指唐蜀妓薛涛，后为妓女之雅称。唐王建《寄蜀

中薛涛校书》："万里桥边女校书，琵琶花里闭门居。"后因称妓女所居为"枇杷门巷"。这里借指花下读书之人。校：校订、校勘。此处为研读之意。

【译文】

想要问问那个如江梅般清雅的女子，近来又清瘦了几分，只看得她身上的绿罗裙又被愁绪折磨得宽容了几分，熏笼中的燃香已经燃尽，被子渐渐凉了下来，只余下些许残香让人怜惜不过。

她忍受着寒风，在暮色里久久地倚门而立，纵然是春光大好，她也紧闭闺门，在枇杷花下索书强读。

又

一半残阳下小楼，朱帘斜控软金钩①，倚栏无绪不能愁。
有个盈盈骑马过②，薄妆浅黛亦风流。 见人羞涩却回头。

【注释】

①斜控：斜斜地垂挂。控，下垂、弯曲的样子。
②盈盈：仪态美好的样子，此处代指仪态美好的女子。盈，女子风姿姣好之意。

【译文】

夕阳的余晖沐浴着小楼，华丽的锦帘斜挂在金色的帘钩上，背靠着栏杆，不能控制自己的闲愁。

楼下有个姿态盈盈的女子骑马走过，她虽然只是略施淡妆，却也风姿绰约。她看到我在楼上看着她，羞涩地转过头去。

又

睡起惺忪强自支①，绿倾蝉鬓下帘时②，夜来愁损小腰肢③。
远信不归空伫望④，幽期细数却参差⑤。 更兼何事耐寻思？

【注释】

①惺忪：形容刚睡醒尚未完全清醒的状态。

②蝉鬓：古代女子的一种发式，蝉身黑而光润，像秀发一样，故称。

③愁损：指愁杀，意即过度的愁怨令身体受损。

④远信：远方的书信。伫望：久立而远望，这里指等候、盼望。

⑤幽期：指男女间的幽会。参差：差池，差错。

【译文】

刚刚睡醒，带着惺忪的睡意强支撑着瘦弱的身体下床，乌黑发亮的秀发垂下像瀑布一样垂落，昨夜的一夜愁眠，消瘦了单薄的身体，腰肢仿佛更见纤弱。

远方的消息许久没有传来，独倚高楼空伫望，细细算着他要归来的日子，却始终没有归来。到底是什么事耽搁了他的归期呢？越想心绪就越烦乱。

又

五月江南麦已稀①，黄梅时节雨霏微②，闲看燕子教雏飞。

一水浓阴如罨画③,数峰无恙又晴晖④。 湔裙谁独上鱼矶⑤。

【注释】

①麦已稀:意即麦子大部分已经收割,所剩稀少。

②黄梅时节:指春夏时节黄淮流域连绵阴雨天气,此时梅子黄熟,故云。霏微:雾气、细雨等弥漫的样子。

③罨画:色彩鲜明的图画,常用以形容自然景物或建筑物等美丽如画。

④数峰无恙又晴晖:烟雨消散,山峰又出现,秀色如初。

⑤湔(jiān)裙:古代风俗,谓女子妊娠后,欲产子易,则于产前到河边洗裙。这里借指水边的女子。矶:水边石滩或突出的大石。

【译文】

五月的江南,未收的小麦稀疏错落,恰逢梅雨时节,小雨霏霏,在屋檐下静坐,看成年的燕子教雏燕学习飞翔。

堤岸上绿荫深浓,远远看去就像浓墨泼出来的山水画,烟雨消散,山峰又秀色如初。那在水边石矶上浣洗衣裙的女子是谁呢?

又

残雪凝辉冷画屏①,《落梅》横笛已三更②,更无人处月胧明③。

我是人间惆怅客④,知君何事泪纵横。 断肠声里忆平生⑤。

【注释】

①残雪:尚未化尽的雪。凝辉:寒光,寒气。画屏:绘有山水图画的屏风。

②《落梅》:又称《落梅花》,古代羌族乐曲,以横笛吹奏。

③月胧明:月色朦胧。

④惆怅客:失意人。

⑤断肠声:指笛声。平生:平昔,往常。

【译文】

冰冷的月光经残雪反射到绘有山水图画的屏风上,已是三更天了,忽然响起了横笛声，月色朦胧，笼罩在空无一人的大地上。

我是人间惆怅的过客，所以知道你泪水纵横的理由。在这断肠的笛声中回忆平生往事。

又　咏五更和湘真韵①

微晕娇花湿欲流，簟纹灯影一生愁②，梦回疑在远山楼。
残月暗窥金屈戌，软风徐荡玉帘钩③。　待听邻女唤梳头。

【注释】

①湘真：即陈子龙（1608—1647年），字人中、卧子，号大樽、轶符，松江华亭（今上海松江）人。明末几社领袖，因抗清被俘，不屈而投水殉难。有《湘真阁存稿》一卷。本篇作者所和之词是陈子龙的《浣溪沙·五更》，陈词为："半枕轻寒泪暗流，愁时如梦梦时愁，角声初到小红楼。风动残灯摇绣幕，花笼微月淡帘钩，陡然旧恨上心头。"

②簟纹：席纹。灯影：物体在灯光下的投影。此处指人影。

③软风：和风。玉帘钩：帘钩的美称。

【译文】

天色微明如晕，娇嫩的花被雨水打湿，好像要化在水中流淌开来的样子，那女子含泪的模样，就像这湿漉漉的花朵一般。暗淡的灯影映照着竹席的纹路，就像缕缕的情思，梦醒之后，恍惚觉得自己还在梦中的那座远山小楼。

微明的月光照在大门的搭环上，软软的晨风摇动着窗上的帘钩，再也无法入睡了，只有等待天明以后邻家女伴来唤自己一同梳妆。

又

五字诗中目乍成①，尽教残福折书生②，手捘裙带那时情③。

别后心期和梦杳④，年来憔悴与愁并。 夕阳依旧小窗明。

【注释】

①五字诗：即五言诗。目乍成：即乍目成，刚刚通过眉目传情而结为亲好。

②残福：谓所余的薄福，可引申为短暂的幸福。

③挼（ruó）：揉搓。

④别后心期：分别后期待重逢的心愿。

【译文】

对你的感情都写在这首诗里，通过眉目传情彼此已经结为亲好，但幸福因为书生的离开而变得短暂，孤独的女子低头摆弄着裙带，在想着过去的浓情蜜意。

自从分别以后，日思夜想，期待重逢，随着光阴流逝，我的愁绪与日俱增。窗外依然是不变的夕阳，我对你的思念也不会改变。

又

记绾长条欲别难①，盈盈自此隔银湾②，便无风雪也摧残。

青雀几时裁锦字③，玉虫连夜剪春幡④。 不禁辛苦况相关⑤。

【注释】

①长条：特指柳枝。

②银湾：银河，天河。

③青雀，即青鸟，神话传说中西王母之信使，代指音讯。锦字：书信。

④玉虫：比喻灯火。宋陆游《燕堂东偏一室夜读书其间戏作》："油减玉虫暗，灰深红兽低。"春幡：旧俗于立春日，或挂幡（春旗）于树，或剪小幡戴于头上，以示迎春。幡：长方而下垂形的旗子。

⑤不禁：承受不得。

【译文】

记得我们在长亭送别时，杨柳依依，难舍难分，都知道从此远隔天涯，再难相见，那种刻骨的相思，比风霜雨雪更加摧残人。

不知道何时才能收到你的音信，现在正是连夜在灯下裁剪春幡、准备迎春之时，你一定是忙得没有时间写信吧。你是否和我一样失落惆怅，是否能够禁得住离愁别绪的愁苦？

又　古北口①

杨柳千条送马蹄，北来征雁旧南飞②，客中谁与换春衣③？

终古闲情归落照④，一春幽梦逐游丝⑤。信回刚道别多时⑥。

【注释】

①古北口：长城关隘之一，地势险峻，在今北京密云县境，为北京与东北往来的必经之路。

②北来征雁：大雁每年春分节令前后从南方北归，以其前一年秋分时节由北南飞，故云北归雁为"旧南飞"。

③春衣：春季穿的衣服，相对冬衣而言。
④终古：往昔，自古以来。闲情：悠闲、清闲之情。落照：落日的余晖。
⑤幽梦：隐约的梦境。游丝：飘荡在空中的蜘蛛丝。
⑥刚道：只说。

【译文】

在杨柳依依的季节，我骑着骏马远行，春天北来的大雁都是去年去南方过冬的，只身在外，已经换了季节，有谁为我打点行装，替我换上春天的衣裳呢？

自古以来，闲情逸致只能寄托在落日的余晖上，而我这一春幽梦，追逐着飘荡在空中的蜘蛛丝。刚刚寄走家书，只说自己离家太久。

又

身向云山那畔行①，北风吹断马嘶声②，深秋远塞若为情③！
一抹晚烟荒戍垒④，半竿斜日旧关城。古今幽恨几时平⑤！

【注释】

①云山：高耸入云的山峰。那畔：那边。
②吹断：指北风的吼声使马嘶声也听不到了。
③远塞：边塞。若为情：若，怎。若为，怎为之意。此处意谓面对如此深秋野塞又是怎样的情怀呢！
④晚烟：傍晚旷野或山脚每多烟雾。荒戍垒：荒凉萧瑟的营垒。戍：保卫。
⑤幽恨：深藏于心中的怨恨。

【译文】

我向那高耸入云的山峰方向一路前进，北风呼啸，淹没了战马的嘶鸣，在这萧瑟的深秋时节，在这遥远的边塞，使人不禁暗自情伤。

一抹黄烟在废弃的营垒上袅袅升起，夕阳西下，斜斜地照射在城头的旗杆上，使人不禁想起古往今来那些金戈铁马的故事，心绪起伏久久不能平静。

又

万里阴山万里沙①，谁将绿鬓斗霜华②？年来强半在天涯③。
魂梦不离金屈戌④，画图亲展玉鸦叉⑤。生怜瘦减一分花⑥。

【注释】

①阴山：山脉名，今阴山山脉。山间缺口自古为南北交通要道。

②绿鬓：乌黑发亮的头发。古人常借绿、翠等形容头发的颜色。斗：斗取，即对着。霜花：指白色的须发。

③强半：过半，大半时间。天涯：天边，远方。

④金屈戌（qū xū）：门窗上的铜制环钮、搭扣。

⑤玉鸦叉：即玉丫叉。丫叉，本为树枝分叉之处，后泛指交叉形象的首饰。这里指思念之人的容貌。

⑥生怜：生起怜惜之情，可怜。

【译文】

连绵的阴山，万里的黄沙，乌黑发亮的头发还能在边塞寒霜的侵袭下乌黑多久？想来这一年大半的时间都在这漫天风沙中度过。

总是梦到熟悉的房门，缓缓展开画有头戴玉钗妻子的画卷，才能一睹思念之人的容貌。可怜画中的她看起来也瘦损了很多。

又　庚申除夜①

收取闲心冷处浓②，舞裙犹忆柘枝红③，谁家刻烛待春风④？
竹叶樽空翻彩燕⑤，九枝灯灺颤金虫⑥。风流端合倚天公⑦。

【注释】

①庚申除夜：即康熙十九年（1680）除夕，该年容若二十六岁。

②闲心：闲常之心。这里指除夕夜家人聚饮送岁的心情。冷处浓：指心

头浮起强烈的思念。

③柘枝，即柘枝舞。柘枝舞是西北少数民族的民间舞，唐代由西域传入内地，初为独舞，后演化为双人舞，宋时发展为多人舞。伴奏音乐以鼓为主，间有歌唱，舞姿美妙，表情动人。

④谁家：哪一家，这里指自家。刻烛：在蜡烛上刻度数，点燃时以计时间。

⑤竹叶，指竹叶酒。樽空：杯空。翻：翻落，倒落。采燕，旧俗于立春时剪彩色丝绸为燕子的形状，饰于头上。九枝灯：一干九枝的花灯。

⑥灺（xiè）：蜡烛熄灭。颤金虫烛蕊将熄时颤动似金虫。

⑦端合：应该、应当。倚天公：依靠老天爷。

【译文】

在寒冷的除夕夜里把心里浓烈的思念收起，且看眼前那柘枝舞女的红裙，还像往年一样绚烂吗？想起自家当年在除夕夜里在蜡烛上刻出痕迹来等待新春的到来。

竹叶酒已经喝尽了，大家都在头上戴着彩绸做成的燕子来欢庆新年的到来，灯烛已经熄灭了，剩下的灯花仿佛一条条金虫在微微颤抖。如此风流快乐，全仗着天公的庇护啊。

又　红桥怀古和王阮亭韵①

无恙年年汴水流②，一声《水调》短亭秋③，旧时明月照扬州。

惆怅绛河何处去？绿杨清瘦绾离愁。至今鼓吹竹西楼。

【注释】

①红桥：桥名，在今江苏扬州市，明崇祯时期建造，为扬州游览胜地之一。王阮亭：王士禛，字子真，一字阮亭，又号渔洋山人、山东新城人，少时多填词，有《衍波词》。

②汴水：古河名，即汴河，原河在今河南荥阳附近受黄河之水，流经开封，东至江苏徐州转入泗水。隋炀帝巡幸江都即由此道。今水已湮废，仅泗

县尚有汴水断渠。

③《水调》：曲调名，传为隋炀帝时，开汴渠成，遂作此，唐代将它演变为大曲。

【译文】

汴河水仍然像隋朝时的一样，年年东流，秋日的短亭传来《水调》的歌声，一轮明月仿佛也与旧时相同，静静地照着扬州城。

满载惆怅地绛河水不知道要流向哪里，连河岸杨柳都因此而变得清瘦多愁，如今只有箫鼓声从竹西楼传来。

又

凤髻抛残秋草生①，高梧湿月冷无声②，当时七夕有深盟。

信得羽衣传钿合③，悔教罗袜送倾城④。人间空唱《雨淋铃》⑤！

【注释】

①凤髻：古代女子的一种发型，将头发绾结梳成凤形，或在髻上饰以金凤。此处借指亡妻。

②湿月：形容月亮如水般湿润。

③羽衣：原指以鸟羽毛所织的衣服，后代指道士或神仙所着之衣，此处借指神仙。钿合：镶有金、银、玉、贝等的首饰盒子。古代常以之作为爱情的信物。

④罗袜：丝罗织成的袜子。倾城：绝色女子。

⑤雨淋铃：即雨霖铃。唐教坊曲名。据唐郑处诲《唐明皇杂录补遗》云："明皇既幸蜀，西南行初入斜谷，属霖雨涉旬，于栈道雨中闻铃，音与山相应。上既悼念贵妃，采其声为《雨霖铃》曲，以寄恨焉。"

【译文】

你的坟前已经生满了荒草，一轮冷月无声地高挂在梧桐树梢，回想当初你我两情相悦，海誓山盟。

相信那个道士有在天界与人世之间传递消息的能力，使自己与故人再通音信，却更教人悔不当初将遗物一起埋葬。如此这般，纵有《雨霖铃》传唱着唐明皇的忧伤，却也是徒劳。

又

肠断斑骓去未还①，绣屏深锁凤箫寒②，一春幽梦有无间。
逗雨疏花浓淡改③，关心芳草浅深难。不成风月转摧残④。

【注释】

①斑骓：指毛色青白相间的骏马。常用以称情人所骑的马。

②凤箫：乐器名，即排箫，以竹为之，参差如凤翼，故名。

③浓淡：指花的颜色。

④不成：难道。风月：风和月，泛指春日的风光，此处喻为男女恋爱的事情。

【译文】

他骑着斑骓马飘然远去，至今未归，对他的思念叫人痛至肠断，丝绸织就的绣屏再没有被打开，曾经与相爱的人相伴的凤箫也久未吹奏。他总是出现在梦里,但梦境又是那么捉摸不定。

经受风雨滋润的疏花,颜色渐渐地由浓变淡,散发着香气的野草也渐渐茂密起来,颜色由浅变深。春日风光的殆失令人只有叹息的感慨,难道不由人生出一种怨恨吗?

又

旋拂轻容写洛神①,须知浅笑是深颦②,十分天与可怜春。
掩抑薄寒施软障③,抱持纤影藉芳茵④。 无能无意下香尘⑤。

【注释】

①轻容:一种无花薄纱。宋周密《齐东野语·轻容方空》:"纱之至轻者,有所谓轻容,出唐《类苑》云:'轻容,无花薄纱也。'"洛神:传说中的洛水女神,据传是宓羲的女儿,故名宓妃。溺死于洛水,成为洛水之神。古代诗文中常以洛神代指美女。

②须知:必须知道。

③薄寒:微寒、轻寒。软障:绸缎或布的屏帷。

④纤影:清瘦的身影。芳茵:华美芳香的草地。

⑤香尘:作红尘解,指人间。

【译文】

轻轻地展开素绢,画中那位像洛神一样秀丽的女子,就连皱眉的样子都像是在微笑,可爱的样子如春光一般明媚。

将素绢画挂在屏风上欣赏,用屏风来替画中的人阻挡寒冷,她的姿态纤柔轻盈,仿佛被落花托起。也许,她也想从画中走到人间来吧。

又

十二红帘窣地深①,才移划袜又沉吟②,晚晴天气惜轻阴③。

珠衱佩囊三合字④,宝钗拢鬓两分心⑤。定缘何事湿兰襟⑥?

【注释】
①十二红帘:指绣有十二红的帘幕。十二红,太平鸟的别称,鸟尾末端红色,故名。窣(sū)地:拂地。

②刬(chǎn)袜:只穿着袜子行走在地上。

③轻阴:疏淡的树荫。

④珠衱(jié):缀有珠玉的裙带。三合字:古代情侣各自佩戴一对香囊,香囊上各绣三个半边字,合在一起就组成了三个完整的字。

⑤宝钗:首饰名,用金银珠宝制成的双股簪子。

⑥兰襟:泛有芬芳气味的衣襟。

【译文】
十二红帘长长地垂下来轻拂地面。她没有穿鞋,行走在地上,一边向外看一边不住地沉吟。看着窗外的晴日,又为这连下数日的阴雨感到可惜。

她的珍珠裙带上佩着一个香囊,香囊上绣着三合字。她的头上梳着发髻,将头发从中间分开。究竟是因为什么事,使她如此伤心,以致流下的泪水都浸透了衣衫。

又

容易浓香近画屏①,繁枝影着半窗横,风波狭路倍怜卿②。
未接语言犹怅望,才通商略已曹腾③。只嫌今夜月偏明。

【注释】
①画屏:绘有彩画的屏风。

②风波:喻指纠纷或乱子。狭路:狭窄、狭小的路。

③商略:原为商讨之意,此处谓交谈。曹腾:形容迷糊,神志不清。

【译文】
一阵扑鼻浓香吸引我走近花屏,才发现树影横斜,将影子投上了窗棂,窗半开着,你探出头来,微风吹过,杏花微雨,不禁让窗外的人更生怜爱。

四目相对，忘记了说话只是呆呆地望着，才刚刚开始说话就已经沉迷陶醉。只可惜今晚的月亮稍稍亮了一点。

又

十八年来堕世间，吹花嚼蕊弄冰弦①，多情情寄阿谁边②？
紫玉钗斜灯影背③，红绵粉冷枕函偏。 相看好处却无言。

【注释】

①吹花嚼蕊：指吹奏、歌唱。弄：指吹弹乐器。冰弦：琴弦，筝瑟之类乐器的美称。

②阿谁：谁，何人。

③紫玉：紫色的玉石，古人认为是祥瑞之物。

【译文】

她像神仙一样堕入世间，无忧无虑地吹奏曲子、弹拨琴弦，不知道她的一片真情寄托在谁的身上？

看着她睡着的模样，枕头歪斜，头上的紫玉钗也歪斜着，梳妆用的粉扑早已抛在一边。我在旁边凝视着她的娇媚俊貌，再美的语言也表达不出来。

又　寄严荪友①

藕荡桥边理钓筒②，苎萝西去

五湖东③，笔床茶灶太从容④。

况有短墙银杏雨⑤，更兼高阁玉兰风⑥。画眉闲了画芙蓉⑦。

【注释】

①严荪友：严绳孙（1623—1702年），字荪友，自号勾吴严四，又号藕荡老人、藕荡渔人。江苏无锡人（一说昆山人）。清初诗人、文学家、画家，与朱彝尊、姜宸英号为"江南三大名布衣"。著有《秋水集》。

②藕荡桥：严荪友无锡西洋溪宅第附近的一座桥，严荪友以此而自号藕荡渔人。钓筩：插在水里捕鱼的竹器。

③苎萝：苎萝山，在浙江省诸暨市南，为西施生长山村所在。五湖：即太湖。

④笔床：搁放毛笔的器具。茶灶：烹茶的小炉灶。

⑤短墙：矮墙。银杏：即白果树，又名公孙树、鸭脚等。

⑥高阁：放置书籍、器物的高架子。玉兰：花木名。落叶乔木，花瓣九片，色白，芳香如兰，故名。

⑦画眉：指汉张敞为妻子画眉的事，喻夫妻和美。芙蓉：指严氏故乡无锡的芙蓉湖（在无锡西北，又名射贵湖、无锡湖）。

【译文】

你在夏日的藕荡桥边整理钓桶，苎萝山伫立在西边，太湖在东边流淌。你带着笔架和茶炉在这里垂钓，真是逍遥自在。

更有雨水打湿了矮墙外的银杏树，楼阁里吹进带着玉兰花清新香气的微风。你为妻子画完娥眉，又去画池塘里的荷花。

又

欲寄愁心朔雁边①，西风浊酒惨离筵②，黄花时节碧云天。

古戍烽烟迷斥堠③，夕阳村落解鞍鞯④。不知征战几人还？

【注释】

①朔雁：指北方边陲的大雁。

②浊酒：指用糯米、黄米等酿制的酒，较浑浊。惨离颜：指离别的筵宴上忧愁凄苦的形态。

③烽烟：烽火。斥堠：用以瞭望敌情的土堡。

④鞍鞯：马鞍子和垫在马鞍子下面的东西。

【译文】

想要大雁将我的愁心捎给北方边塞的友人。西风乍起，我手持一壶浊酒，神情凄苦，独自酌饮。在这菊花绽放、登高怀人的时节，青云块块镶在天穹，就快要把天给缀满了。

古老的斥堠上飘起一股股狼烟，夕阳西下，我随战友在一个偏僻的村子解开了马鞍稍事休整。回想战争的惨烈，心生感慨。不知道战争结束后，有多少人能够平安返乡呢？

又

败叶填溪水已冰，夕阳犹照短长亭①，行来废寺失题名。

驻马客临碑上字，斗鸡人拨佛前灯②。劳劳尘世几时醒？

【注释】

①短长亭：短亭和长亭的并称。

②斗鸡人：斗鸡本为一种使公鸡相斗的游戏，多用来指贵族豪门的公子哥们游手好闲，不务正业。

【译文】

干枯凋落的树叶填满小溪，溪水已经结冰，黄昏时分，夕阳的余晖依然照着长亭短亭，我在一座废寺前停下了马，寺的匾额上已经看不清寺名。

闲游的过客停下马，用笔抄写寺院里的碑文，富家子弟挑亮了佛前的灯火。抖落身上的尘土，仿佛抖落了凡尘，凡人几时能够醒悟？

霜天晓角

重来对酒①,折尽风前柳。若问看花情绪,似当日,怎能够?
休为西风瘦,痛饮频搔首②。自古青蝇白璧③,天已早安排就。

【注释】

①对酒:指对饮。

②搔首:以手搔头,是为人焦急或有所思的情态。

③青蝇白璧:比喻小人陷害忠良,污其青白。青蝇:苍蝇。白璧:白玉。《楚辞·刘向〈九叹·怨思〉》:"若青蝇之伪质兮,晋骊姬之反情。"王逸注:"青蝇变白使黑,变白使黑,以喻谗佞。"

【译文】

再饮下这一杯酒,看风中飞舞的柳丝。此刻已经没有了赏花的心情,不能与当日相比了。

不要因为秋风而憔悴,只管尽情饮酒,频频搔首。自古以来君子总是遭遇小人陷害,这是上天早就安排好了的规则。

菩萨蛮 回文①

雾窗寒对遥天暮,暮天遥对寒窗雾。花落正啼鸦,鸦啼正落花。
袖罗垂影瘦,瘦影垂罗袖。风剪一丝红,红丝一剪风。

【注释】

①回文：一种游戏性质的修辞手法，正亦成诵，倒亦成诵。这首词就是逐句倒读的回文体，每两句都是反复回文，如"雾窗寒对遥天暮"，从最后一个字倒着往前读，就是下一句"暮天遥对寒窗雾"。

【译文】

凝结着雾气的窗子映出远处天空的暮色，远处天空的暮色映照这窗子凝结的雾气。花落的时候，乌鸦在啼叫，乌鸦啼叫的时候，正值花落。

那个人衣袖低垂，显得身影纤弱，纤弱的人影低垂着衣袖。一阵疾风吹过花枝，花枝上吹过一阵疾风。

又

隔花才歇廉纤雨①，一声弹指浑无语。梁燕自双归②，长条脉脉垂。

小屏山色远，妆薄铅华浅。独自立瑶阶③，透寒金缕鞋④。

【注释】

①廉纤：细小，细微，多用以形容微雨。

②梁燕：梁上的燕子。

③瑶阶：本指玉砌的台阶，后为石阶之美称。

④金缕鞋：绣织有金丝的鞋子。南唐李煜《菩萨蛮》："刬袜步香阶，手提金缕鞋。"

【译文】

细雨刚刚停歇，窗前那丛盛开的花朵上，还点点滴滴地淌着雨水。一时间她似乎有所感悟，沉默无言。梁上的燕子双双归来，长长的柳条含情脉脉地低垂。

透过屏风，看见了远处的小山，她妆容清淡，脚上踩着金缕鞋，独自伫立在台阶上，而不觉得寒冷。

又

新寒中酒敲窗雨①，残香细学秋情绪②。 端的是怀人，青衫有泪痕③。
相思不似醉，闷拥孤衾睡。 记得别伊时，桃花柳万丝。

【注释】

①中酒：酒酣。

②残香：残存的香气。

③青衫：古代学子或官位卑微者所穿的衣服，借指学子、书生。

【译文】

天气刚刚转凉，我喝醉了酒，聆听窗外落雨敲打窗子的声音，熏香就快要烧尽了，此时我的情绪就像这秋天一样悲凉。原来是因为感念在怀，不知不觉中连衣衫都被泪滴沾湿了。

这相思之情不似酒醉，可以倒头就睡忘记忧愁。依然记得与她分别的时候，桃花开得正艳，柳丝长得正盛。

又

淡花瘦玉轻妆束，粉融轻汗红绵扑①。 妆罢只思眠，江南四月天②。
绿阴帘半揭，此景清幽绝③。 行度竹林风，单衫杏子红④。

【注释】

①红绵扑：红丝绵的粉扑，古代女子的化妆用品。

②四月天：指初夏之时。

③清幽：风景秀丽而幽静。

④单衫：指单衣。

【译文】

梳妆台前，一个白净消瘦的女子正在梳妆，她用红丝绵做的粉扑轻轻地抹去香汗。在江南的初夏之时，她刚刚梳妆完毕，竟又慵懒得犯起困来。

在绿荫的掩映下，半揭起窗帘。这真是无比清幽的风景。她穿着杏子红的单衣，在暖风中慢慢踱步，来到一片翠竹园下。

又

梦回酒醒三通鼓①，断肠啼鴂花飞处②。 新恨隔红窗，罗衫泪几行。
相思何处说，空有当时月。 月也异当时，团栾照鬓丝③。

【注释】

①三通鼓：古人夜里打更报时，一夜分为五更，三更鼓即半夜时。

②啼鴂：杜鹃鸟。

③团栾：指明亮的圆月。鬓丝：鬓发。

【译文】

酒醒后从梦中醒来，三更的更鼓刚刚敲过，这时又传来杜鹃悲鸣的声音，更添伤情离愁的心绪，泪水涟涟沾湿了衣衫。

我对你的相思无处诉说，陪伴我的只有当初你我共赏的明月。月亮也不是当时的月亮了，此刻的明月只照着我孤独一人，照着我憔悴的鬓发。

又

催花未歇花奴鼓①，酒醒已见残红舞②。 不忍覆馀觞③，临风泪数行④。
粉香看欲别⑤，空剩当时月。 月也异当时，凄清照鬓丝。

【注释】

①催花：即击鼓催花，用于酒令，鼓响传花，声止，持花未传者即须饮酒。花奴：唐玄宗时汝阳王李琎的小字。李琎善击羯鼓，玄宗特钟爱之，曾谓侍臣曰："速召花奴将羯鼓来，为我解秽。"后因称羯鼓为"花奴鼓"。

②残红：指凋残的花，落花。

45

③覆：倾翻酒杯，指饮酒。馀觞：杯中所剩的残酒。
④临风：迎风，当风。
⑤粉香：代指钟爱的女子。

【译文】

催花盛开的花奴鼓还没有停歇，酒醒之后已经看见落花纷飞。不忍饮尽这酒杯中的残酒，秋风吹过，不禁流下了眼泪。

心爱的女子眼看着又要与我分别，待她离去，只剩下当时的一轮明月。但只怕这月亮也与当时不同了，这凄凉的清光，照在我渐染风霜的双鬓上。

又　早春

晓寒瘦著西南月①，丁丁漏箭余香咽②。春已十分宜，东风无是非。
蜀魂羞顾影③，玉照斜红冷④。谁唱《后庭花》⑤，新年忆旧家。

【注释】

①瘦著：瘦削之意。此处指弯月或月牙。
②漏箭：漏壶上的部件，形如箭，上有时辰刻度，随水浮沉以计时。咽：充塞、充满。
③蜀魂：鸟名，指杜鹃鸟，传说蜀主杜宇，号望帝，死后化为鹃，春天日夜悲啼，蜀人称之为"望帝之魂"，亦称蜀魂。
④玉照：即镜子。斜红：指人头上戴的红花。
⑤后庭花：即《玉树后庭花》曲，南朝陈后主所作，其辞清荡，而其音甚哀，后多作为靡靡之音或亡国之音的象征。此处喻为凄凉之曲。

【译文】

春晓天寒，西南天际斜挂着一弯月牙，滴漏声叮叮咚咚，声声作响，熏香已经快要燃尽，满屋的香烟绵转缭绕。这本是春光十分相宜的时节，东风不管怎么吹都是好的。

杜鹃鸟不愿意去看镜中自己的身影，那头上的红花都给人孤寂之感。是谁在哼唱凄凉的《玉树后庭花》，让人在新年里忆及旧家。

又

窗间桃蕊娇如倦，东风泪洗胭脂面。人在小红楼，离情唱《石州》①。

夜来双燕宿，灯背屏腰绿②。香尽雨阑珊③，薄衾寒不寒？

【注释】

①《石州》：指乐府七调之一的商调曲名。商调之音凄怆哀怨，多表凄清伤感之情。李商隐《代赠》："东南日出照高楼，楼上离人唱《石州》。"

②绿：指乌黑发亮的颜色，古诗词中多以之形容乌黑的头发。此处引申为昏暗不明。

③雨阑珊：雨将尽。

【译文】

窗前桃花的花蕊娇嫩而又带着几分倦意，春风徐来，丝丝雨滴沁湿桃花，仿佛是美人卸妆梳洗的可爱模样。她独自坐在小红楼里，唱着哀怨的《石州》曲。

已至深夜，燕子双双来到屋檐下借宿，而她却一个人，灯烛背对着屏风。熏香逐渐烧尽，春雨也快要停歇，

她只盖着薄薄的被子，是否禁得住这番春寒？

又

朔风吹散三更雪①，倩魂犹恋桃花月②。 梦好莫催醒，由他好处行。
无端听画角③，枕畔红冰薄④。 塞马一声嘶，残星拂大旗。

【注释】

①朔风：边塞外凛冽的北风、寒风。

②倩魂：少女的梦魂，用唐人小说《离魂记》中倩娘的故事，借指梦中共度美好春光的人。

③画角：古代乐器，外加彩绘，故称画角，古时军中多用以警昏晓。

④红冰：泪水结成的冰，形容感怀之深。

【译文】

凛冽的北风，吹散三更天还在飘落的雪花，相思之人在梦中还在想念开满桃花的明月之夜。梦是那么美好，不要催醒他，让他在美梦中多转一转吧。

好梦却无端被号角声惊破了，醒来时泪水已经将枕头打湿。边塞上的马儿忽然一声嘶鸣，军旗飘扬的夜空中还悬挂着几颗寒星。

又

问君何事轻离别，一年能几团栾月？ 杨柳乍如丝①，故园春尽时。
春归归不得，两桨松花隔②。 旧事逐寒潮③，啼鹃恨未消④。

【注释】

①杨柳乍如丝：语出唐温庭筠《菩萨蛮》："杨柳又如丝，驿桥春雨时。"乍：刚，初。

②松花：指松花江，黑龙江最大的支流，发源自长白山，流域经吉林、

黑龙江两省。

③旧事：往事。

④啼鹃：子规鸟，又名杜鹃。据《华阳国志》载述，古蜀帝死后魂化子规，啼时口边泣血。后人每以之作为遗恨难化意象。

【译文】

问你为了何事而与家人轻易地分别，一年中能有几个团圆的日子。这里杨柳刚刚才抽出嫩芽，故乡的春天已经过去了吧。

春天已经过去，而我却无法回家，松花江隔断了我的归路。点滴往事随着冰冷的潮水一并涌上心头。杜鹃鸟的叫声凄厉，仿佛满心的仇恨还没有消解。

又　　为陈其年题照①

《乌丝》曲倩红儿谱②，萧然半壁惊秋雨。　曲罢髻鬟偏③，风姿真可怜。　须髯浑似戟④，时作簪花剧⑤。　背立讶卿卿⑥，知卿无那情⑦。

【注释】

①陈其年：陈维崧（1625—1682年），字其年，号迦陵，江苏宜兴人。康熙十八年（1679），召试博学鸿儒，取为一等，授翰林院检讨，修《明史》。他工诗词文赋，为清初阳羡词派之首，与朱彝尊齐名，有词1629首，辑为《湖海楼词》，著有《湖海楼全集》。其年长纳兰30岁，为忘年之交。康熙十七年（1678）闰三月，广东著名诗画僧大汕为他画了小像。是年秋，他应召入京，当时才人名士三十余人为此图题咏。纳兰的这一首为其中之一。

②乌丝：指陈其年所作《乌丝词》，顺治十三年（1656）至康熙七年（1668），陈其年居京华时所填之词，结集为《乌丝词》，誉满天下，为人称赏。红儿：杜红儿，唐代名妓，后泛指歌妓。此处借指陈其年身边的歌女。

③髻鬟：指代女子。

④须髯：胡须又长又硬，怒张如戟，形容外貌威武。

⑤簪花：指插花于冠。

⑥讶：迎向。卿卿：男女间表示亲昵的称呼。
⑦无那（nuò）情：无奈情。

【译文】

歌女轻唱着《乌丝词》，文风萧然，仿佛秋雨突然洒落。一曲唱罢，歌女的钗发凌乱，那姿态叫人平白生出了怜惜之心。

陈其年的胡须如戟般直立，却喜欢在帽子上插花为戏。更常与歌女玩笑打趣，别人都惊讶于你的这般模样，我却知道你此中的无限情怀。

又　宿滦河①

玉绳斜转疑清晓②，凄凄白月渔阳道。　星影漾寒沙③，微茫织浪花④。

金笳鸣故垒⑤，唤起人难睡。　无数紫鸳鸯⑥，共嫌今夜凉。

【注释】

①滦河：即古濡河，俗名上都河，在今河北省东北部。源于闪电河，自内蒙古多伦县折向东南，入热河境，会小滦河，始称滦河，以下流经燕山山地，在乐亭、昌黎之间入渤海。

②玉绳：星名，原指北斗第五星之北两星，此处代指北斗星。疑：疑似，实际上还未天明。

③漾：水摇动的样子。

④微茫：这里指落月的光芒暗淡。

⑤故垒：古代的堡垒。

⑥紫鸳鸯：水鸟名，形体大于鸳鸯而多紫色，好并游。

【译文】

北斗星自西转北，眼看天就要亮了。略带寒意的明月照耀着渔阳道。星光点点，映得寒冷的沙滩上影影绰绰。渺茫的河面上有一阵阵浪花清漾。

古代的堡垒里传来胡笳的声音，使人难以入眠。河面上栖宿着无数紫鸳鸯。它们也同我一样感受到今夜的凉意了吧。

又

荒鸡再咽天难晓①,星榆落尽秋将老②。毡幕绕牛羊③,敲冰饮酪浆④。

山程兼水宿,漏点清钲续⑤。正是梦回时,拥衾无限思⑥。

【注释】

①荒鸡:古人将三更前啼鸣的鸡称为荒鸡,旧以其鸣为恶声,主不详,认为荒鸡鸣叫则主战事生。再咽:再次啼鸣声歇。

②星榆:白榆树,落叶乔木,耐干冷。古乐府《陇西行》:"天上何所有,历历种白榆。"以白榆喻星星,故榆有星榆之称。

③毡幕:即毡帐。

④酪浆:牛羊等动物的乳汁,这里指酒。

⑤钲(zhēng):钲鼓,古代军中乐器,行军时敲击,用以节制步伐。

⑥拥衾:即拥被,谓人以被裹护下体,半卧着。

【译文】

荒鸡再次啼鸣,天色仿佛难以破晓,白榆树的树叶已经落尽,时

节将要由秋季转入冬季了。毡帐四周有牛羊环绕，人们喝的是敲碎的冰块化作的水和牛羊的乳汁。

一路上跋山涉水，漏壶声与钲声交参连续。本是午夜梦酣之时，却无法入睡，梦醒后拥着被子，陷入对家的无限思念。

又

惊飙掠地冬将半，解鞍正值昏鸦乱①。冰合大河流②，茫茫一片愁。烧痕空极望③，鼓角高城上④。明日近长安⑤，客心愁未阑。

【注释】

①解鞍：解下马鞍，表示停驻。昏鸦乱：黄昏时乱飞的乌鸦。
②冰合：冰封。
③烧痕：草原上野火少过的痕迹。
④鼓角：古代军队中用来发出号令的战鼓和号角。
⑤长安：故都城名，即今西安城。唐以后诗文中常将其当做都城的通称，这里借指北京城。

【译文】

狂风吹起地面的落叶，冬天已经过去了一半，解下马鞍，找个野店停驻下来，此刻昏鸦乱飞。大河已经被冰封，茫茫千里，叫人愁思无尽。

野地里野火烧过的痕迹一望无边，城楼上有战鼓号角的声音传来。明天就能回到京城了，但思乡的愁绪仍然没有缓解。

又

榛荆满眼山城路①，征鸿不为愁人住②。何处是长安，湿云吹雨寒③。丝丝心欲碎，应是悲秋泪。泪向客中多，归时又奈何！

【注释】

①榛荆：犹荆棘，形容荒芜。山城：依山而筑的城市。

②征鸿：即征雁。多指秋天南飞的大雁。

③湿云：指湿度大的云。

【译文】

山城的道路上布满了荆棘，秋天南飞的大雁不会为愁人暂住片刻。哪里才是京城，这一路上只有浓云、寒雨和凉风。

丝丝缕缕的细雨，越发使思家人觉得寒冷，那细雨仿佛是悲秋的眼泪。异乡总是最容易让人黯然泪下，不知道回乡的时候还会这般惆怅吗？

又

黄云紫塞三千里①，女墙西畔啼乌起②。 落日万山寒，萧萧猎马还。

笳声听不得，入夜空城黑。 秋梦不归家，残灯落碎花③。

【注释】

①黄云：指黄云戍，唐时所设的边戍。紫塞：长城。此处黄云紫塞均指长城。

②女墙：女儿墙在古时叫"女墙"，包含着窥视的含义，是仿照女子"睥睨"的形态在城墙上筑起的墙垛，后来便演变成一种建筑专用术语，特指房屋外墙高出屋面的矮墙。

③落碎花：灯花掉落。

【译文】

长城绵延数千里，西边城墙上有一只乌鸦伴着凄厉的啼鸣飞起。夕阳西下，远处的群山逐渐被暮色的清寒笼罩，烈马萧萧长鸣，在黄昏下归来。

不忍听胡笳的声音。入夜之后，城里漆黑一片。在这秋叶里，即使在梦中也不能回到家乡，醒来后只看到灯火将尽，灯花如泪碎落了一地。

又　　寄顾梁汾苕中①

知君此际情萧索②，黄芦苦竹孤舟泊③。烟白酒旗青，水村鱼市晴④。柁楼今夕梦⑤，脉脉春寒送。直过画眉桥，钱塘江上潮。

【注释】

①苕中：浙江湖州。东西苕溪流经湖州，故称苕中。东苕溪源出天目山之阳，东流经临安、余杭、杭县，北至湖州又称霅溪，与西苕溪合流入太湖。

②萧索：萧条，落寞惆怅。

③黄芦：落叶灌木，叶子秋季变红。苦竹：又名伞柄竹，笋有苦味，不能食用。

④水村：水边的村落。

⑤柁楼：船上操舵的小楼，代指船。

【译文】

我知道你现在的心情很抑郁，将孤舟停在黄芦苦竹丛中发呆。但你看江南的景色多么美好，白茫茫的烟雾中升起青色的酒旗，水边村落的集市沐浴在一片晴光里。

你今晚在船上入睡，春天柔和的寒风徐徐吹来。载着你的船一直从画眉桥下穿过，而此时钱塘江上的春潮正汹涌澎湃。

又

萧萧几叶风兼雨，离人偏识长更苦①。欹枕数秋天②，蟾蜍早下弦③。夜寒惊被薄，泪与灯花落。无处不伤心，轻尘在玉琴④。

【注释】

①长更：长夜。旧时一夜分五更，每更约两小时。

②欹（qī）枕，斜靠着枕头。

③蟾蜍：代指月亮。早弦：即上弦。

④玉琴：玉饰的琴，亦为琴的美称。

【译文】

窗外秋叶在风雨中发出凄凉的声音，远行的人更懂得长夜的难挨。斜靠在枕头上，仰望秋天的星空。月亮刚刚过了上弦，却又变得残缺。

被深秋之夜的寒冷惊醒，怕是因为被子太单薄了吧，独自对着灯花，泪水跟着一起掉落。没有一个地方是不让人伤心的，早已无心再去弹奏玉琴，上面也已蒙上了一层薄薄的灰尘。

又

为春憔悴留春住，那禁半霎催归雨。深巷卖樱桃，雨余红更娇①。

黄昏清泪阁②，忍便花飘泊。消得一声莺③，东风三月情④。

【注释】

①雨余：雨后。

②阁：含着。宋范成大《八场坪闻猿》："天寒林深山石恶，行人举头双泪阁。"

③消得：禁受得起。

④三月情：暮春之伤情。

【译文】

真诚地想要将春天挽留，无奈突然下起了一阵骤雨，仿佛在催促春天快些离开。深巷中有人在叫卖樱桃，那樱桃经过雨水的冲洗显得更加娇艳。

黄昏时分，我眼含清泪，不忍心看着落花就这样飘落凋零。这时一声莺啼，让人更加留恋春天的暖风。

又

晶帘一片伤心白①，云鬟香雾成遥隔②。无语问添衣，桐阴月已西。

西风鸣络纬③，不许愁人睡。只是去年秋，如何泪欲流。

【注释】

①晶帘：水晶帘子，形容其质地精细、色泽莹澈。

②云鬟香雾：形容女子乌黑的头发若云，其香气如雾气之袭人。此处代指闺中之人。遥隔，遥遥相隔。

③络纬（luò wěi）：虫名，即莎鸡，俗称络丝娘、纺织娘。夏秋夜间振羽作声，声如纺线，故名。

【译文】

孤清的白光映照在水晶帘上，我与你遥遥相隔，看不到你如云的秀发，嗅不到你似雾的浓香。再也没有办法问候你一声要不要多添件衣裳。我呆立在梧桐树荫下，不知不觉中月已西沉。

西风起，蟋蟀声声鸣响，不让忧愁的人安睡。秋天还同去年的秋天一样，可为什么我会在今秋落泪。

又

乌丝画作回文纸①，香煤暗蚀藏头字②。筝雁十三双③，输他作一行。相看仍似客，但道休相忆。索性不还家，落残红杏花。

【注释】

①回文：本指回文诗，此处指意含相似之句的诗。

②香煤：和香料的煤烟，指墨。

③筝雁：筝柱。因其斜列如雁行，故称。

【译文】

乌丝栏信纸上写着回文诗，那墨迹却将诗句每一行的第一个字抹去了。抬头望见那十三根筝柱前后排列成整齐的一行，且由它静静地成行在侧吧。

彼此相看仍然感到陌生，她要走了，对我说着不要再惦记。索性就不要回去了吧，在这枯残杏花从枝头纷纷飘落的季节里。

又

阑风伏雨催寒食，樱桃一夜花狼藉①。刚与病相宜，琐窗薰绣衣②。画眉烦女伴，央及流莺唤③。半晌试开奁，娇多直自嫌④。

【注释】

①"阑风"二句：阑风伏雨，即阑风长雨，本指夏秋之交的风雨，后泛指风雨不止。寒食：寒食节。旧俗在清明节前一日或二日，当此节日，禁火三天，食冷食。狼藉：指樱桃花败落。

②"刚与"二句：意谓刚刚病愈，便起而薰衣。锁窗：雕刻有花纹图案的窗子。薰绣衣：用香料薰华丽的衣物。

③"画眉"二句：意谓病愈又逢寒食节将至，遂烦请女伴帮忙梳妆打扮，而此时小黄莺也偏偏在窗外啼啭。央及：请求、恳求。流莺：啼莺，以其啼

鸣婉转，故云。

④"半响"二句：谓许久才打开妆奁，可是对镜看自己娇弱的面容时，又对自己不满了。半响：许久、好久。自嫌：自己对自己不满。

【译文】

风吹不停，阴雨连绵，寒食节马上就要到来，樱桃花被昨夜的风雨吹打的凌乱不堪。刚刚病愈，便起身用炉子烘烤衣物。

央求黄莺鸟叫女伴来给自己画眉。过了好久才试探地打开梳妆盒，模样虽然娇艳，但还是对自己的容貌不满意。

又

春云吹散湘帘雨，絮粘蝴蝶飞还住。 人在玉楼中①，楼高四面风。
柳烟丝一把②，暝色笼鸳瓦③。 休近小阑干，夕阳无限山。

【注释】

①玉楼：指华丽的楼阁。

②柳烟：柳树枝叶茂密似笼烟雾，故称。

③暝色：暮色，夜色。鸳瓦：即鸳鸯瓦。唐李商隐《当句有对》："秦楼鸳瓦汉宫盘。"指瓦之成双成对者。

【译文】

暮色降临，云收雨散时，湘妃竹做的帘子被春风吹得噼啪响，蝴蝶的翅膀上沾着柳絮，时飞时停。这玉楼空阔，四面都有风吹过，那人就在这华丽的楼阁中。

杨柳枝在雾霭中柔弱如烟，渐青的天色将鸳鸯瓦铺满。不要靠近栏杆眺望远方，那夕阳正缓缓落入无限山峦中，令人无限惆怅。

减字木兰花　新月

晚妆欲罢，更把纤眉临镜画①。准待分明②，和雨和烟两不胜。

莫教星替③，守取团圆终必遂。此夜红楼，天上人间一样愁。

【注释】

①纤眉：纤细的柳眉。

②准待：期待，准备等待。分明：指新月渐满渐皎洁。

③星替：月亮被星星代替。

【译文】

化完了晚妆，又手执画笔对镜画眉。要等到夜色中的烟雾消散后，才能看到藏在烟雨后的新月的美丽。

不要叫月亮被星星代替，和我一起守着永远相伴的誓言。今夜守在红楼，无论是天上的你还是人间的我，在同样的月光里有着同样的哀愁。

又

烛花摇影，冷透疏衾刚欲醒①。待不思量②，不许孤眠不断肠。

茫茫碧落，天上人间情一诺③。银汉难通④，稳耐风波愿始从⑤。

【注释】

①疏衾（qīn）：单薄的被子。疏，本为稀疏不密的意思，这里亦暗示独拥薄衾，与同衾共枕相对。

②思量：思念。

③天上人间情一诺：指超越生死的爱情誓言。据陈鸿《长恨歌传》载，天宝十年七月七日之夜唐明皇与杨贵妃在骊山行宫，因感牛郎织女之事而相许永结同心。一诺，指说话守信用。《史记·季布传》："楚人谚曰：'得黄金百斤，不如季布一诺。'"

④银汉：银河，天河。在这里比喻人天之间难以越过的阻隔。

⑤耐：忍耐，忍受。风波：风险，喻指患难。愿，愿望。始从：再次追随。从，追随，追逐。

【译文】

房中的蜡烛明灭，寒意投进薄被，人从睡梦中醒来，无法入眠。不愿回想往事，在孤枕难眠的夜晚，一思量就会断肠。

你已经离我而去，从此天上人间，阴阳两隔，但我们相爱的誓言不会改变。银河将你我隔绝，但为了能够与你相逢重聚，我会忍耐着银河里的风波。

又

相逢不语，一朵芙蓉着秋雨。 小晕红潮①，斜溜鬓心只凤翘②。
待将低唤，直为凝情恐人见③。 欲诉幽怀，转过回阑叩玉钗④。

【注释】

①小晕红潮：谓脸色微微泛起了红晕。

②鬓心：鬓髻的顶心。凤翘：古代女子凤形的首饰或冠帽上插的鸟羽装饰。

③直为：只是因为。

④回阑：曲折的栏杆。

【译文】

相逢时你默默不语，如同秋雨中的一朵芙蓉。你的容颜娇羞而红润，一支凤翘斜插在你的发髻中央。

等到想要低声呼唤你，又怕被旁人发现。想要向你倾诉离愁，可你已转过曲折的走廊，拔下玉钗轻叩着曲折的栏杆。

又

从教铁石①，每见花开成惜惜②。泪点难消，滴损苍烟玉一条③。
怜伊太冷，添个纸窗疏竹影。记取相思④，环佩归来月下时⑤。

【注释】

①从（zòng）教：任凭，即使。意谓任凭怎样的铁石心肠也难以不动情。从，通"纵"。铁石：铁石心肠。

②惜惜：可惜、怜惜，舍不得。

③苍烟：春意氤氲的样子。

④记取：不忘，惦记。

⑤环佩：代指所思恋之人。

【译文】

即使再铁石心肠，每年见到梅花开放也难以不动情。那像是泪珠一般滴洒在玉条上的湘妃竹，远远望去恰似苍烟一片。

怜惜这花枝忍受不住酷寒，在纸窗上画几行竹影，与它相伴。想来是思恋的人也在思念着我，乘着夜月，化作梅花来此相会。

又

断魂无据①，万水千山何处去？没个音书②，尽日东风上绿除③。
故园春好，寄语落花须自扫④。莫更伤春，同是恹恹多病人⑤。

【注释】

①断魂：销魂，形容哀伤、感动、情深。无据：行踪难定，不得自主。

②音书：音信、书信。

③尽日：终日、整天。东风：春风。上绿除：吹绿台阶。除：台阶。

④寄语：传话，转告。须：需要。

⑤恹恹（yān yān）：精神不振的样子。

【译文】

孤独的魂魄飘忽不定，在这万水千山中不知道归向何处。一直没有你的音信，整日独立在春风中，任台阶上的芳草被吹绿。

故园的春色应该正好吧，多想告诉你，今春我不能返回，只有你一人扫去满地的落花了。你也不要再伤春了，我与你有着一样的心情和哀愁。

又

花丛冷眼①，自惜寻春来较晚②。知道今生，知道今生那见卿③！

天然绝代④，不信相思浑不解⑤。若解相思，定与韩凭共一枝⑥。

【注释】

①花丛冷眼：冷眼看花丛，意为花丛众卉，皆不能令人动心。冷眼，冷淡神情，索然乏兴致。

②寻春：游赏春景。

③那见：哪处再见，哪里能再见到。

④绝代：冠绝一代，举世无双，形容女子才貌绝伦。

⑤浑不解：犹言浑然不解。

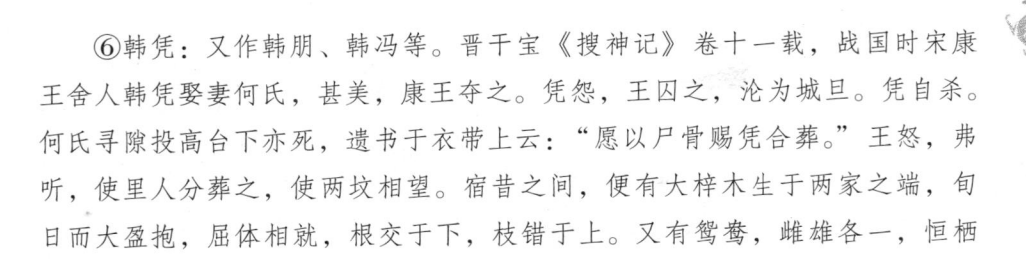

⑥韩凭：又作韩朋、韩冯等。晋干宝《搜神记》卷十一载，战国时宋康王舍人韩凭娶妻何氏，甚美，康王夺之。凭怨，王囚之，沦为城旦。凭自杀。何氏寻隙投高台下亦死，遗书于衣带上云："愿以尸骨赐凭合葬。"王怒，弗听，使里人分葬之，使两坟相望。宿昔之间，便有大梓木生于两家之端，旬日而大盈抱，屈体相就，根交于下，枝错于上。又有鸳鸯，雌雄各一，恒栖树上，交颈悲鸣，晨夕不去，音声感人。宋人哀之，遂号其木曰"相思树"。后人以此故事用于男女相爱，生死不渝之情事。

【译文】

如今花丛冷淡，可惜已经错过了赏花时节，正如今生错过了和你的缘分，恐怕再也不能与你相见了。

你天生绝代芳华，不相信你会不理解我对你的思念。如果你懂得我的一片相思情深，一定会像传说中的韩凭夫妇那样，甘愿与我结成连理。

卜算子　新柳

娇软不胜垂①，瘦怯那禁舞②。多事年年二月风，剪出鹅黄缕。
一种可怜生③，落日和烟雨。苏小门前长短条④，即渐迷行处。

【注释】

①娇软：柔美，轻柔。

②瘦怯：瘦弱。

③可怜生：可怜的模样。

④苏小：南朝齐时名妓苏小小。

【译文】

娇嫩的柳枝低垂，一副娇羞的模样，怎么禁得住迎风起舞呢？那二月的春风偏偏年年多事，剪出这一缕缕鹅黄的柳枝。

无论是在夕阳余晖里，还是在烟雨迷蒙中，柳枝都是一副可爱的模样。这些柳枝与苏小小门前的柳枝一样长枝短条随风飘摇，使行人渐渐沉迷在这夕阳美景中。

又　塞梦

塞草晚才青①，日落箫笳动②。慽慽凄凄入夜分③，催度星前梦④。小语绿杨烟⑤，怯踏银河东⑥。行尽关山到白狼⑦，相见唯珍重。

【注释】

①晚才青：意为返青迟。

②箫笳：管乐器名，箫和胡笳，音声均苍凉凄怨。

③慽慽：悲伤的样子。凄凄：形容心情凄凉悲伤。

④催度：即催渡，催促渡过。星前梦：魂梦。

⑤绿杨烟：绿杨如烟，春意浓时的景观。

⑥银河：冰河，冰结未化时的境地。

⑦白狼：即白狼河，今辽宁大凌河。

【译文】

边塞的草要到季末的时候才显出青绿的颜色，箫笳之声只有在日落之后才会吹起。入夜时分，一片凄清，催促她的梦魂来到边塞，与我相会。

你来到我面前，和我在雾霭蒙蒙的绿树下喁喁细语，不知道你如何来到的这塞外边关荒凉之地，原来是将关山踏遍才寻到远在白狼河的丈夫，万里迢迢来相聚只为了道一声珍重。

又 午日^①

村静午鸡啼^②，绿暗新阴覆。一展轻帘出画墙^③，道是端阳酒^④。

早晚夕阳蝉，又噪长堤柳。青鬓长青自古谁^⑤，弹指黄花九^⑥。

【注释】

①午日：端午，亦称端午节，为每年的农历五月初五。

②午鸡啼：中午鸡啼，以衬托静谧。

③轻帘：指酒招子。

④端阳酒：旧俗于端午节饮以艾蒲浸泡的酒，以驱邪避瘟。这里指用艾蒲浸泡的酒。

⑤青鬓：黑发。

⑥弹指：弹指之间，喻时光短暂，本为佛家语，据《翻译名义集·时分》谓：二十念为一瞬，二十瞬为一弹指。黄花：菊花。九：指农历九月初九日，即重阳节。

【译文】

正午时分，鸡鸣之声响起在寂静的村落里，树木又长出几许新叶，酒家的酒招子伸出了画墙，上面写着有端阳酒出售。

夕阳早晚会到来，不知疲倦的知了在河堤的柳树上嘶叫不已。古往今来，没有谁能够留住鬓边的缕缕青丝，时光匆匆流逝，转眼之间就又到了秋意倍浓的黄花时节。

卷二

采桑子

彤云久绝飞琼字①,人在谁边? 人在谁边? 今夜玉清眠不眠②?
香销被冷残灯灭③,静数秋天,静数秋天,又误心期到下弦④。

【注释】

①彤云:红霞,道家传说在仙人所居处有彤霞缭绕。飞琼:指许飞琼,传说是西王母身边的使女,后用来泛指仙女。字:书信。
②玉清:天上,原指仙境,神仙居处,此处指官禁。
③香销:熏炉香烬烟消散,暗示夜深。
④心期:心底期待,心愿、心意。

【译文】

很久没有收到她的来信,她人在何处?人在何处?不知在这无言的深夜里,她是否和我一样因想念而无眠呢?

烧尽的香,冰冷的被,还有将要熄灭的灯火,清冷的秋天,清冷的景象,相聚之约一再耽搁,不知何时才能再相见。

又

谁翻乐府凄凉曲①? 风也萧萧,雨也萧萧,瘦尽灯花又一宵②。
不知何事萦怀抱③,醒也无聊,醉也无聊,梦也何曾到谢桥④。

【注释】

①谁翻:谁家奏起。翻:演唱或演奏之意。乐府:诗体名,初指乐府官署所采制的诗歌,后将魏晋至唐可以入乐的诗歌,以及仿乐府古题的作品统称乐府,宋以后的词、散曲、剧曲,因配乐,有时也称乐府。
②瘦尽灯花:燃尽灯烛。油灯芯或烛芯于将灭烬时光焰渐小渐暗淡,故云。

③萦怀抱：萦绕在心，意即愁思积郁，缠绕在胸中难以解脱。

④谢桥：谢娘桥，古时称所爱的女子（或妓女）为"谢娘"，称其所居处为"谢桥"。相传六朝时即有此桥名。谢娘，未详何人，或谓名妓谢秋娘者。诗词中每以此桥喻指思恋佳人置身处，或指昔时曾携手共聚处。晏几道《鹧鸪天》："梦魂惯得无拘检，又踏杨花过谢桥。"

【译文】

是谁在唱着凄切悲凉的乐府歌曲？风萧萧肃肃，雨潇潇洒洒，房里点燃的灯烛一点一点地燃尽，让人忧伤难过，彻夜不眠。

不知道是什么事萦绕心怀，让人醒时醉时都一样无聊难耐，就是梦里也不能与她相聚。

又

严宵拥絮频惊起①，扑面霜空②。斜汉朦胧③，冷逼毡帷火

不红④。

香篝翠被浑闲事⑤，回首西风。数尽残钟⑥，一穟灯花似梦中⑦。

【注释】

①严宵：寒夜。拥絮：拥裹被絮。

②霜空：秋冬的晴空。

③斜汉：指秋天向西南方偏斜的银河。

④毡帷：上盖毛毡的帐篷，即毡帐、毡包，俗称蒙古包之类，北方游牧民族用作居室，此为军旅所用。帷：帐幔、帐子。火不红：言取暖之炉火烧不旺。

⑤香篝：熏笼，古人室内的熏香用器。

⑥残钟：清悠稀疏的钟声。

⑦穟：同"穗"，每喻穗状之花，这里形容灯花烛花如一枝穗状。

【译文】

塞外严重的寒气凌袭入絮被，每次惊醒，都拥着被子坐起身来，霜气卷着雪花阵阵飞起，冬日寒冷的天空仿佛径直压迫到人面前。银河斜挂天际，星光迷蒙昏惑、模糊不清。寒气袭来，帐幕中的炉火只剩下一丝弱光。

回想家中那熏香缭绕枕衾温暖的往事，而今在这西风呼啸的塞外真难挨。不知从哪里传来了稀疏的钟声。看着毡帐里那一穗灯光出神，一切好像在梦里一般。

又

冷香萦遍红桥梦①，梦觉城笳。月上桃花，雨歇春寒燕子家。

箜篌别后谁能鼓②，肠断天涯。暗损韶华③，一缕茶烟透碧纱④。

【注释】

①冷香：指清香的花气。红桥：桥名，在今江苏扬州，明崇祯时建，为扬州游览胜地之一。

②箜篌：古代一种拨弦乐器名，分竖箜篌与卧箜篌两种。

③韶华：美好的光阴，美好的青春年华。

④碧纱：绿色的纱制的灯罩。

【译文】

睡梦中行至红桥，闻到桥上清香的花气，醒来，只有孤寂的空城，凄楚的笳声。月光照在桃花枝上，雨已停，留下一片春寒，燕子还在巢中安睡。

自从离别后，我再也无心弹奏箜篌，想着远方的你，思念让人肝肠寸断。美好的青春年华就这样暗暗地消耗，就像是一缕轻烟透过碧纱一样让人难以察觉。

又　咏春雨

嫩烟分染鹅儿柳①，一样风丝。似整如欹②，才着春寒瘦不支。

凉侵晓梦轻蝉腻③，约略红肥。不惜葳蕤④，碾取名香作地衣⑤。

【注释】

①鹅儿柳：指泛起鹅黄色的柳枝。

②似整如欹：谓春雨蒙蒙中，弱柳似烟若雾，它的枝条又好像是歪斜的雨丝。

③轻蝉：指蝉鬓，这里代指闺中人。

④葳蕤：鲜丽的样子，指花。

⑤地衣：地毯。

【译文】

蒙蒙春雨将初春的柳枝点染出了鲜嫩的鹅黄色，就好像空中的游丝一般。柳枝在风雨中时而偏斜，时而工整，春雨细弱，仿佛是因为抵不住春寒而消瘦了下来。

冰凉的露水凝在女子的鬓发上，使她从晓梦中醒来。花儿大多变得更加娇俏，但春雨却不懂怜惜，将它们打落在地，洒落在地的残花就好像给大地铺上了一条地毯。

又　塞上咏雪花

非关癖爱轻模样①，冷处偏佳。别有根芽②，不是人间富贵花。

谢娘别后谁能惜③，飘泊天涯。寒月悲笳，万里西风瀚海沙。

【注释】

①轻模样：大雪纷飞的样子。

②根芽：比喻事物的根源、根由。

③谢娘：谢道韫，她因吟雪的名句"未若柳絮因风起"而享有才名，后人因称才女为"谢娘"。

【译文】

我偏爱雪花不在于其轻盈的形态，更在于其在越寒冷的地方开得越美。这是因为它有与牡丹、海棠等人间富贵花不同的高洁品性。

谢娘故去后还有谁能怜惜雪花呢，它漂泊天涯，在寒冷的月光和悠远的胡笳声中，感受到的是西风吹向无际大漠的悲凉。

又

桃花羞作无情死，感激东风。吹落娇红①，飞入窗间伴懊侬②。
谁怜辛苦东阳瘦③，也为春慵④。不及芙蓉，一片幽情冷处浓⑤。

【注释】

①娇红：娇艳的花瓣，这里指桃花落瓣。

②懊侬：烦闷，这里指懊恼烦闷之人。

③东阳：指南朝梁沈约，因其曾任东阳太守，故称。《南史·沈约传》载沈约《陈情书》："已老病，百日数旬，革带常应移孔；以手握臂，率计月小半分。"后每以"东阳瘦沈"喻憔悴才子，此即词人自喻。

④春慵：病春，因春天离去而神思慵懒。

⑤幽情：深喻之情，深藏心底的隐情。

【译文】

桃花并非无情地死去，故而从枝头飘落，借着东风飞入窗棂，娇艳的花瓣陪伴着烦闷的我。

有谁来怜惜我日渐消瘦的身影呢，为伤怀春天的逝去而越发慵懒起来。虽然比不上芙蓉花，但它的幽香在清冷处却显得更加浓重。

又

拨灯书尽红笺也，依旧无聊。玉漏迢迢，梦里寒花隔玉箫①。
几竿修竹三更雨②，叶叶萧萧。分付秋潮，莫误双鱼到谢桥③。

【注释】

①寒花：指寒冷时节开放的花，一般多指菊花。玉箫，人名。唐范摅《云溪友议》卷三："韦以旷觐日久，不敢偕行，乃固辞之。遂与言约，少则五载，多则七年，取玉箫。因留玉指环一枚，并诗一首遗之。暨五年不至，

玉箫乃默祷于鹦鹉洲，又逾二年，泊八年春，玉箫叹曰：'韦家郎君，一别七年，是不来矣。'遂绝食而殒。姜氏悯其节操，以玉环著于中指而同殡焉。"后人以此为情人订盟的典故。亦称玉箫侣约。

②修竹：长长的竹子。

③双鱼：书信，汉代古诗有"遗我双鲤鱼"、"中有尺素书"之句，传说鱼腹能藏信远寄。

【译文】

把灯烛拨亮，在红笺上写满思念，心里依然感到惆怅无聊。长夜漫漫，漏声迢迢相伴，即使在梦中与爱人相见，也总有阻隔。

三更了，窗外的秋雨敲打在修竹上，点点滴滴，一片风雨之声。将这孤独寂寞的思念交付秋声秋雨，不要忘了将书信寄给她才好。

又

凉生露气湘弦润①，暗滴花梢。帘影谁摇，燕蹴风丝上柳条。舞余镜匣开频掩，檀粉慵调②。朝泪如潮，昨夜香衾觉梦遥。

【注释】

①湘弦：即湘瑟，湘妃所弹的瑟。

②檀粉慵调：懒得调匀香粉，意谓倦于梳妆。檀粉：香粉。

【译文】

夜来凉生，露气润湿了琴弦，露珠滴湿了花梢。帘外疏影摇摇，原来是惊得燕子乘着轻风飞上了柳枝。

对镜梳妆，自怜自伤，精巧的镜匣频开频掩，倦于梳妆，连香粉都懒得调匀。泪如泉涌，想起昨夜的梦境，思念的人啊，在遥远的异乡。

又

土花曾染湘娥黛①，铅泪难消②。清韵谁敲③，不是犀椎是凤翘④。

只应长伴端溪紫⑤,割取秋潮⑥。鹦鹉偷教,方响前头见玉箫⑦。

【注释】

①土花:器物被泥土侵蚀后留下的斑点。湘娥:原指死于江、湘之间的舜妃娥皇、女英,这里喻代女子。黛:女子眉黛。

②铅泪:晶莹凝聚的眼泪。语本唐李贺《金铜仙人辞汉歌》:"空将汉月出宫门,忆君清泪如铅水。"

③清韵:清雅和谐的声响,指竹林风动的声响。

④犀椎:即犀槌,古代打击乐器方响中的犀角制的小槌。凤翘:古代女子的首饰,形如凤,故云。此处代指所恋之女子。

⑤端溪:溪名,在广东高要东南,产砚石,制成者称端溪砚或端砚,为砚中上品,即以"端溪"称砚台。端溪紫:指紫色的端溪砚,此处代指笔墨书写之事。

⑥秋潮:指秋天的景色、情怀等。

⑦方响:打击乐器,由十六枚大小相同、厚薄不一的长方形铁片组成,分两排悬于架上,以小槌击之,声音清浊不等,创始于南朝梁,为隋唐宴乐中常用乐器。

【译文】

斑痕累累的湘妃竹,青青如黛,竹身长满了苔藓,而那斑渍如铅泪一般凝固,难以消除。清雅和谐的乐声是谁敲击出来,不是用犀角小槌,而是用头上凤凰模样的发钗。

它只应长久地陪伴在紫石端砚的旁边,它的色泽如同割取下来的一截秋潮。是谁将相思之语偷偷教给鹦鹉,是方响前面那个可爱的女子。

又

谢家庭院残更立①,燕宿雕梁②。月度银墙③,不辨花丛那辨香。
此情已自成追忆,零落鸳鸯。雨歇微凉,十一年前梦一场。

【注释】

①谢家庭院:指南朝谢灵运家。谢灵运在会稽始宁县有依山傍水的庄园,后因用以代称贵族家园,亦指闺房。晋谢奕之女谢道韫及唐李德裕之妾谢秋娘等都负有盛名,故后人多以"谢家"代指闺中女子。残更:旧时将一夜分为五更,第五更时称残更。

②雕梁:刻绘文彩的屋梁。

③银墙:在月光的照射下,泛着银白颜色的墙壁。

【译文】

长夜将尽之时,独自伫立在庭院中,看着燕子双宿双栖在雕梁上。月光洒下来,照在白色的墙壁上,夜色微茫之中,闻得一阵花香,却又辨不清是哪一丛花儿送来的。

此情此景早已蜕变成回忆,你我从此劳燕分飞,再也无缘相聚。雨后的夜里透着丝丝凉意,忽然感觉你我之间十一年前的那场爱情,已经缥缈如梦境。

又

而今才道当时错①,心绪凄迷。红泪偷垂,满眼春风百事非。
情知此后来无计②,强说欢期③。一别如斯,落尽犁花月又西。

【注释】

①才道:才知道。

②无计：没有办法。
③欢期：佳期，指二人欢聚相守的日子。

【译文】

现在才知道那时的错误，心中凄凉迷乱。眼泪默默落下，满眼看到的都是郁郁春光，但一切却非于从前。

明知以后的事情难以预料，我还是硬说可以再次欢聚。一别之后果然遥遥无期，如今梨花又落完了，月亮也已经在天的西方。

又

明月多情应笑我，笑我如今，孤负春心①，独自闲行独自吟②。

近来怕说当时事，结遍兰襟③。 月浅灯深④，梦里云归何处寻⑤？

【注释】

①春心：春日景色引发出的意兴和情怀。《楚辞·招魂》："目极千里兮伤春心，魂兮归来哀江南。"此处应作"春意"解，指明媚春光送来赏心悦目的美意。

②闲行：漫步。此言意兴阑珊、心绪茫然之独步。

③兰襟：芬芳的衣襟。比喻知己之友。

④月浅：月色浅淡，谓夜深。

⑤梦里云归：暗喻《高唐赋》中巫山朝云的故事，"云归"之"云"比拟心中所忆念的佳人。

【译文】

明月如果有感情，一定会笑话我吧，笑我到现在都春心未结，独自在这春色中孤独地漫步沉吟。

最近很怕说起当年的往事，当时我们把衣襟结在一起，祈祷永不分离。而现在月色渐浅，灯光暗淡，只有在梦里寻找往日的美好时光。

谒金门

风丝袅,水浸碧天清晓。一镜湿云青未了①,雨晴春草草②。

梦里轻螺谁扫③?帘外落花红小。独睡起来情悄悄,寄愁何处好?

【注释】

①青未了:青色一望无际。
②草草:劳心烦恼的样子。
③螺:螺黛,为古代女子画眉的青黑色颜料,亦称螺子黛。扫,描画。

【译文】

微风像丝线一般缠绕,雨水把蓝天浸染得清晰舒晓。水波静止无痕,像镜子一样折射出天空美丽的云彩,雨过天晴的春意却令人忧虑劳神。

睡梦里粉黛娥眉的颦蹙谁能扫净抚平。窗外的落花零散飘落。一个人独自醒来,梦中的缠绵尚未散尽,而这一腔的愁绪该如何寄托?

好事近

帘外五更风，消受晓寒时节。 刚剩秋衾一半①，拥透帘残月。

争教清泪不成冰②，好处便轻别。 拟把伤离情绪③，待晓寒重说。

【注释】

①剩：与"盛"音意相通。此"盛"犹"剩"字，多频之义。秋衾：语见唐李贺《还自会稽歌》："台城应教人，秋衾梦铜辇。"

②争教：怎教。

③伤离：为离别而感伤。

【译文】

窗外吹来五更的寒风，这寒冷的造成正是一天中最冷的时刻。独自孤眠，秋夜冰冷的被子多出了一半，我拥着被子坐起来，望着窗外的残月回忆往昔。

怎么能使清泪不长流至结冰呢，最好的办法就是不把离别的事放在心上。这因离别而感伤的心绪，还是留到天亮以后再去想吧。

又

马首望青山，零落繁华如此。 再向断烟衰草①，认藓碑题字②。

休寻折戟话当年③，只洒悲秋泪。 斜日十三陵下④，过新丰猎骑⑤。

【注释】

①衰草：干枯的草。

②藓碑：长满苔藓的石碑。藓：苔藓。

③休寻折戟话当年：不要寻思那古往今来兴亡之事。折戟：断折戟被沉没在沙里，指残败。用杜牧《赤壁》："折戟沉沙铁未销，自将磨洗认前朝"句，故"折戟"成指代前朝之意象。

④十三陵：北京市昌平天寿山一带之明陵，为十三座皇陵，清代那里有

围场。

⑤新丰：古县名，在今陕西省临潼县东北，汉初刘邦兴建，迁家乡父老于此。猎骑：代指骑马行猎者。

【译文】

骑着马遥望青山，往昔都市的繁华如今已经凋零。看那被衰草掩盖的石碑，细细辨认那石碑上镌刻着怎样的文字。

不要寻思那古往今来的兴亡之事，只是眼前的秋色就足以让人洒下悲秋的眼泪。夕阳西下，八旗围猎的队伍经过十三陵旁。

又

何路向家园，历历残山剩水①。都把一春冷淡②，到麦秋天气③。
料应重发隔年花④，莫问花前事。纵使东风依旧，怕红颜不似。

【注释】

①历历：零落的样子。
②冷淡：不热情，不热闹。
③麦秋天气：指农历四五月，麦子成熟后的收割时节。
④隔年花：去年之花。

【译文】

哪一条才是通往家园的路呢？眼见的到处都是零落的残山剩水。这个春天冷清寡味，一转眼，已经到了麦收时节。

料想去年的花又开了吧，但我却不敢回忆花前月下的旧事。即使春风还和去年一样，但红颜已经改变，与去年不一样了。

一络索　长城

野火拂云微绿①，西风夜哭。苍茫雁翅列秋空②，忆写向屏山曲③。

山海几经翻覆[4]，女墙斜矗[5]。看来费尽祖龙心[6]，毕竟为谁筑。

【注释】

①野火：指磷火，即俗称之"鬼火"。

②苍茫：空旷辽远。

③屏山：画有层叠山景的屏风，指代家楼、闺阁。

④山海：山与海。翻覆：巨大而彻底的变化。

⑤女墙：城墙上的矮墙、小墙，这里代指城墙。

⑥祖龙：秦始皇。语见《史记·秦始皇本纪》裴骃集解引苏林曰："祖，始也；龙，人君象。谓始皇也。"

【译文】

夜晚的荒野上闪着点点磷火，泛着绿光，好像要与天上的云朵相连接。而四周西风呼啸，好像鬼神在哀嚎。在苍茫的秋空上，飞过一行行征雁，想要飞过远方那连绵起伏的山峦。

沧海桑田几经变化，那城墙依然斜斜地矗立在那里。看来秦始皇当年为修筑长城是白费心机了，那万里长城究竟是为谁修筑的呢？

又

过尽遥山如画,短衣匹马①。萧萧木落不胜秋②,莫回首斜阳下③。
别是柔肠萦挂④,待归才罢。却愁拥髻向灯前⑤,说不尽离人话。

【注释】

①短衣匹马:古代北方少数民族尚骑射,故穿窄袖之衣,称为短衣。这里是谓穿短衣,乘匹马,奔驰在征途上。

②萧萧:冷落凄清的样子。木落:落叶。

③莫回首斜阳下:意即怕看秋阳西斜,因家在"斜阳下"。

④别是:不要又是、想必定是。萦挂:牵挂。

⑤拥髻:捧持发髻。

【译文】

身着短衣,骑着马匹,走过无数风景如画的山峦。秋叶不敌秋寒纷纷飘坠,在斜阳下不要回头,徒增凄凉。

离家后与家人彼此思念和牵挂,只有等到归家后这思念和牵挂才能放下。到那时,我们秉烛夜谈,才能将思念诉说得尽。

又 雪

密洒征鞍无数①,冥迷远树②。乱山重叠杳难分,似五里蒙蒙雾。
惆怅琐窗深处③,湿花轻絮。当时悠扬得人怜④,也都是浓香助。

【注释】

①征鞍:即征马,指旅行者所乘的马。

②冥迷:迷茫,迷蒙。

③琐窗:指镂刻有花纹图案的窗棂。

④悠扬:形容雪花轻盈散落。

【译文】

马背上落满了雪花,远处树木冥迷。模糊了重叠的山岭,教人无法分辨清楚,仿佛置身于蒙蒙雾中。

雪花飘入了窗棂,好像是湿花柳絮,又勾起了无限感怀。那纷飘的雪花之所以惹人怜爱,除了它那轻盈的体态之外,还因为它得到了浓郁花香的暗助。

清平乐

烟轻雨小,望里青难了。 一缕断虹垂树杪①,又是乱山残照②。
凭高目断征途,暮云千里平芜③。 日夜河流东下,锦书应记双鱼。

【注释】

①断虹:残虹,即一段彩虹。树杪:树梢。
②残照:夕阳的余晖,即夕照。
③平芜:指草木丛生的原野。

【译文】

烟雾淡淡,小雨沥沥,一眼望去,满眼尽是草绿树青。一道彩虹横断树梢,夕阳的余晖照着高高低低的山峰。

登高远眺,望断征途,只看到暮云下广阔的旷野。河水昼夜不停地向东流去,满载相思之苦的家书应该托双鱼带回家里。

又

青陵蝶梦①,倒挂怜么凤②。 褪粉收香情一种,栖傍玉钗偷共③。
愔愔镜阁飞蛾④,谁传锦字秋河? 莲子依然隐雾⑤,菱花偷惜横波⑥。

【注释】

①青陵蝶梦:晋干宝《搜神记》:"大夫韩凭取妻美,宋康王夺之,凭怨

王，自杀，妻腐其衣，与王登台，自投台下，左右揽之，着手化为蝶。"后以此典喻与妻子别离。

②么凤：鹦鹉的一种，身形小巧，羽毛五色，每至暮春来采集桐花，故又称桐花凤。

③玉钗：原指玉制的钗，此处借指美丽的女子。

④悄悄：悄寂、幽深的样子。镜阁：指女子的住室。

⑤莲子：即怜子。隐雾：谓隐遁待时。

⑥横波：有神采的双眼。

【译文】

我与你人神两隔，那鹦鹉仍倒挂在架上，惹人怜爱。你虽然已经离去，但我对你的情意并没有消减，我拿着你留下的遗物以期得到慰藉。

闺阁寂寂，飞蛾在悠闲地飞来飞去，是谁寄来相思的书信？当初你怜爱我志存高远、待时而起的心意我依然记得，如今我对镜伤情，仿佛见到了你流盼动人的目光，令人怜惜。

又

将愁不去①,秋色行难住。 六曲屏山深院宇,日日风风雨雨。

雨晴篱菊初香②,人言此日重阳。 回首凉云暮叶③,黄昏无限思量。

【注释】

①将愁:长久的愁绪。将,长久之意。

②篱菊:即篱下的菊花,语出晋陶潜《饮酒》诗之五:"采菊东篱下,悠然见南山"之句。

③凉云:阴凉的云。南朝齐谢朓《七夕赋》:"朱光既夕,凉云始浮。"

【译文】

满心的清愁挥之不去,无尽的秋色也难以留住。深深的庭院,掩映在曲折的屏风后面,整日经受着愁风冷雨的摧残。

雨后天晴,篱笆旁的菊花散发出缕缕清香,听人们说今天就是重阳节。回望天边的阴云和凋残的秋叶,在黄昏时分不禁产生无限的思绪。

又

凄凄切切,惨淡黄花节①。 梦里砧声浑未歇②,那更乱蛩悲咽③。

尘生燕子空楼,抛残弦索床头④。 一样晓风残月,而今触绪添愁⑤。

【注释】

①黄花节:指重阳节。黄花,菊花。

②砧声:捣衣声。

③乱蛩:杂乱鸣叫的秋虫。

④弦索:弦乐器上的弦,代指弦乐器,如琵琶、筝等。

⑤触绪:触动了心绪。

【译文】

在这惨淡的重阳节时分，一切都这么凄凄切切。那梦里的捣衣声还没有停下来，又传来蟋蟀杂乱的悲鸣声。

她曾住过的小楼已经空空荡荡，琴弦胡乱地抛在床头。窗外的晓风残月还同从前一样，但如今却触动人的无限情愁。

又　　忆梁汾

才听夜雨，便觉秋如许。绕砌蛩螀人不语[①]，有梦转愁无据[②]。

乱山千叠横江，忆君游倦何方[③]。知否小窗红烛，照人此夜凄凉。

【注释】

[①]蛩：蟋蟀。螀：蝉。

[②]无据：不足凭、不可靠。宋徽宗《燕山亭》："怎不思量，除梦里有时曾去；无据，和梦也新来不做。"

[③]游倦：犹倦游，指仕宦不如意而漂泊潦倒。

【译文】

才听到窗外凄清的雨声，便感到浓浓的秋意了。蟋蟀和寒蝉在窗外不停地悲鸣，让人在梦中产生无限的愁绪。

无数的山峦横陈在江上，不知道你漂泊到了何方。是否知道有人正在小窗红烛下思念你，在这个秋雨飘落的夜里倍感凄凉。

又

塞鸿去矣[①]，锦字何时寄？记得灯前伴忍泪，却问明朝行未。

别来几度如珪[②]，飘零落叶成堆。一种晓寒残梦，凄凉毕竟因谁？

【注释】

[①]塞鸿：边塞上的大雁，秋季南飞，春季北返。古诗文中常以之比喻远

离家乡，漂泊在外的人。

②珪（guī）：同"圭"，古代帝王或诸侯在举行典礼时拿的一种玉器，上圆下方，这里借喻月圆而缺。

【译文】

塞外的鸿雁已经飞走，家书什么时候才能寄出呢？记得分别时，你在灯前强忍着眼泪，却问我明天是否出发。

分别之后，月亮已经几度圆缺，如今已是落叶成堆的深秋时节。在深秋的寒意里，我们做着同样的梦，相思怨别，到底这份凄凉因谁而起？

又

风鬟雨鬓①，偏是来无准。倦倚玉阑看月晕②，容易语低香近。

软风吹过窗纱③，心期便隔天涯④。从此伤春伤别，黄昏只对梨花。

【注释】

①风鬟雨鬓：形容妇女头发蓬松不整的样子，后代指女子，这里指亡妻或指所恋的女子。

②月晕：又称风圈，月光被云层折射，在月亮周围形成的光圈。
③软风：清风，柔和的风。
④心期：心中所期望的，引申为相思。

【译文】

她头发散乱，冒着风雨前来约会，常常不能遵守约定的时间如约而至。和她一起倚着栏杆欣赏月景，低声细语，倾诉衷情，还能闻到她身上的缕缕香气。

柔和的暮春之风吹过窗纱，如今与她相隔天涯。从此每逢暮春时节便有了伤春、伤别的愁绪，黄昏日落，总是一个人空对着梨花悠悠地思念她。

又　秋思

凉云万叶，断送清秋节①。寂寂绣屏香篆灭②，暗里朱颜消歇③。谁怜照影吹笙，天涯芳草关情④。懊恼隔帘幽梦，半床花月纵横。

【注释】

①清秋节：指重阳节。
②香篆：即篆香，形似篆文的香。
③朱颜：红润美好的容颜，这里代指美人。消歇：消失，止歇。
④关情：动情，牵动情怀。

【译文】

残存的花朵和零碎的叶子，就这样将重阳节送走了。屏风里熏香已经燃尽，一片寂静中，美丽的容颜也因为悲秋而变得消瘦。

谁能了解独自对影吹笙的感受？那天涯无边的芳草承载着她的心事。一帘幽梦让人懊恼神伤，床上的落花在月光的照耀下显得凌乱不堪。

又 弹琴峡题壁①

泠泠彻夜②,谁是知音者? 如梦前朝何处也,一曲边愁难写。

极天关塞云中③,人随雁落西风。 唤取红襟翠袖④,莫教泪洒英雄。

【注释】

①弹琴峡:《大清一统志·顺天府二》:"弹琴峡,在昌平州西北居庸关内,水流石罅,声若弹琴。"

②泠泠:形容声音清畅高扬。彻夜:整夜,一夜。

③极天:指天之极远的地方。关塞:边关,边塞。

④唤取:换得,换着。

【译文】

流水声清幽悦耳,彻夜回荡,谁又是它的知音呢?前朝往事如梦,转眼又到了哪里。一曲边关的离愁着实难写。

远远的边塞像是在天边的云层之中,我随着大雁的方向在西风中前行。暂且唤来歌女来擦拭英雄的泪水,别让英雄的眼泪轻易落下。

又 元夜月蚀①

瑶华映阙②,烘散蓂墀雪③。 比拟寻常清景别④,第一团栾时节⑤。

影娥忽泛初弦⑥,分辉借与宫莲⑦。 七宝修成合璧⑧,重轮岁岁中天⑨。

【注释】

①元夜:农历正月十五日夜,也叫元宵,元夕。

②瑶华:指美玉。阙(què):帝王的住所。

③蓂墀(míng chí):生有瑞草的宫殿台阶。蓂:一种传说中象征祥瑞的草。

④比拟:比较,对照。寻常:平常,普通。清景:清光。晋·葛洪《抱

朴子·广譬》："三辰蔽于天，则清景暗于地。"又，三国曹植《公宴》："明月澄清景，列宿正参差。"

⑤第一团栾时节：指一年当中的第一次月圆。

⑥影娥：即影娥池，汉代未央宫中池名，此池本凿以玩月，后代指清可鉴月的水池。《三辅黄图·未央宫》谓："影娥池，武帝凿以玩月。其旁起望鹄台，以眺月影入池中，亦曰眺蟾台。"初弦：上弦月，指阴历每月初七八的月亮。其时月如弓弦，故称。

⑦官莲：莲花瓣的美称，这里指宫灯。

⑧七宝：圆月的美称。古代民间传说中，月由七宝合成，故云。合璧：两个半璧合成一圆形，称之为合璧。

⑨重轮：月亮周围光线经云层冰晶折射而形成的光圈，古代认为这是祥瑞之象。中天：高空中，当空。

【译文】

明月映彻宫阙，照化了长着瑞草的殿阶上的积雪。这一夜与寻常月夜之景不同，这是一年中第一次月圆的时节。

影娥池中倒映出的月亮的倒影忽然变成初弦月的模样，一定是庭院里莲花似的宫灯借走了月亮的光辉。七种珍宝缀饰成一轮完整的圆月，月亮外围的光圈年年都高悬在天空。

忆秦娥　龙潭口①

山重叠，悬崖一线天疑裂。 天疑裂，断碑题字②，古苔横啮③。
风声雷动鸣金铁④，阴森潭底蛟龙窟。 蛟龙窟，兴亡满眼，旧时明月。

【注释】

①龙潭口：在今辽宁省铁岭市境内。此词当作于康熙二十一年春扈驾巡视辽东时。

②断碑：断裂残缺的石碑。

③啮：啃咬。

④鸣金铁：形容风雷声如同金钲戈矛撞击的声音。

【译文】

层层的山峦重叠掩映，从悬崖下往上看，天空只露一线，好像要断裂开来一样。断裂的石碑上长满了苍苔，那陈年苍苔好像啃咬着碑文。

风声如同雷鸣一样大作，发出了如同金钲戈矛撞击的声音，那阴森森的潭底应该是蛟龙的洞府吧。旧时的明月仍在，照耀过多少时代的兴亡与终结。

又

春深浅①，一痕摇漾青如剪②。 青如剪，鹭鸶立处③，烟芜平远④。
吹开吹谢东风倦，缃桃自惜红颜变⑤。 红颜变，兔葵燕麦⑥，重来相见。

【注释】

①深浅：偏义词，指深。宋李持正《明月逐人来》："星河明淡，春来深浅，红莲正满城开遍。"

②摇漾：摇动荡漾。

③鹭鸶：水鸟名，又名鸀鹥，翼大尾短，颈和腿很长，捕食小鱼。
④烟芜：烟雾中的草丛，又指云烟迷茫的草地。
⑤缃桃：即缃核桃，简称缃桃，结浅红色果实的桃树。亦指这种树的花或果实。宋陈允平《恋绣衾》："缃桃红浅柳退黄，燕初来、宫漏渐长。"
⑥兔葵燕麦：形容荒凉的景象。兔葵，植物名，思葵，古代意为蔬菜。燕麦，一种谷类草本植物。

【译文】

春水荡漾，水面的波光深浅不一，一道摇动荡漾的波纹就像刚刚剪下的青色绸缎。鹭鸶鸟站立的地方，是一片云烟迷茫的草地。

春风吹得花开花谢，终于有些疲倦，缃核桃已经变为浅红色，好像人的容颜在时间流逝中改变，兔葵和燕麦又生长出来，而我也重回故地了。

又

长漂泊，多愁多病心情恶。 心情恶，模糊一片，强分哀乐①。
拟将欢笑排离索②，镜中无奈颜非昨。 颜非昨，才华向浅，因何福薄？

【注释】

①强分哀乐：指喜怒哀乐分辨不清。强分：勉强分辨。
②离索：指离群索居的寂寞之感。宋陆游《钗头凤》："东风恶，欢情薄，一怀愁绪，几年离索。"

【译文】

长年漂泊在外，又加上多愁多病，心情肯定不好。心中百味杂陈，就连喜怒哀乐都分不清了。

想要强颜欢笑来排遣这离群索居的寂寞，无奈镜中的容颜已经逐渐衰老。人们都说才高则福薄，我的才华尚浅，为什么同样福薄呢？

阮郎归

斜风细雨正霏霏①,画帘拖地垂②。屏山几曲篆烟微,闲庭柳絮飞③。

新绿密,乱红稀。乳莺残日啼。春寒欲透绣缕金衣④,落花郎未归。

【注释】

①霏霏:形容雨雪纷飞,烟云正盛。

②画帘:有画饰的帘子。

③闲庭:寂静的庭院。

④缕金衣:即金缕衣,以金丝编织的衣物。

【译文】

微风徐徐,细雨霏霏,有画饰的帘子低垂在地。屏风上的几座远山被熏香缭绕,寂静的庭院里,柳絮纷飞。

新发的绿叶密密匝匝,花朵却开始稀疏凋零。新生的黄莺在夕阳里啼叫。初春的寒气想要穿透那金丝编织的衣衫,花飘落,而有情郎还没有归来。

画堂春

一生一代一双人①，争教两处销魂②。相思相望不相亲，天为谁春？浆向蓝桥易乞③，药成碧海难奔④。若容相访饮牛津⑤，相对忘贫。

【注释】

①一生一代一双人：语出唐骆宾王《代女道士王灵妃赠道士李荣》："相怜相念倍相亲，一生一代一双人。"

②争教：怎教。销魂：形容极度悲伤、愁苦或极度欢乐。

③蓝桥：地名，在今陕西蓝田县东南蓝溪上，传说此处有仙窟，为裴航遇仙女云英处。《太平广记》卷十五引裴铏《传奇·裴航》云：裴航从鄂渚回京途中，与樊夫人同舟，裴航赠诗致情意，樊夫人答诗云："一饮琼浆百感生，玄霜捣尽见云英。蓝桥便是神仙窟，何必崎岖上玉清。"后于蓝桥驿因求水喝，得遇云英，裴航向其母求婚，其母曰："君约取此女者，得玉杵臼，吾当与之也。"后裴航寻得玉杵臼，遂成婚，双双仙去。

④药成碧海难奔：《淮南子·览冥训》："羿请不死之药于西王母，姮娥窃之，奔月宫。"高诱注："姮娥，羿妻，羿请不死之药于西王母，未及服之。姮娥盗食之，得仙。奔入月宫，为月精。"碧海：喻指天上。李商隐《嫦娥》："嫦娥应悔偷灵药，碧海青天夜夜心。"

⑤饮牛津：传说中的天河边，这里借指与恋人相会的地方。晋张华《博物志》："旧说云：天河与海通，近世有人居海渚者，年年八月，有浮槎来去，不失期。人有奇志，立飞阁于槎上，多资粮，乘槎而去。至一处，有城郭状，屋舍甚严，遥望宫中多织妇，见一丈夫牵牛渚次饮之，此人问此何处，答曰：'君还至蜀郡问严君平则知之。'"

【译文】

明明是共度一生一世的两个人，命运却偏偏安排他们两地相隔，不能在一起。相思相望，而又不能相亲相爱，那么这春天又是为谁而设的呢？

蓝桥相遇并不是难事，难的是即使有不死的灵药，也不能像嫦娥那样飞入月宫去与你相会。如果能够像牛郎织女一样，渡过天河与你相聚，日子再贫苦也心甘。

眼儿媚

独倚春寒掩夕霏①，清露泣铢衣②。玉箫吹梦，金钗画影③，悔不同携。
刻残红烛曾相待④，旧事总依稀。料应遗恨，月中教去，花底催归。

【注释】
①夕霏：傍晚的雾霭。
②铢衣：传说中神仙穿的衣服，重量只有数铢甚至半铢，故名，因用以形容极轻的衣服。
③画影：喻指看不清楚的美丽景色。
④刻残红烛：古人在蜡烛上刻度，烧以计时。

【译文】
独自伫立在春天傍晚的雾霭之中，露水将衣服打湿。用玉箫吹奏一支曲子，来回忆那梦中的场景，用金钗勾勒出恋人的身影，后悔没有与他携手同归。

曾经在深夜秉烛相待，过去的事情已经依稀难辨。如果料到会终生遗憾，一定会在花前月下与他长久相聚，永远不分开。

又

重见星娥碧海槎①，忍笑却盘鸦②。寻常多少，月明风细，今夜偏佳。
休笼彩笔闲书字③，街鼓已三挝④。烟丝欲袅⑤，露光微泫⑥，春在桃花。

【注释】
①星娥：神话传说中的织女，这里代指明眸善睐的美女。

②盘鸦：女子梳头，又指发髻。

③笼：通"拢"，牵、拈之意。

④街鼓：设置在京城街道的警夜鼓。宵禁开始和终止时击鼓通报。始于唐宋，以后亦泛指"更鼓"。挝：击鼓。

⑤烟丝：指熏香烟气，这里暗喻女子身上淡淡的香味。

⑥微泫：水微微下滴流动的样子，这里形容爱妻欢悦娇柔的样子。

【译文】

再次见到你的美丽容颜，你忍着笑意，将乌黑的发髻盘起。平常虽然也是风和月明，良辰美景，但今夜却更胜往常。

不再拿着笔写什么字，街上的更鼓已经敲过了三更。香烟缭绕，你的脸上泛着微光，像桃花一样光彩照人。

又　咏梅

莫把琼花比淡妆①，谁似白霓裳。别样清幽，自然标格②，莫近东墙。

冰肌玉骨天分付③，兼付与凄凉。可怜遥夜④，冷烟和月，疏影横窗⑤。

【注释】

①琼花：比喻雪花。淡妆：指梅花。

②标格：风范、品格。

③冰肌玉骨：形容女子皮肤光洁如玉，形体高洁脱俗，这里形容雪中梅花超逸的姿态。分付：付与、交给。

④遥夜：漫长的夜。

⑤疏影：舒朗的影子，此处形容梅花的形貌。

【译文】

不要把雪花比作梅花，哪有花能比得上白色霓裳般的梅花美丽。与众不同的清幽，高洁的风度，自会吸引爱美之人靠近东墙去窥探。

它那冰肌玉骨好像是上天赋予的，同时还赋予了它孤寂、凄清的气质。可怜在这漫漫长夜中，雾气氤氲，暗香浮动，淡淡月光将梅花那疏朗的影子散落在窗棂上。

朝中措

蜀弦秦柱不关情①，尽日掩云屏。已惜轻翎退粉②，更嫌弱絮为萍③。
东风多事，余寒吹散，烘暖微醒④。看尽一帘红雨⑤，为谁亲系花铃⑥？

【注释】

①蜀弦：即蜀琴，泛指蜀中所制的琴。秦柱：指秦弦，泛指秦国所制琴瑟之类的乐器。关情：动情。

②轻翎：蝶翅。

③弱絮：轻柔的柳絮。

④微醒：微醉、微醺。

⑤红雨：红色的雨，此处指花瓣纷纷落下。

⑥花铃：指用以惊吓鸟雀而置的护花铃。

【译文】

即使用蜀弦和秦柱弹奏美妙的乐声，也不能抒发我此时的感情，整日都紧掩屏风独自忧伤。蝴蝶已经褪去了身上的彩粉，令人怜惜，而柳絮也飘落水中化为浮萍，更让人感伤。

东风吹散了余寒，暖意融融令人陶醉。看那花瓣随风飘落，当初为她亲手系的护花铃已经没有用处了。

摊破浣溪沙

林下荒苔道韫家①，生怜玉骨委尘沙②。　愁向风前无处说，数归鸦。
半世浮萍随逝水，一宵冷雨葬名花③。　魂是柳绵吹欲碎，绕天涯。

【注释】

①林下：林下风，旧称女子仪度闲雅为"林下风致"。道韫：谢道韫，东晋诗人，谢安侄女，王凝之的妻子。

②生怜：可怜。玉骨：清瘦秀丽的身躯，多形容女子的体态。

③名花：名贵的花，这里指同名花一样的美人。

【译文】

林下那僻静的地方本是谢道韫的家，如今已是荒苔遍地，可怜那美丽的身影被埋在了一片黄沙之中。独立风中，我数不清的愁绪无处诉说，只能抬头尽数黄昏归来的乌鸦。

半世的命运就如随水漂泊的浮萍一样，一夜冷雨，便把名花都摧残了。那一缕芳魂是否化为柳絮，被风吹散，在天涯飘荡。

又

风絮飘残已化萍①，泥莲刚倩藕丝萦②。　珍重别拈香一瓣③，记前生④。
人到情多情转薄，而今真个悔多情。　又到断肠回首处，泪偷零⑤。

【注释】

①风絮：随风飘落的絮花，多指柳絮。

②泥莲：指荷塘中的莲花。倩：请，恳求。此处谓莲花被藕丝缠绕。

③珍重：真爱，珍惜，这里指珍惜此生的情缘。别拈：生死相别时手拈。拈：用手指捏搓或拿东西。

④前生：以亡者言今生已成前生。

⑤零：动词，流下。

【译文】

被风吹残的柳絮飞到水面化作点点浮萍，池中的莲花被藕丝缠绕绊住。别离时手中握着一片花瓣赠予对方，道声珍重，希望来生还能记得今生的事情。

人如果太多情了，他的感情就会变得淡薄，现在才明白这个道理，因此后悔自己太多情。回到伤心离别的旧地，无限伤情，泪水也禁不住暗自滑落。

又

欲语心情梦已阑①，镜中依约见春山②。 方悔从前真草草③，等闲看④。环佩只应归月下⑤，钿钗何意寄人间⑥。 多少滴残红蜡泪⑦，几时干？

【注释】

①阑：残，尽。

②依约：仿佛，隐约。春山：春天的山，亦指春日山中，春日山色黛青，因喻指妇人姣好的眉毛，进而代指美女。

③草草：不珍惜，轻率。

④等闲：寻常，随便。

⑤环佩：古人衣带所佩的环形玉佩，妇女的饰物，指代佳人，此当喻亡妻魂。

⑥钿钗：指金花、金钗等妇女头饰，借指妇女。

⑦蜡泪：喻伤心泪，情泪。

【译文】

刚想要向你诉说我的思念，梦却突然醒了，恍惚中依稀在镜中看到你的

容颜。这才后悔从前认为来日方长，一直没有认真看过你的容貌。

你早已乘着月光逝去，又为何把钗钿等首饰遗留在人间。看着你的遗物，我无法遏制地流泪，流下的泪水如同滴下的红蜡，不知道什么时候才能流尽。

又

小立红桥柳半垂，越罗裙扬缕金衣①。采得石榴双叶子②，欲遗谁？

便是有情当落月，只应无伴送斜晖。寄语东风休著力③，不禁吹。

【注释】

①越罗裙：越地所产的丝织物，轻柔而精美。缕金衣：绣有金丝的衣服。

②石榴：石榴树。唐段成式《酉阳杂俎·木篇》："石榴，一名丹若。梁大同中东州后堂石榴皆生双子。南诏石榴子大，皮薄如藤纸，味绝于洛中。"

③著力：用力、尽力。

【译文】

她伫立在垂柳飘飘的红桥之上，罗衣被风吹动，轻轻扬起。她伸手采下一个带着成双叶片的石榴，不知道是想要送给谁？

纵使满怀柔情在落日中等待，也只能独自一个人空对着斜阳。希望那春风不要吹得太过用力,风中的人儿恐怕经受不起了。

又

一霎灯前醉不醒①,恨如春梦畏分明②。 淡月淡云窗外雨,一声声。
人到情多情转薄,而今真个不多情。 又听鹧鸪啼遍了③,短长亭。

【注释】

①一霎:顷刻之间,一下子,谓极短的时间。
②恨如春梦畏分明:以及害怕醉中梦境与现实分明起来。
③鹧鸪:鸟名,体形似雷鸟而稍小,头顶紫红色,嘴尖,脚短。

【译文】

一下子在孤灯之前沉醉不醒,又怕将梦境与现实分割开来。窗外有舒云淡月,淅淅沥沥的雨声叫人更加伤怀。

人说如果太多情,情意就会转淡,而今我真的已不再多情了。又听到窗外的鹧鸪啼叫不停,不知那送别的长短亭处是否有人驻足倾听。

又

昨夜浓香分外宜,天将妍暖护双栖①,桦烛影微红玉软②,燕钗垂③。
几为愁多翻自笑,那逢欢极却含啼④。 央及莲花清漏滴⑤,莫相催。

【注释】

①妍暖:谓天气晴朗暖和。双栖:指飞禽雌雄共同栖息,此处比喻夫妻共处。
②桦烛:用桦木皮卷裹做成的蜡烛。红玉:本指红色宝石,此处比喻美人的肌肤。
③燕钗:燕子形的钗头。
④含啼:意即含悲。

⑤央及：请求、恳求。莲花：即莲花漏。清漏：谓清晰的滴漏声。

【译文】

昨夜浓香缭绕，与欢乐的氛围格外相宜，上天特地用晴好的天气来呵护双宿双栖的新人，烛光渐渐暗了，美丽的新娘羞涩地低下了头。

曾经许多次因为忧愁太多反而笑出来，在极度欢乐中却含着泪水。只请求更漏能够敲得再慢一些，不要催着分离。

青衫湿　悼亡

近来无限伤心事，谁与话长更？从教分付①，绿窗红泪，早雁初莺。

当时领略，而今断送，总负多情。忽疑君到，漆灯风飐②，痴数春星。

【注释】

①从教：听任，任凭。分付：同"吩咐"。

②漆灯：用漆点亮的灯。风飐（zhǎn）：风吹之意。

【译文】

最近有太多的伤心事，有谁能听我长夜倾诉？一切听从命运的安排，早春时节，窗外绿影婆娑，大雁归来，黄莺歌舞，任凭泪流满面。

当年我与你共赏美景，如今却再也不能了，辜负了往日的一片深情。忽然一阵风吹动明灯的火焰，我以为是你的魂魄回来了，但终归只是风。罢了，我只能痴痴地数星星。

落花时

夕阳谁唤下楼梯，一握香荑①。回头忍笑阶前立，总无语也相宜。

相思直忒无凭据②，休说相思。劝伊好向红窗醉，须莫及落花时。

【注释】

①香荑（tí）：原指散发着芳香的嫩草。此处指女子柔嫩的手指。荑，茅

草的嫩芽。

②直恁：竟然如此。无凭据：不能凭信，难以料定。

【译文】

夕阳西下，是谁把她从楼上唤出，她柔嫩的手里握着一把香草，她站在台阶前回头看看，却强忍着笑意站住了。尽管一语不发，却依然很美丽。

信中约定好，却没能如期而至，就不要再说什么相思了。劝你沉醉在小窗，还没到落花相见的时候呢。

锦堂春　秋海棠

帘外澹烟一缕，墙阴几簇低花。夜来微雨西风里，无力任欹斜。

仿佛个人睡起，晕红不著铅华。天寒翠袖添凄楚①，愁近欲栖鸦②。

【注释】

①翠袖：青绿色衣袖，泛指女子的装束，这里指秋海棠的绿叶。

②栖鸦：乌鸦休息，指

黄昏时分。

【译文】

竹帘外一缕淡淡的轻烟，墙壁的阴影里开着几簇低矮的鲜花。昨夜秋风吹来一场细雨，秋海棠花枝无力，任凭风雨将它吹得歪斜。

歪斜的花枝仿佛女子刚刚醒来的样子，脸上泛着红晕，不施粉黛，却娇艳欲滴。天冷了，那绿色的叶子更为它平添了几许凄楚，让人在寒鸦归巢的黄昏徒增惆怅。

海棠春

落红片片浑如雾，不教更觅桃源路①。香径晚风寒②，月在花飞处。
蔷薇影暗空凝伫③，任碧飑轻衫萦住④。惊起早栖鸦，飞过秋千去。

【注释】

①桃源路：桃源，即桃花源，比喻不受外界影响的地方或理想中的美好地方。

②香径：花间小路，或指满地落花的小路。

③凝伫：凝望伫立。

④碧飑：指摇动着的花枝花叶。飑：颤动、摇动。

【译文】

落花纷纷，如雾气般迷蒙，让人禁不住去寻觅那世外桃源。花间小径，晚风轻寒，将落花吹到月光底下。

墙壁上蔷薇的倩影里，有人默默地伫立凝望着这一切，任凭摇动的花枝花叶挂住了衣衫。早醒的乌鸦突然被惊起，扇动着翅膀掠过秋千，向远处飞去。

河渎神

风紧雁行高，无边落木萧萧①。楚天魂梦与香销②，青山暮暮朝朝。

断续凉云来一缕，飘堕几丝灵雨③。今夜冷红浦溆④，鸳鸯栖向何处？

【注释】

①无边落木萧萧：此处用杜甫《登高》："无边落木萧萧下，不尽长江滚滚来"的典故。这里描绘了一幅深秋的景色。

②楚天：喻男女情事。

③灵雨：好雨。《诗经·鄘风·定之方中》："灵雨既零，命彼倌人。"郑玄笺："灵，善也。"

④红：指水草，一名水荭。浦溆（xù）：水滨，水边。

【译文】

秋风萧瑟，大雁向着南方高飞。无边的树林里落叶纷纷。与你的爱情匆匆开始，又匆匆结束，只留下无尽的思念。

忽然飘来一朵清凉的云，洒下几点淅淅沥沥的雨水。不由令人想起那生着红草的水滨，今夜的鸳鸯将到哪里去栖宿呢？

又

凉月转雕阑①，萧萧木叶声干②。银灯飘箔琐窗间③，枕屏几叠秋山④。朔风吹透青缣被⑤，药炉火暖初沸。清漏沉沉无寐，为伊判得憔悴。

【注释】

①凉月：秋月。雕阑：即雕栏，华美的栏杆。

②干：形容声音清脆响亮。唐岑参《虢州西亭陪端公宴集》："开瓶酒色嫩，踏地叶声干。"

③琐窗：镂刻有连琐图案的窗棂。

④枕屏：指枕前的屏风。

⑤朔风：北风。青缣：青色织绢。

【译文】

幽凉的秋月转过华美的栏杆，落叶飘坠，发出清脆响亮的声音。灯花在刻有图案的窗棂间飘飞，枕前的屏风上画着秋山的轮廓。

105

北风吹透了青绢的被子,药炉刚刚烧沸。清晨低沉的更漏声使我无法入睡,因为思念你,让我日渐憔悴。

太常引　自题小照①

西风乍起峭寒生②,惊雁避移营③。千里暮云平,休回首长亭短亭④。
无穷山色,无边往事,一例冷清清。试倩玉箫声⑤,唤千古英雄梦醒⑥。

【注释】

①小照:肖像画。
②峭寒:料峭的寒意,形容微寒。此处则谓"西风乍起",是为初秋之日。
③惊雁避移营:意即惊飞的大雁避开了营地。移营,转移营地。
④长亭短亭:古时设在路旁的亭舍,本为驿亭,供征程小憩用,后来也用作饯别处。
⑤倩:请。玉箫:指玉制的箫,亦为箫的美称。
⑥英雄梦:喻建功立业的心志、理想。

【译文】

西风乍起,料峭的寒意袭来,大雁因为军队转移营地而惊飞相避。远处的天空化为一个黑点,已经离家很远了,不要再回望这一路上的长亭短亭。

一望无际的山色,就像自己无边的心事,一切都笼罩在冷清清的秋日里。这时候应该请女子吹起玉箫,用箫声唤起男儿建功立业的英雄梦。

又

晚来风起撼花铃①,人在碧山亭。愁里不堪听,那更杂泉声雨声。
无凭踪迹②,无聊心绪,谁说与多情③。梦也不分明,又何必催教梦醒。

【注释】

①花铃：即护花铃。用以惊吓鸟雀，保护花草。撼：摇动。

②无凭踪迹：踪迹全无，难于寻觅。无凭：无所凭据，即无法寻找。

③谁说与：与谁说。

【译文】

夜晚来风时，风摇动了护花铃，铃声传入了碧山亭里正满怀愁绪的人的耳中。这忧愁的声音让人不忍细听，更何况还交织着泉声、雨声。

难以寻觅的行迹，百无聊赖的心绪，还有谁能听我诉说衷情。连梦境也总是模糊不清，又何必把梦催醒呢。

四犯令

麦浪翻晴风飐柳①，已过伤春候。因甚为他成僝僽②，毕竟是春拖逗③。

红药阑边携素手④，暖语浓于酒。盼到园花铺似绣，却更比春前瘦。

【注释】

①风飐（zhǎn）柳：风吹动柳条。飐：风吹物使其颤动摇曳。

②僝僽：忧愁、烦恼。

③拖逗：挑逗、引诱、勾引等意。

④红药：红芍药。素手：洁白的手，多形容女子之手。

【译文】

轻风吹动柳条，又吹起田间的麦浪，伤春的时节已经过去。而他还在因为什么烦恼，原来是因为春愁的挑逗。

忆起当年在芍药花下牵你的手，你温柔的话语更胜美酒。盼望园中繁花似锦的时候，可如今孤独的人却日渐憔悴、消瘦。

添字采桑子

闲愁似与斜阳约，红点苍苔①，蛱蝶飞回。 又是梧桐新绿影，上阶来。天涯望处音尘断②，花谢花开，懊恼离怀。 空压钿筐金线缕③，合欢鞋。

【注释】

①红点：指下句中的蛱蝶飞来落在了苍苔之上。苍苔：青色苔藓。

②音尘：音信，消息。

③钿筐：指镶嵌金、银、玉、贝等物的筐。

【译文】

愁绪仿佛是与夕阳有约，每逢夕阳西下便从心底生出几分来。墨绿色的苔藓惹得蝴蝶飞来飞去，点点红色。梧桐树又长出了新叶，绿荫映上了台阶。

望断天涯却得不到他的音信，花开花谢，满腔的愁绪不能释怀。打开钿筐，只剩下一双金缕绣织的鞋子，而鞋的主人却不在身边。

荷叶杯

帘卷落花如雪，烟月①。谁在小红亭？ 玉钗敲竹乍闻声，风影略分明。化作彩云飞去，何处？ 不隔枕函边②，一声将息晓寒天③，肠断又今年。

【注释】

①烟月：指云雾笼罩的月亮，此处指朦胧的月色。

②枕函：中间可以藏物的枕头。

③将息：珍重、保重。

【译文】

卷帘的时候，落花像雪花一样飘坠，月色朦胧，是谁伫立在小红亭里？偶尔传来几声玉钗敲打竹子的声音，而她模糊的身影在风中若隐若现。

她化作彩云飞逝，要飞到哪里去呢？从此她再也不在我的枕边，在寒冷的清晨道一声珍重，断肠人又要在哀伤中度过一年。

又

知己一人谁是？已矣。赢得误他生。有情终古似无情，莫问醉耶醒。

未是看来如雾，朝暮。将息好花天①。为伊指点再来缘②，疏雨洗遗钿③。

【注释】

①好花天：指美好的花开季节。

②再来缘：下世的姻缘，来生的姻缘。再来，再一次来，即指来生、来世。

③钿：指用金、银、玉、贝等镶饰的器物，此处代指亡妻的遗物。

【译文】

我唯一的知己是谁？可惜已经离我而去。我们只有来生再续前缘。多情自古以来都好似无情，无论是醉还是醒都是这样。

别说欢乐的时光很多，人生如烟似雾，那大好的春色不要白白错过。雨中拿着你遗落的钗钿睹物思人，希望你能借着这个遗物的指引来与我再续前缘。

寻芳草　萧寺纪梦①

客夜怎生过②？梦相伴绮窗吟和③。薄嗔佯笑道④，若不是恁凄凉⑤，肯来么？

来去苦匆匆，准拟待晓钟敲破⑥。乍偎人一闪灯花堕⑦，却对着琉璃火⑧。

【注释】

①萧寺：寺庙。相传梁武帝萧衍造佛寺，命萧子云书飞白大字"萧寺"。后世遂以萧寺为寺庙的称谓。

②怎生：怎样，怎么。

③吟和：吟诗唱和。

④薄嗔：假意嗔怒、故作嗔怪。佯笑：假装笑貌。

⑤恁：这般，如此。

⑥准拟：料想、准备、打算。晓钟敲破：晨钟敲醒，惊破好梦。

⑦乍：刚。灯花：灯芯燃烧时结成的花状物。

⑧琉璃火：指琉璃灯，用玻璃制作的油灯，多用于寺庙中，俗称长明灯、万年灯。

【译文】

寄居在外的夜晚要怎么挨过？梦里有她倚着窗子与我吟诗作对。她故作嗔怪，强作笑颜道：你如果不是心绪这般凄凉，会来与我相聚吗？

无奈来去都太过匆匆，本来打算让你陪我到晨钟敲响的时候。但你才刚依偎着我，一片灯花坠落，惊醒了我的梦，你已经不见了，眼见只有寺院里的长明灯在闪烁。

菊花新　　送张见阳令江华①

愁绝行人天易暮②，行向鹧鸪声里住③，渺渺洞庭波，木叶下楚天何处？
折残杨柳应无数④，趁离亭笛声催度。有几个征鸿相伴也⑤，送君南去。

【注释】

①江华：在湖南省西南部，与两广毗邻，位五岭中萌渚岭东北，今为瑶族自治县。

②愁绝：极度的忧愁。

③鹧鸪声：鹧鸪声含有惜别之意。

④折柳：古时以折柳为赠别表示。

⑤征鸿：征雁，大雁秋来南飞，春来北往，诗词中多指南飞之雁。

【译文】

对于惆怅的赶路人来说，天色总是很容易就黑了，歇脚停留的时候，又听到鹧鸪的啼鸣，秋色茫茫，洞庭湖波光粼粼，秋叶纷纷飘落，你在楚地，还有多少路要走？

折断无数的柳枝与你送别，你在长亭的笛声里上路。你此番远行如此孤寂，只有头顶上的几只孤雁，陪伴你一路南下。

南歌子

翠袖凝寒薄①，帘衣入夜空②。病容扶起月明中，惹得一丝残篆旧薰笼③。

暗觉欢期过，遥知别恨同。疏花已是不禁风，那更夜深清露湿愁红④。

【注释】

①凝寒：严寒。

②帘衣：即帘幕。

③惹得：招引、牵扯，此处为缭绕之意。残篆：指点燃的篆字形的香将要燃尽。

④清露：洁净的露水。愁红：谓经风雨摧残的花，即残花败叶，亦比喻女子的愁容。

【译文】

轻薄的翠袖凝聚着寒气，帘幕低垂融入了夜空。在明亮的月色中强撑其病弱的身体，撩动了旧熏笼里缭绕着的香气。

心里暗暗感到相聚的日期已经过了，想你在远方一定也和我一样忍受着相思的怨恨。稀疏的残花已经禁不住风吹，更禁不住深夜冰凉的露水。

又

暖护樱桃蕊，寒翻蛱蝶翎①。东风吹绿渐冥冥②，不信一生憔悴伴啼莺。素影飘残月③，香丝拂绮棂④。百花迢递玉钗声⑤，索向绿窗寻梦寄余生⑥。

【注释】

①翎：鸟类翅膀和尾巴上的长羽毛，这里指翅膀。

②冥冥：本指幽深、高远的样子，此处谓绿荫渐渐浓密。

③素影：即月影。唐杜审言《和康五庭芝望月有怀》："雾灌清辉苦，风飘素影寒。"

④香丝，指柳条，又指美人之头发。绮棂：饰有花纹图案的窗棂。

⑤迢递：连绵不断。

⑥索向：须向、该向。绿窗：绿色纱窗，代指女子所居之处。

【译文】

春日的温暖呵护着樱桃的花蕊,蝴蝶的翅膀上还挟着余寒。春风轻拂,使草木逐渐转为深绿。我不相信我的一生都会在憔悴中度过,只有窗外莺鸟的啼声相伴。

残月的影子飘过,柳条轻拂着窗棂。百花争先开放,而我在寂寞中不断地敲打玉钗,看来只有在梦中寻觅春意,才能就此度过我的余生。

又　古戍

古戍饥乌集①,荒城野雉飞。何年劫火剩残灰②,试看英雄碧血满龙堆③。

玉帐空分垒④,金笳已罢吹⑤。东风回首尽成非,不道兴亡命也岂人为⑥。

【注释】

①古戍:古时边防驻地的营垒、城堡。饥乌:饥饿的乌鸦。

②劫火:佛家语,谓坏劫之末所起的大火,后亦借指兵火。

③碧血:为正义死难而流的血,烈士的血。

④玉帐:主帅所居的军帐,取如玉之坚的意思。空分垒:徒然分布,白

忙一场。

⑤金笳：胡笳的美称，古代北方少数民族常用的一种管乐器。

⑥不道：岂不知，亦可作"不料"解。兴亡：兴盛与衰亡。

【译文】

古代残存的营垒里聚集着饥饿的乌鸦，荒废的城郭里有野鸡飞过。这是哪年的战争留下的遗迹呢，当年战士们的鲜血都染红了这块塞外边地。

主帅的军帐里早已空无一人，胡笳也已经不再吹响。迎着春风回首往事，总觉得残酷的战争毫无意义，难道不知道兴亡是命中注定，不是人力能强求的？

秋千索

药阑携手销魂侣①，争不记看承人处②。除向东风诉此情，奈竟日春无语③。

悠扬扑尽风前絮④，又百五韶光难住⑤。满地梨花似去年，却多了廉纤雨⑥。

【注释】

①药阑：即药栏，庭园中芍药花的围栏，亦泛指一般花栏。销魂：又作"消魂"，本义为魂魄离开了躯体，后用以形容令人感触极深的心情意绪，或表示极度的欢乐和伤感。

②争不记：怎不记。看承：看待，对待。

③奈：无奈、怎奈。竟日：终日，从早到晚。

④悠扬：飘扬。

⑤百五韶光：指清明前后的美好的春光。百五，寒食节，即清明前二日，因是在冬至后的一百零五天，故名。

⑥廉纤雨：细微之雨、毛毛细雨。

【译文】

曾经与你携手漫步在园亭中的芍药栏旁，那时情深脉脉的情景怎么会不记得呢。如今除了向东风诉说我的衷情外，这伤感无人可诉，即使是面对这满园的春色，我也终日无语。

一阵风吹来，柳絮被一扫而空，又到了清明时节，美好的春光很快就要流逝殆尽。看满地的梨花与去年无异，只是多了些许细雨。

又

游丝断续东风弱[1]，悄无语半垂帘幕。红袖谁招曲槛边[2]，扬一缕秋千索[3]。

惜花人共残春薄，春欲尽纤腰如削。新月才堪照独愁，却又照梨花落。

【注释】

[1]游丝：指蜘蛛等昆虫布吐的丝飘荡在空中。古诗词中常以之表示春天将残。

[2]红袖：绛红色的衣袖，借指女子。

[3]索：绳索，指秋千的绳索。

【译文】

春风渐渐弱了，细细的柳丝好像淡淡轻愁，在风中飘荡，一个人坐在帘幕半垂的房间里，寂寞无语。曲栏边的红衣女子，正荡着秋千向我召唤。

春光将尽，春日将残，惜春的人也像这春天一样消瘦下去。天际的一弯新月照着独自伤怀的人，也照亮簌簌飘落的梨花。

又　渌水亭春望

垆边换酒双鬟亚[1]，春已到卖花帘下。一道香尘碎绿苹[2]，看白袷亲调马[3]。

烟丝宛宛愁萦挂[4]，剩几笔晚晴图画。半枕芙蕖压浪眠[5]，教费尽莺儿话[6]。

【注释】

①双鬟：古代年轻女子的两个环形发髻，此处借指少女或婢女。亚：通"压"，低垂的样子。

②香尘：芳香的尘土，多指因女子步履而起的尘土，此处指湖水中浮游的水禽划破水面。绿苹：即绿萍、浮萍。

③白袷（jiá）：白色夹衣，古时平民的衣服，借指无功名的士人。调马：训练马匹。

④宛宛：迟回缠绵的样子。萦挂：牵挂。

⑤芙蕖：荷花，此处指绣有荷花的枕头。

⑥费尽：用尽。

【译文】

双鬟低垂的少女在酒垆边买酒，卖花人的帘子下鲜花盛开，一片春意盎然。那个白衣女子正亲自驯马，马儿飞驰而过，踏起的尘土仿佛被扬起的浮萍。

香烟袅袅，萦绕着柳枝，好像人萦绕着愁绪，不如将这旖旎的晚晴图画下。半枕着荷花枕在浪花上睡去，即使黄莺再叫也不要去理它。

忆江南　宿双林禅院有感①

心灰尽，有发未全僧。风雨消磨生死别，似曾相识只孤檠②。情在不能醒。

摇落后③，清吹那堪听④。淅沥暗飘金井叶⑤，乍闻风定又钟声。薄福荐倾城⑥。

【注释】

①双林禅院：在北京阜成门外二里沟。

②孤檠：即孤灯。

③摇落：凋残，零落。

④清吹：清风，此处指秋风。

⑤金井：井栏上有雕饰之井。

⑥荐：进献、送上。倾城：代指美女。

【译文】

内心如灰烬一般毫无生气，与僧人的差别只是头发还在罢了。你我曾经共同经历的风雨，而今天却生死相隔，再也无法靠近，眼前只有那盏孤灯似曾相识，勾起我对你的无尽思念。

草木凋零后，秋风萧索，让人不忍细听。落叶扑簌簌地飘坠到井栏上，风刚刚停歇，寺院的钟声又响起了。那是我这个福薄的人所请的僧人在超度你的亡魂。

又

挑灯坐①，坐久忆年时②。薄雾笼花娇欲泣③，夜深微月下杨枝。催道太眠迟。

憔悴去，此恨有谁知？天上人间俱怅望，经声佛火两凄迷④。未梦已先疑。

【注释】

①挑灯：拨动灯火，点灯。

②忆年时：谓回忆起去年此时来。

③娇欲泣：形容花上露水似女儿泪滴。

④经声：诵经声。佛火：指供佛时点燃的油灯香烛之火。凄迷：景物凄凉迷茫。

【译文】

坐在灯下，久久地回忆去年的旧事。薄薄的雾气笼罩着花枝，那娇滴滴的花朵就像快要哭泣，夜深了，一轮淡月挂在杨柳的枝头，仿佛在催促我早些入睡。

为你的离去而憔悴，这满腔的幽怨谁能明白？你我天人永隔，各自惆怅地望着对方，寺院里诵经的声音和佛前的灯火无不令人感到凄迷。还没有进入梦乡，却已经分不清眼前的景象是梦还是真。

浪淘沙

红影湿幽窗①，瘦尽春光②。雨余花外却斜阳③。谁见薄衫低髻子④？还惹思量。

莫道不凄凉，早近持觞⑤。暗思何事断人肠。曾是向他春梦里，瞥遇回廊⑥。

【注释】

①红影：喻指鲜花的影子。

②瘦尽：清瘦，比喻春日将尽。

③雨余：雨后。

④低髻子：低垂的发髻，指低垂着头。

⑤持觞：举杯。

⑥回廊：曲折环绕的走廊。

【译文】

春雨打落下红花，沾湿了小窗，春光将尽。春雨过后，残花映衬着夕阳余晖。有谁看到那个穿着单薄的衣衫，低垂着头，抱膝思量的孤独少女？

这真是无限凄凉，近来只有把酒独酌，暗暗思量是什么事让人如此伤怀。

原来是曾经在梦中与她在回廊处相遇，从此令人辗转反思。

又

眉谱待全删①，别画秋山②，朝云渐入有无间③。莫笑生涯浑是梦，好梦原难。

红咮啄花残④，独自凭阑。月斜风起袷衣单⑤。消受春风都一例，若个偏寒⑥？

【注释】

①眉谱：古代女子描画眉毛的图谱。

②秋山：秋天里的远山山形、山色，常以之比喻年轻女子的眉毛。

③朝云：早晨的云彩，又指巫山神女，战国时楚襄王游高唐，昼梦巫山之女，后好事者为其立庙，号曰"朝云"，这里喻有男女情事之意。

④咮（zhòu）：鸟的嘴。

⑤袷衣：即夹衣，两层的衣服。

⑥若个：哪个、何处。

【译文】

那供描眉时参看的眉谱全部不要了，她又画出了眉谱之外的新眉形，那

眉形好像笼罩着朝云的秋山，若有若无，不要笑谈人生如梦，好梦本来就很难得。

独自倚着栏杆，看鸟儿啄残花朵。月亮斜挂在天空，清风吹起，身上的夹衣渐渐禁受不住寒气。春风吹拂着所有人，偏偏只有她更觉得冷一些。

又

紫玉拨寒灰①，心字全非，疏帘犹自隔年垂。半卷夕阳红雨入，燕子来时。

回首碧云西，多少心期，短长亭外短长堤。百尺游丝千里梦，无限凄迷。

【注释】

①紫玉：指紫玉钗。寒灰：指死灰，灰烬，这里喻指心如死灰。

【译文】

拔下紫玉钗轻轻拨弄着心字香烧残后落下的灰烬，那心字形的灰烬已经被拨得面目全非。窗帘自从你走后，便再也没有卷起过，今天我慢慢地将它卷起，夕阳的余晖下，落花纷纷随风飘入房间，原来已是燕子归来的时节。

回望西天的云彩，多少惆怅的心事辗转于胸。高楼望断，只看到长亭接着短亭，长堤连着短堤，却不见你归来的身影。多希望做一个梦，梦中像百尺游丝一样，在这无限凄迷的春景里，追随着远方的你。

又

夜雨做成秋，恰上心头，教他珍重护风流①。端的为谁添病也②？更为谁羞？

密意未曾休③，密愿难酬。珠帘四卷月当楼。暗忆欢期真似梦，梦也须留。

【注释】
①风流：风韵，多指美好动人的仪态。
②端的：究竟、到底。
③密意：隐私的情意。

【译文】
夜雨袭来，带来了浓浓的秋意，秋字上了心头，恰恰结成了一个"愁"。愿他当心秋凉，好好保重身体。不知道他究竟因为思念谁而生病，又为了谁而害羞。

隐秘的情意从未停止，只是这种情意总是不能实现。将楼阁上的珠帘卷起，月光照进来，暗自回忆以前与他在一起的欢乐时光，就算真的只是个梦，也一定要把这梦留住。

又

野店近荒城，砧杵无声①。月低霜重莫闲行②。过尽征鸿书未寄，梦又难凭③。

身世等浮萍，病为愁成。寒宵一片枕前冰④。料得绮窗孤睡觉⑤，一倍关情。

【注释】

①砧杵：捣衣石与捶衣的棒槌，借指捣衣。

②闲行：闲步之意。

③难凭：不可凭信。

④寒宵：寒夜。

⑤绮窗：指雕刻或绘饰得很精美的窗户，此处代指闺人、思妇。

【译文】

在孤寂的荒城野店露宿，听不到思妇捣衣的声音。月低霜重，还是不要再继续走了吧。鸿雁已经过尽，然而书信还不曾寄出，即使在梦里也难以与家人团聚。

这一生如同浮萍漂浮不定，太多的愁苦累积成病。寒夜无眠，枕头旁边都冻上了冰。料想你此刻在家也是孤枕难眠。你我两地悬隔，愈发思念彼此，加倍动情。

又

闷自剔残灯，暗雨空庭，潇潇已是不堪听。那更西风偏著意①，做尽秋声②。

城柝已三更③，欲睡还醒，薄寒中夜掩银屏④。曾染戒香消俗念⑤，怎又多情。

【注释】

①著意：犹专意、用心。

②秋声：秋天西风起而草木摇落，其肃杀之声令人生情动感，故古人将万木零落之声等称为秋声。

③城柝：城垣上传来的柝声。柝，古代巡夜时敲击的木梆。

④银屏：装有银饰的屏风。

⑤戒香：佛教说戒时所点燃的香。

【译文】

心情愁闷地在灯前独坐，从即将燃尽的灯上拨起灯芯，空荡的庭院里下着夜雨，潇潇的雨声勾起人的愁绪，让人不忍细听。偏偏秋风不解人意地刮个不停，让人更加感伤。

城垣上传来打更的梆子声，已经是三更天了，想要睡去，却还是难以入眠，微微的寒气袭来，掩上了屏风。本来自己已经决心向佛，为何还是如此多情。

又

清镜上朝云①，宿篆犹薰②，一春双袂尽啼痕③。那更夜来孤枕侧，又梦归人。

花低病中身，懒画湘文，藕丝裳带奈销魂。绣榻定知添几线，寂掩重门。

【注释】

①清镜：明镜。

②宿篆，隔夜点燃的篆香。

③啼痕：泪痕。

【译文】

清晨的朝云映到了明镜里，隔夜点燃的篆香的香气仍未散尽，整个春天她的衣袖总是沾满泪痕，哪里还禁得住夜里孤枕而睡，一入梦就会梦到故人。

拖着病怏怏的身体独立在花下，连上巳节女伴们的约会都懒得参加，关上房门，只躺在家中的绣榻上缝补衣服来消磨时间。

卷三

雨中花　送徐艺初归昆山①

天外孤帆云外树，看又是春随人去。水驿灯昏②，关城月落，不算凄凉处。

计程应惜天涯暮，打叠起伤心无数③。中坐波涛④，眼前冷暖，多少人难语。

【注释】

①徐艺初：纳兰性德顺天乡试座师徐乾学（1631—1694年）之子，名树谷，字艺初，江苏昆山人，康熙二十四年（1685）进士。

②水驿：水路驿站。

③打叠：整理，准备，收拾。

④中坐波涛：指触犯了朝纲。

【译文】

离别的时候，看孤帆向着天涯前进，云外天低树稀，仿佛春天也将伴随你的离开而远去。从此征途漫漫，你会在水路的驿站里守着昏黄的灯光，会在关隘观看西沉的月亮，而这些景象对你来说还算不上凄凉。

计算行程，你还有很多路要走，而天色很快就要到黄昏了，收拾起无数的伤心往事，那因触犯朝纲而给你带来的伤害，还有名利场上的人情冷暖，你很难向他人讲起。

鹧鸪天

独背残阳上小楼，谁家玉笛韵偏幽①？一行白雁遥天暮②，几点黄花满地秋③。

惊节序④，叹沉浮⑤，秾华如梦水东流⑥。人间所事堪惆怅⑦，莫向横塘问旧游⑧。

【注释】

①玉笛：玉制的笛子，笛子的美称。幽：形容笛声低沉清细又悠长，有凄清感。

②白雁：候鸟，体色纯白，似雁而小。

③黄花：菊花。

④节序：节气时令，农历一年二十四个节气，词中当已是霜降前后。

⑤沉浮：喻盛衰、消长、起伏。

⑥秾华：繁华的样子，喻指花木景象，亦喻人之青春岁月。

⑦所事：事事，一件件往事。

⑧横塘：古堤名，在今南京市西南。诗词中常以此堤与情事相连。旧游：从前游玩过的地方。

【译文】

背对夕阳，孤单地登上小楼，耳边传来不知谁家飘出的玉笛声。一行白雁飞入天际，菊花盛开，枯黄的叶子洒落一地。

四季更替的速度让人吃惊，人生的浮沉也让人惊叹，美好的时光像梦一样随水东流不见了。人间的一件件往事都是如此惆怅，就不要向横塘路上询问旧游在何处了。

又

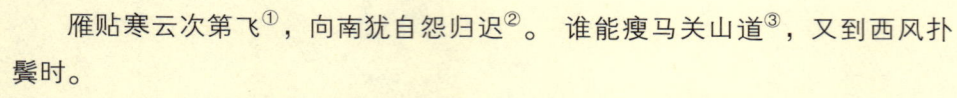

　　雁贴寒云次第飞①，向南犹自怨归迟②。谁能瘦马关山道③，又到西风扑鬓时。

　　人杳杳④，思依依⑤，更无芳树有乌啼⑥。凭将扫黛窗前月⑦，持向今朝照别离。

【注释】

①次第：依次，依一定的顺序排列。

②犹自：尚，尚且。

③谁能瘦马关山道：化用自马致远《天净沙·秋思》"古道西风瘦马"的意境。

④杳杳：隐约，杳无踪影。

⑤依依：依恋，恋恋不舍。

⑥芳树：泛指佳木。

⑦凭将：凭借，靠着。扫黛：画眉，女子用黛描画眉毛，故称。

【译文】

　　大雁紧贴着寒云向南飞去，我也向南踏上了回家的道路，只恨回家太迟。骑着一匹瘦马，行进在关山道上，秋风再一次吹起，更添几分苍凉和悲寂。

　　离人杳杳，相思依依，这里没有家园的芳树，只有乌鸦的鸣啼。那曾照在家中画眉人窗前的明月，如今又照在我这个征人身上了。

又

　　别绪如丝睡不成①，那堪孤枕梦边城②。因听紫塞三更雨③，却忆红楼半夜灯④。

　　书郑重，恨分明，天将愁味酿多情⑤。起来呵手封题处⑥，偏到鸳鸯两字冰⑦。

【注释】

①如丝：形容绵绵不绝。

②孤枕：独眠。边城：临近边界的城市。

③紫塞：边塞，长城。

④红楼：红色的楼，泛指华美的楼房，指富贵人家女子的住房。

⑤天将愁味酿多情：事实是多情酿愁味。倒转其辞，益见愁浓，亦合平仄。

⑥呵手：用嘴中热气暖手。封题：物品封装妥当后，在封口处题签，特指在书札的封口上签押，引申为书札的代称。

⑦鸳鸯：伴侣、情侣的意象。冰：此谓冰洁，手僵不能动，意为触动心病，伤感之至。

【译文】

别后的相思之情绵绵不绝，如丝般纷乱，让他辗转反侧，不能入睡，更何况好不容易入睡后，竟然还梦到了家乡，使人越发感伤。起来倾听那边塞半夜的雨声，却回忆起在家中小楼上我们挑灯夜话的情景。

认真地书写，对你的思念格外分明，天生的多愁善感使自己变得多情。起身用嘴中的热气暖手，将家书封好，偏偏看到"鸳鸯"二字时，心病又被触动，手又僵了起来。

又

冷露无声夜欲阑①，栖鸦不定朔风寒。生憎画鼓楼头急②，不放征人梦里还。

秋淡淡③，月弯弯，无人起向月中看。明朝匹马相思处，知隔千山与万山。

【注释】

①冷露：清凉的露水。阑：将尽。

②生憎：甚憎。画鼓：绘有彩画的鼓，此处指更鼓。
③淡淡：水波荡漾的样子。

【译文】
清凉的露水悄无声息地浸润了大地，夜晚即将要结束，北风凛冽，枝头的乌鸦无法安宁地栖息。最恨鼓楼上响起的更鼓声，让远行的人在梦中也不能回到家园。

秋波荡漾，月儿弯弯，没有人跟我一起观赏此时的月亮。明天又要骑马继续我的行程，而我的家乡与我仿佛隔着千山万水。

又　送梁汾南还，时方为题小影

握手西风泪不干，年来多在别离间。遥知独听灯前雨①，转忆同看雪后山。

凭寄语，劝加餐，桂花时节约重还②。分明小像沉香缕③，一片伤心欲画难。

【注释】
①遥知：指在远处知晓情况。
②桂花时节：秋日最舒爽之时。
③分明：简单明了。小像：顾贞观有"杵香小影"画像。沉香：熏香料名，又称沉水香、蜜香。

【译文】
在秋风中与友人握手作别，泪水止不住地滑落，这一年来我们总是聚少离多。遥想你独坐灯前，凄凉听雨的愁苦，回忆起当初与你一同雪后看山的快乐时光。

你对我多加寄语，我劝你保重身体，与你约定好，在桂花开放的时候你能够回来与我相聚。小像在缕缕沉香的轻烟里历历可目，而离别时的伤心之感，却是难以画出的。

又　咏史①

马上吟成促渡江，分明间气属闺房②。生憎久闭铜铺暗③，花冷回心玉一床④。

添哽咽，足凄凉，谁教生得满身香⑤。只今西海年年月⑥，犹为萧家照断肠。

【注释】

①咏史：此处咏的是萧观音的史事。萧观音，辽道宗的皇后，工书，能诗，善弹奏，时道宗游猎无度，后作诗劝谏，引道宗不悦，作《回心院词》祈望幸。最终被佞臣谋害致死。

②间气：旧谓英雄豪杰上应星象，禀天地特殊之气，间世而出，称之间气。闺房：指女子的梳妆室、卧室或私人起居室，这里代指萧观音。

③生憎：最恨、偏恨。铜铺：门之美称，门上铜制兽面形环钮，用以衔环，这里借指宫门。

④回心：指回心院，高宗之王皇后及淑妃萧氏被武则天幽囚的地方。玉一床：比喻满床清冷的月色。

⑤满身香：语出萧观音《回心院词·其九》："若道妾身多秽贱，自沾御香香彻肤。"
⑥西海：郡名，汉置，辖境在今青海省青海附近。

【译文】
萧皇后骑在马上吟成诗句，催促皇帝挥戈渡江，与皇帝为无关紧要的事情而生气，从而帝后失和。萧皇后被幽囚在冷宫中，宫门紧闭，凄清孤苦，清冷的月色铺满回心院中的床。

境况已经十分凄凉了，她整天伤心哽咽。最终还被佞臣谋害致死。这段令人伤心断肠的往事，仍让人对她产生无限的哀怜。

又　十月初四夜风雨，其明日是亡妇生辰

尘满疏帘素带飘①，真成暗度可怜宵②。几回偷湿青衫泪③，忽傍犀奁见翠翘④。

唯有恨，转无聊，五更依旧落花朝。衰杨叶尽丝难尽，冷雨西风幂画桥⑤。

【注释】
①疏帘：稀疏的竹丝编织的窗帘。素带：白色的带子，丧期饰物。
②真成：真个，的确。暗度：不知不觉地过去。可怜宵：伤心夜。
③青衫：青色的衣衫，黑色的衣服，古代指书生。
④犀奁（lián）：以犀牛角制作而成的女子梳妆用的镜匣。翠翘：古代妇人首饰的一种，状似翠鸟尾巴上的长羽，故名。这里指亡妻遗物。
⑤冷雨西风：形容恶劣的天气或悲惨凄凉的处境。画桥：雕饰华丽的桥梁。

【译文】
窗帘上落满了灰尘，素带飘飞，我在凄凉的心境里不知不觉度过了这个悲凉的夜晚。好几次偷偷地流下眼泪，猛然间看到你用过的妆奁翠翘。

心中唯有幽怨，对一切都兴味索然，天已五更，又是一个残花飘落的早晨。

颓败的杨柳已经落尽了树叶，凄风冷雨抽打着画桥，怎能不令人愁思满怀。

河传

春浅①，红怨②，掩双环③，微雨花间昼闲。无言暗将红泪弹。阑珊，香销轻梦还④。

斜倚画屏思往事⑤，皆不是，空作相思字。记当时，垂柳丝，花枝⑥，满庭蝴蝶儿。

【注释】

①春浅：指春意浅浅。

②红怨：为花落感伤。

③掩双环：掩门，关起门。

④轻梦：浅梦，短梦。

⑤画屏：有画饰的屏风。

⑥花枝：开有花的枝条。

【译文】

春光将逝，落花飘零，关上房门，细雨淋湿了花枝，独自消磨这漫长的白天。内心凄凉，只有暗中默默流泪。春意阑珊，梦中的景象再次浮现在眼前。

斜倚着画屏回忆往事，人、景和心情都不似从前，心中只余相思。回忆当日的时光，一切都那么美好，柳丝低垂，花枝正艳，院子里都是并肩双飞的蝴蝶。

木兰花　拟古决绝词柬友

人生若只如初见，何事秋风悲画扇①。等闲变却故人心②，却道故人心易变。

骊山语罢清宵半，泪雨零铃终不怨③。何如薄幸锦衣郎④，比翼连枝当日愿。

【注释】

①何事：为何，何故。画扇：有画饰的扇子。此处用汉朝班婕妤被弃的典故。班婕妤为汉成帝妃，被赵飞燕谗害，退居冷宫，后有诗《怨歌行》，以秋扇闲置为喻抒发被弃之怨情。后遂以秋扇喻女子被弃。

②等闲：无端，平白地。故人：指前夫。

③骊山语罢清宵半，泪雨零铃终不怨：《太真外传》载，唐明皇与杨玉环曾于七月七日夜，在骊山华清宫长生殿里盟誓，愿世世为夫妻。白居易《长恨歌》"在天愿作比翼鸟，在地愿为连理枝"对此作了生动的描写。后安史乱起，明皇入蜀，于马嵬坡赐死杨玉环。杨死前云："妾诚负国恩，死无恨矣！"又，明皇此后于途中闻雨声、铃声而悲伤，遂作《雨霖铃》曲以寄哀思。骊山，在今陕西临潼东南，因外形似骊马，呈纯青色而得名，是著名的游览和休养胜地。清宵：清静的夜晚。

④薄幸：薄情。锦衣郎：指唐明皇。

【译文】

人与人如果能永远像刚刚相识的时候那样甜蜜、温馨，就不会有因为对方感情变冷而产生的怨恨了。如今你轻易地变了心，反而埋怨我的心本来就是容易变的。

在骊山华清宫长生殿里，唐明皇与杨玉环起过生死不相离的誓言，却最终还是作决绝之别，即使如此，杨玉环若能听到唐明皇寄托哀思的《雨霖铃》，应该也不会再有怨恨了吧。而你又怎么比得上当年薄幸的唐明皇呢，当初愿作比翼鸟、连理枝的誓言完全被忘记了吧。

虞美人

春情只到梨花薄①，片片催零落。夕阳何事近黄昏，不道人间犹有未招魂②。

银笺别记当时句③，密绾同心苣④。为伊判作梦中人⑤，索向画图清夜唤真真⑥。

【注释】

①春情：春天的景致或意趣。薄：指薄情，春暮梨花凋落，春亦逝去。

②不道：不管、不顾。未招魂：未及招归亡魂。

③银笺：素笺，洁白的笺纸。

④绾（wǎn）：系、结。同心苣（qǔ）：像连锁的火炬状图案花纹，或指织有同心苣状图案的同心结。古人以之作为爱情的信物。

⑤伊：此处作"你"解。判作：甘愿做，甘心做。

⑥画图：图画。真真：唐杜荀鹤《松窗杂记》："唐进士赵颜于画工处得一软障，图一妇人甚丽，颜谓画工曰：'世无其人也，如可令生，余愿纳为妻。'画工曰：'余神画也，此亦有名，曰真真，呼其名百日，昼夜不歇，即必应之，应则以百家彩灰酒灌之，必活。'颜如其言，遂呼之百日……果活，步下言笑如常。"后因以"真真"作为美人的代称。此处借指所思的妻子。

【译文】

春天的景致一直到梨花凋落

的时候才减弱,梨花片片零落,天色不知道为何这么快就到了黄昏,难道不明白人间尚有未招回的灵魂?

洁白的笺纸上还留有当时的诗句,织有同心苣的同心结至今还牢牢地系着。为了你我甘愿长久生活在梦里,每个清冷的夜晚,我都对着你的画像,不停呼唤你的名字。

又

曲阑深处重相见,匀泪偎人颤①。凄凉别后两应同,最是不胜清怨月明中②。

半生已分孤眠过,山枕檀痕涴③。忆来何事最销魂,第一折枝花样画罗裙④。

【注释】

①匀泪:拭泪。

②不胜清怨:指难以忍受的凄清幽怨。不胜,承受不了。

③山枕:枕头,古代枕头多用木、瓷等制作,两端凸起中间低凹,呈山形,故名。檀痕:指胭脂痕迹。涴(wò):浸渍、染上。

④折枝:中国花卉画的画法之一,即不画全株,只画连枝折下的部分。花样:供仿制的式样。罗裙:丝罗织成的裙子,泛指妇女衣裙。

【译文】

在曲折栏杆的深处与你重逢。你依偎在我的怀里,颤抖地流着眼泪。自分别之后,你我应该承受着同样的凄凉。尤其是每逢月圆的夜晚,更加难以忍受因不能团圆而生的凄清与幽怨。

你我长久别离,忍受孤枕难眠的痛苦。暗自流泪,枕头上总是泪痕密布。回忆往昔最令人销魂心荡的,就是你以折枝之法,依照娇花的姿容,画罗裙的样子。

又

　　高峰独石当头起,冻合双溪水①。 马嘶人语各西东,行到断崖无路小桥通。

　　朔鸿过尽音书杳②,客里年华悄。 又将丝泪湿斜阳③,多少十三陵树乱云黄。

【注释】

①双溪:此处指北京昌平境内的一条小溪。

②朔鸿:从北方向南飞的大雁。

③丝泪:微细如丝的眼泪。

【译文】

　　高俊的山峰兀立,一块巨石当头矗立,冰冻的双溪水拦住了去路。骏马在原野中嘶鸣,人语鼎沸,从这里分作两道开始各奔东西,已经走到了断崖处,道路断绝,却又一座小桥通向前路。

　　空中有鸿雁飞过,却不能传递书信,远行的人在旅途中已经悄然老去。面对夕阳,再一次在不知不觉中淌下了眼泪,回首眺望,只见到被夕阳染黄的暮云笼罩着十三陵附近的大树。

又

　　黄昏又听城头角,病起心情恶。 药炉初沸短檠青①,无那残香半缕恼多情②。

　　多情自古原多病,清镜怜清影③。 一声弹指泪如丝,央及东风休遣玉人知④。

【注释】

①短檠:短柄的灯烛,借指小灯。

②残香：将要烧尽的香。
③清镜：即明镜。清影：清瘦的身影。
④央及：恳请、请求。玉人：容貌美丽的人，对所爱者或亲人的爱称。

【译文】

黄昏时分，城头的号角又响起，我在病中勉强坐起，心情十分低落。药炉刚刚煮沸，案头的短灯明灭不定，燃着的熏香散发半缕轻烟，让人感到很伤感。

自古以来患病的人总是自怜自伤，我照着镜子，怜惜自己日渐消瘦的容貌。读一句你的《弹指集》，就伤心得泪如雨下，央求东风不要把我患病的消息告诉你。

又

彩云易向秋空散，燕子怜长叹。几番离合总无因，赢得一回僝僽一回亲①。

归鸿旧约霜前至②，可寄香笺字③？不如前事不思量，且枕红蕤欹侧看斜阳④。

【注释】

①僝僽（chán zhòu）：烦恼、愁苦。
②归鸿：归雁，诗文中多用以寄托归思。
③香笺：散发有香气的信笺。
④红蕤：红蕤枕，传说中的仙枕，此处代指绣花枕。唐张读《宣室志》卷六载，玉清宫有三宝，碧玉环、红蕤枕、紫玉函。红蕤枕似玉，微红，有纹如粟。宋毛滂《小重山·春雪小醉》："十年旧事梦如新，红蕤枕，犹暖楚峰云。"

【译文】

天高气爽的秋季，彩云最容易被风吹散开去，燕子听到满腹心事之人的长叹，也会感到怜惜。几次离合总是没有来由，让人感到时而忧愁，时而温馨。

归雁飞来的时候，霜期已经到来，可以托大雁把书信带给那远行的人吗？还是不要想以前的那些事了，暂且倚着绣枕看那西下的落日吧。

又

银床淅沥青梧老①，屧粉秋蛩扫②。采香行处蹙连钱③，拾得翠翘何恨不能言。

回廊一寸相思地④，落月成孤倚。背灯和月就花阴，已是十年踪迹十年心。

【注释】

①银床：指井栏；一说为辘轳架。淅沥：象声词，形容风雨落叶等声音。青梧：梧桐，树皮色青，故称。

②屧（xiè）：鞋的木底，与粉字连缀即代指女子。秋蛩：蟋蟀。

③采香：据范成大《吴郡志》云：吴王夫差于香山种香，使美人泛舟于溪以采之。谓采香系喻指曾与她有过一段恋情的去处。连钱：连钱马，又名连钱骢。即毛皮色有深浅，花纹、形状似相连的铜钱。

④回廊：用春秋吴王"响屧廊"的典故。宋范成大《吴郡志》："响屧廊，在灵岩山寺。相传吴王令西施辈步屧，廊虚而响，故名。"其遗址在今苏州市西灵岩山。此处借指与所爱之人曾有过恋情的地方。

【译文】

渐渐沥沥的雨滴落在井栏上，梧桐树在风雨中老去。秋雨将她留下的鞋印冲洗得干干净净，鸣叫的蟋蟀也归于哑喑。走过她曾经采花的小径，无意间拾得她当年遗失的首饰，心中产生无限伤感，却难以言喻。

那段回廊曾是我们逗留约会的地方，如今我独立于这里思念你。我背对着灯光，面朝月色，在花阴里暗自神伤，不过是转眼之间，已经过了十年光景。

又　为梁汾赋

凭君料理花间课①，莫负当初我。眼看鸡犬上天梯②，黄九自招秦七共泥犁③。

瘦狂那似痴肥好④，判任痴肥笑⑤。笑他多病与长贫，不及诸公衮衮向风尘⑥。

【注释】

①料理：本为指点、指教。此处有整理、处理之意。课：指词作。

②天梯：古人想象中登天的阶梯，此处喻为入仕朝堂，登上高位。鸡犬上天梯，即一人得道，鸡犬升天之意。

③黄九：指北宋诗人、书法家黄庭坚，因其排行第九，故云。秦七：指北宋词人秦观，其排行第七，故云。此处以"黄九"、"秦七"代指作者与顾贞观。泥犁：佛家语，梵语的译音，意为地狱。

④瘦狂、痴肥：比喻仕途失意与得意。

⑤判任：任他评判。

⑥诸公衮衮：众多显宦，含贬义。风尘：比喻纷乱的社会或漂泊江湖的境况，这里指宦途、官场。

【译文】

我交托你帮我编选词集，不辜负我当初填词的初衷。眼看着那些热衷功名的人鸡犬升天，你与我却倾注全部心思在词章上，不求显达。

我们这样贫寒狷狂之人，自然没有仕途得意之士的踌躇满志，任凭那些得意的人嘲笑好了，他们会笑话你我长期多贫与贫苦，比不上在名利场上诸位身居高位而无所作为的官僚。

又

残灯风灭炉烟冷①，相伴唯孤影。判教狼藉醉清樽②，为问世间醒眼是何人③？

难逢易散花间酒，饮罢空搔首④。闲愁总付醉来眠⑤，只恐醒时依旧到樽前。

【注释】

①残灯：蜡烛的余烬。

②判教：情愿、甘愿。狼藉：乱七八糟，散乱、零散，此言杯盘狼藉。清樽：酒器，借指清酒。

③醒眼：眼光清醒。

④搔首：挠头，心绪烦乱焦急或有所思虑时的动作。饮罢搔首表明醉酒难驱心事。

⑤闲愁：指莫名难以言传的愁思。

【译文】

残灯被风吹灭，烧残的香灰也已经冷却下来，与我相伴的只有自己孤独的身影。索性尽情酣饮，酩酊大醉一场，这世间哪里还有清醒的人呢？

在花间饮酒对酌最是难逢，喧闹沸腾的酒宴最容易结束，畅饮过后也只是徒劳地搔搔头。闲愁总要靠醉酒来排遣，就怕酒醒之后依然满怀愁绪，还要继续靠饮酒来消解。

鹊桥仙

倦收缃帙①，悄垂罗幕②，盼煞一灯红小。便容生受博山香③，销折得狂名多少④。

是伊缘薄,是侬情浅,难道多磨更好? 不成寒漏也相催⑤,索性尽荒鸡唱了⑥。

【注释】

①缃帙:浅黄色书套,此处代指书卷、书籍。

②罗幕:丝罗帐幕。

③容:作者自指,即容若之意。博山香:指博山炉所焚之香。

④销折:抵消。损耗。狂名:狂士的名声。

⑤不成:语助词,表示反诘语气。

⑥索性:直截了当,干脆。

【译文】

慵懒地收起书卷,轻轻地垂下帐幕,那盏孤灯的烛火就要熄灭了。纵使把我与你共赏博山香的事说出来,我那疏狂的名声又会因此而折损多少呢?

难道是你我缘分浅薄,好事注定要多磨? 寒夜的滴漏声催我入睡,我还是不能成眠,索性就睁着眼等到荒鸡啼声停歇的时候吧。

又

梦来双倚,醒时独拥,窗外一眉新月。 寻思常自悔分明,无奈却照人清切①。

一宵灯下,连朝镜里,瘦尽十年花骨②。 前期总约上元时③,怕难认飘零人物。

【注释】

①清切:清晰真切。

②花骨:花骨朵,形容人的容貌优美俏丽,此处是说容颜消瘦衰老。

③前期:指从前的约定。

【译文】

在梦中与你相依相偎,醒来却形单影只,此时窗外的新月如同弯弯的眉

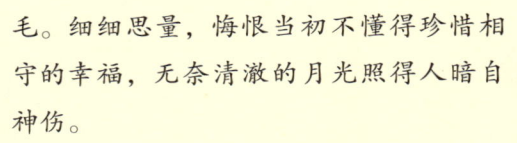

毛。细细思量，悔恨当初不懂得珍惜相守的幸福，无奈清澈的月光照得人暗自神伤。

夜里我在灯下辗转难眠，清晨醒来，看到镜里的容颜又憔悴了几分。从前与你在元宵之夜有约，只怕即使能够相见，你也辨认不出我这衰老的模样了。

又　七夕①

乞巧楼空②，影娥池冷③，说着凄凉无算④。丁宁休曝旧罗衣⑤，忆素手为余缝绽⑥。

莲粉飘红⑦，菱花掩碧⑧，瘦了当初一半。今生钿盒表予心⑨，祝天上人间相见。

【注释】

①七夕：农历七月初七的晚上，神话传说天下的牛郎、织女每年在这个晚上相会。

②乞巧：旧时风俗农历七月七日夜（或七月六日夜）妇女在庭院向织女星乞求智巧称为"乞巧"。《荆楚岁时记》载："七月七日为牵牛织女集会之夜。是夕人家妇女结彩缕，穿七孔针，或以金银石为针，陈几筵酒脯瓜果于庭中以乞巧。有蟢子（蜘蛛）网于瓜上，则以为符应。"又，《东京梦华录·七夕》云："至初六、初七日晚，贵家多结彩楼

于庭,谓之乞巧楼,铺阵磨喝乐、花瓜酒炙、笔砚针线。或儿童裁诗,女郎呈巧,焚香列拜,谓之乞巧。妇女望月穿针,或以小蜘蛛安合子内,次日看之,若网圆正,谓之得巧。"

③影娥池:池名。《三辅黄图》谓:汉武帝于望鹄台西建俯月台,台下穿池,月影入池中,使宫人乘舟弄月影,因名影娥池。

④无算:无数。

⑤丁宁,同"叮咛",反复地嘱咐。罗衣:软而轻的丝制衣服。

⑥缝绽:缝补破绽,这里是缝制的意思。

⑦莲粉,即莲花。

⑧菱花:菱花镜,多呈六角形或背面刻有菱花。

⑨钿盒:镶嵌金、银、玉、贝的首饰盒子。相传为唐玄宗与杨贵妃的定情之物,泛指情人间的定情信物。

【译文】

乞巧楼里人去楼空,影娥池的水也生出寒意,在这七夕佳节里,却充满了满怀愁绪的叹息。叮嘱侍女不要把旧罗衣拿出来暴晒,因为你生前曾经亲手为我缝补这件衣服。

池中藕花的香粉飘散,菱花镜里一片碧绿,仰望天空只看见繁星璀璨。梦里看到你拿着首饰盒向我走来,让我相信天上的仙界不是幻境,你生活在天上的世界里。

南乡子

飞絮晚悠飏①,斜日波纹映画梁②。 刺绣女儿楼上立,柔肠,爱看晴丝百尺长③。

风定却闻香,吹落残红在绣床。 休堕玉钗惊比翼④,双双,共唼蘋花绿满塘⑤。

【注释】

①悠飏:飘忽不定的样子,飘扬、飞扬。

②画梁：饰有彩画的屋梁。

③晴丝：指虫类所吐的丝，或指在空中飘荡的游丝。

④比翼：传说中的一种雌雄一起飞的鸟，飞时翅膀挨着翅膀，比喻恩爱夫妻。

⑤唼（shà）：吮吸。

【译文】

傍晚时分，飞絮在暮色中飘飞，夕阳余晖倒映在池塘上，波影映照着画梁。刺绣的女子伫立在绣楼上，柔肠百转，最爱看那绵长的游丝在空中飘荡。

风停了，忽然闻到落花的余香，原来是风把落花吹到了绣床上。小心不要把头上的玉钗掉进池水中惊扰了鸳鸯，池中的鸳鸯多么恩爱，成双成对的吮吸着满塘绿色的浮萍。

又　捣衣①

鸳瓦已新霜②，欲寄寒衣转自伤。见说征夫容易瘦③，端相④，梦里回时仔细量。

支枕怯空房⑤，且拭清砧就月光⑥。已是深秋兼独夜，凄凉，月到西南更断肠。

【注释】

①捣衣：古人洗衣时以木杵在砧上捶敲衣裳，使之干净，故称。明杨慎《丹铅总录·捣衣》："古人捣衣，两女子对立执一杵，如舂米然。尝见六朝人画捣衣图，其制如此。"

②鸳瓦：即鸳鸯瓦。

③见说：听说。征夫：原谓远行之人，后多指出征的士兵。

④端相：即端详，仔细打量。

⑤支枕：将枕头竖起，倚靠。怯空房：独处空房时心惊害怕。怯，这里有担心远戍的亲人难以过冬的意思。

⑥清砧：即捶衣石，捣衣用的砧石。

【译文】

屋外的鸳鸯瓦上结了一层薄薄的清霜，正准备为远方的丈夫寄去冬天的寒衣，突然暗自心伤。都说戍边在外的人容易消瘦，真想把他细细打量。梦中梦到他的时候，一定要仔细端详。

她竖立枕头倚靠着，害怕房间里空荡荡的。不如趁着月光再来到河边浣洗一遍他的衣裳。转眼已是深秋，独自在夜晚倍感凄凉，月亮已挂上西南方向，想着天下多少有情人早已相拥而眠，怎能不叫我欲断肝肠！

又　柳沟晓发①

灯影伴鸣梭②，织女依然怨隔河③。曙色远连山色起，青螺④，回首微茫忆翠蛾⑤。

凄切客中过⑥，未抵秋闺一半多⑦。一世疏狂应为著⑧，横波⑨，作个鸳鸯消得么⑩？

【注释】

①柳沟：地名，或指北京市延庆县延庆镇东偏南十一公里。古为关隘。

②鸣梭：用梭子织布。

③织女：指织女星，位于银河以东与牵牛星隔银河相对。古代民间把织女星与牛郎星被阻隔在银河两岸而衍生成故事，谓牛郎、织女遥遥相望却不能厮守，唯有每年七月七日相会一次。后人以此作为夫妻或恋人分离，难以相见的典故。

④青螺：指青山。

⑤微茫：迷漫而模糊。翠蛾：妇女细而长的黛眉，古代女子以青黛描画修长的眉毛。故称，借指美女。

⑥凄切：凄凉悲切。

⑦秋闺：秋日的闺房，指易引秋思的地方。

⑧疏狂：豪放，不受拘束。
⑨横波：比喻女子眼神闪烁流动，指代佳人，心所钟情者。
⑩消得：值得，配得。

【译文】

她一边在灯影下织布，一边像织女一样思念着远方的丈夫。远行的丈夫正在山路上行进，破晓之后，远处的山色如青螺一般。回首远望，在弥漫而模糊的曙色里想念家中的妻子。

客旅之行悲凉凄切，所到之地多是容易引发秋思的地方。想要摆脱世俗的约束，不受羁绊地永远陪伴在妻子的身边，像一对鸳鸯那样比翼双飞。

又

烟暖雨初收，落尽繁花小院幽。摘得一双红豆子①，低头，说着分携泪暗流②。

人去似春休，卮酒曾将酹石尤③。别自有人桃叶渡④，扁舟⑤，一种烟波各自愁。

【注释】

①红豆子：即相思树所结的种子。果实成荚，微扁，子大如豌豆，色鲜红或半红半黑。古人以此作为爱情或相思的象征，也叫相思子。唐王维《相

思》："红豆生南国，春来发几枝。劝君多采撷，此物最相思。"

②分携：离别。

③卮酒：意即杯酒。石尤：石尤风，即逆风或顶头风。传说古代石氏女嫁尤郎，尤为商远行，石氏阻之，不从。尤经久不归，石氏思而致病亡，终前曰："吾恨不能阻其行以至于此。今凡有商旅远行吾当作大风为天下妇人阻之。"故后人以之喻阻船之风。

④桃叶渡：渡口名，在今江苏省南京市秦淮河畔，相传因晋王献之在此送其妾桃叶而得名。后人以此代指情人分别之地，或分别之意。

⑤扁舟：小船。

【译文】

雨刚停歇，远处升起暖暖的雾气，幽静的小园里繁花落尽，一片清幽。伸手摘下一双红豆，低下头，想起我们分别时的场景，不由得泪流满面。

人的离去就像春天结束了，曾拿着酒洒向地面，祈祷离去的人一路顺风。看别的爱侣在渡河边分别，一叶扁舟，茫茫的烟波任我们各自感伤哀愁。

又　　为亡妇题照

泪咽更无声，止向从前悔薄情。凭仗丹青重省识①，盈盈②，一片伤心画不成③。

别语忒分明④，午夜鹣鹣梦早醒⑤。卿自早醒侬自梦⑥，更更，泣尽风前夜雨铃。

【注释】

①丹青：丹和青是古代绘画常用的两种颜色，借指绘画，这里指亡妇的画像。省（xǐng）识：忆起、辨识、端详。

②盈盈：形容举止、仪态美好的样子。

③一片伤心画不成：引用唐代高蟾《金陵晚望》："世间无限丹青手，一片伤心画不成。"

④忒：方言，太、特。

⑤鹣鹣（jiān）：即鹣鸟，比翼鸟。似凫，青赤色，相得乃飞。常以之比喻夫妻合美。

⑥卿：对亡妇的爱称。更更：一更又一更，指夜夜苦受熬煎。

【译文】

流泪哽咽，却发不出声音，只是后悔从前对你很薄情。想要凭借画出你的美丽的容颜来重新和你相聚，可我的伤心却是画不出来的。

离别时的言语还清晰分明地响在我的耳边，比翼齐飞的美梦总是在半夜里被无端惊醒。你已早早醒来，我却还在梦中，一更又一更，屋檐下的风铃在风雨中不停作响，正如我悲伤的哭泣。

一斛珠　元夜月蚀①

星毯映彻②，一痕微褪梅梢雪。紫姑待话经年别③，窃药心灰④，慵把菱花揭⑤。

踏歌才起清钲歇⑥，扇纨仍似秋期洁⑦。天公毕竟风流绝，教看蛾眉⑧，特放些时缺⑨。

【注释】

①元夜：即元宵节。

②星毯：一团团的烟火。映彻：晶莹剔透的样子。

③紫姑：传说中的厕神名，又称子姑、坑三姑娘。据南朝宋刘敬叔《异苑》载述，紫姑为寿阳人李景之妾，于农历正月十五日被景妻害死于厕所，遂为神。民间习俗，元夕于月下迎紫姑以问祸福及一年农事。因一年一度祈问，故词云"经年别"。

④窃药：传说后羿在西王母处得到不死神药，被他的妻子嫦娥盗走，食后成仙奔月，后人以"窃药"比喻求仙。心灰：心如死灰，极度消沉。

⑤菱花：菱花镜，这里喻指月亮。

⑥踏歌：传统的群众歌舞形式，互相搭肩或牵手，以脚踏地为节拍。清钲（zhēng）歇：指锣声停止，表示月食结束。钲，古代军中乐器，行军时

敲击以节制步伐。

⑦扇纨（wán）：指团扇。秋期：指七夕，这一天是牛郎织女相会之期，故名。

⑧蛾眉：形容女子细长的眉毛，这里此喻月食时仍明亮的部分。

⑨些时：片刻，一会儿。

【译文】

元宵之夜，到处都是花灯和焰火，梅梢的积雪竟微微地融化了一些。厕神紫姑正想与人诉说多年的离情别绪，嫦娥却在懊悔当初偷了仙药独上月宫，不愿揭开镜面见人。

月食渐出，驱逐天狗的铜锣声停了下来，响起了踏歌之声，那月光像中秋时节一样清澈明亮。天公也是风流之人，为了让人们看一眼月儿那弯弯的蛾眉，故意制造了这短暂的月蚀。

红窗月

梦阑酒醒，早因循过了清明①。是一般心事，两样愁情。犹记回廊影里誓生生。

金钗钿盒当时赠，历历春星②。道休孤密约③，鉴取深盟④。语罢一丝清露湿银屏⑤。

【注释】

①因循：本为道家语，意谓顺应自然。

②历历：一个个清晰分明。春星：指星斗。

③孤：对不住，辜负。密约：秘密的约定或约会。

④鉴取：察知，了解。深盟：指男女双方向天而发的永结同心的盟约。

⑤清露：透亮的露水。银屏：指被银饰装饰的屏风。

【译文】

酒醒梦断，清明时节就这样过去了，心事还是去年的心事，却更添了一种愁绪。还记得当初我们在回廊里山盟海誓，如今却再也回不去了。

你送我的金钗钿盒，像春夜的星星一样多，说着不要辜负你我的密约，这便是我们深情的见证。说完这番话，清凉的露水便打湿了屏风。

踏莎行

春水鸭头，春山鹦嘴，烟丝无力风斜倚。百花时节好逢迎①，可怜人掩屏山睡。

密语移灯②，闲情枕臂，从教酝酿孤眠味③。春鸿不解讳相思④，映窗书破人人字⑤。

【注释】

①百花：泛指各种花。

②密语：秘密的、悄悄的话语。

③从教：任凭、听凭。

④春鸿：春天的鸿雁。不解：不懂，不理解。

⑤书破：书写错乱，指雁行不成"人"字形。

【译文】

春水泛绿，如同鸭头上的翠色。春山花开，如同鹦鹉的嘴巴一样红艳，柳丝在清风的吹拂下无力地摇摆。正是百花盛开的好时节，那个惆怅伤怀的女子却紧掩着屏风，不肯起床。

想起从前两人在灯前温柔低语，她悠闲地枕着他的臂弯，只叫她在对往日时光的反复回忆中，越发感到孤单。春天的大雁不懂得相思之人的悲苦，

偏偏从窗前飞过，却没排成人字形状。

又　寄见阳

倚柳题笺①，当花侧帽②，赏心应比驱驰好③。错教双鬓受东风④，看吹绿影成丝早⑤。

金殿寒鸦⑥，玉阶春草⑦，就中冷暖和谁道？小楼明月镇长闲⑧，人生何事缁尘老⑨。

【注释】

①题笺：题诗。笺：供题诗、写信用的佳纸。

②侧帽：斜戴着帽子。形容洒脱不羁，风流自赏的装束。

③赏心：心意欢乐。驱驰：策马快奔，为供效力。

④东风：春风，一年一度，转借为年光。

⑤绿影：指乌亮的头发。

⑥金殿：金饰的殿堂，指帝王的宫殿。

⑦玉阶：玉石砌成或装饰的台阶，亦为台阶的美称，指朝廷。

⑧镇长闲，经常是孤独悠闲，寂寞无聊。镇长：经常、常常。

⑨缁尘：黑色灰尘。常喻世俗污垢。

【译文】

倚靠着柳树在信纸上题诗，在花前斜戴着帽子，自在快乐的生活总比受人驱使好得多。在受人驱使的日子里，自己的青丝在春风的吹拂中很快消磨成了白发。

在宫殿里值夜，皇宫的台阶上生出青草，这其中的冷暖滋味又能向谁诉说。不如悠闲地独上小楼赏月，何必要沾染这俗世的尘埃呢？

临江仙　寄严荪友

别后闲情何所寄,初莺早雁相思①。如今憔悴异当时,飘零心事,残月落花知。

生小不知江上路②,分明却到梁溪③。匆匆刚欲话分携④。香消梦冷⑤,窗白一声鸡。

【注释】

①初莺:春莺,借喻暮春之时。早雁:秋雁,借指秋来之时。
②生小:自小,幼小。
③梁溪:无锡的代称,原系太湖一支流,这里代指严荪友的家乡。
④分携:分手携手,谓聚散,侧重指分离。
⑤香消梦冷:谓一梦醒来。香消,形容梦中温馨的情谊消逝了。梦冷,梦断、梦醒。

【译文】

自从离别之后,春去秋来,我对你的牵挂没有间断,你的闲情雅趣寄托在何处呢?如今因为思念你,我已经面容憔悴、异于当初,那孤独寂寞的心事,只有残花落絮才能够知晓。

我生来不知道去江南的道路,而梦里却来到了你的家乡。刚要与你诉说离别后的思念之情,却被窗外的一声鸡鸣惊醒。一觉醒来,梦中温馨的情意消逝了,令人无限惆怅。

又　永平道中①

独客单衾谁念我,晓来凉雨飕飕。缄书欲寄又还休,个侬憔悴②,禁得更添愁。

曾记年年三月病,而今病向深秋。卢龙风景白人头③,药炉烟里,支枕听河流。

【注释】

①永平：清代永平府，在今山海关一带，纳兰性德护驾巡游关外，此为必经之地。

②个侬：这人，那人。

③卢龙：地名，在今山海关西南一带，清属永平府。

【译文】

清晨醒来，凉雨带来了几分凉意，我盖着薄被独卧，不知道远方有谁会念及远行在外的我。家信写完，刚要寄出去，却又收了回来，那个人因忧愁已经很憔悴了，恐怕会更添新愁，变得更憔悴吧。

记得每年的三月都会生病，没想到今年的深秋也病了。这个地方景色萧条，令人徒增伤感，以至暗生白发，我只有在药炉的烟雾缭绕下，竖起枕头倚靠着，倾听那江河奔流的声音。

又　谢饷樱桃①

绿叶成阴春尽也，守宫偏护星星②。留将颜色慰多情，分明千点泪，贮作玉壶冰③。

独卧文园方病渴④，强拈红豆酬卿⑤。感卿珍重报流莺⑥，惜花须自爱，休只为花疼。

【注释】

①谢饷：感谢赠送。

②守宫：喻樱桃红艳可爱。星星：通"猩猩"，指颜色猩红的樱桃。

③玉壶冰：酒名。清吴伟业《戏题仕女图》之五："四壁萧条酒数升，锦江新酿玉壶冰。"

④文园病渴：汉司马相如曾任孝文园令，据《史记》载："相如口吃而善著书。常有消渴疾。与卓氏婚，饶于财。其进仕宦，未尝肯与公卿国家之事，

称病闲居,不慕官爵。"后遂以"文园病"指消渴病,这里指文人落魄,病困潦倒。

⑤红豆:代指樱桃。

⑥流莺:即莺。流,指莺的鸣声婉转。

【译文】

绿叶成荫,春天也渐渐过去,樱桃色泽可人。樱桃娇媚的颜色可以抚平多愁之人的心伤,仿佛千万点红色的泪水,在玉壶中凝结成冰。

我病卧在床,忍痛吃了樱桃来回报你。感谢你送樱桃来宽慰我,关心他人更要爱惜自己,你不要把心思都用在我身上,自己也要多保重。

又

丝雨如尘云著水,嫣香碎入吴宫①。百花冷暖避东风,酷怜娇易散,燕子学偎红②。

人说病宜随月减,悻悻却与春同③。可能留蝶抱花丛,不成双梦影,翻笑杏

梁空④？

【注释】

①嫣香：指娇艳芳香的花。吴宫：指春秋时期吴王的宫殿。

②偎红：紧贴着红花。

③恹恹：精神萎靡不振的样子。

④杏梁：指用文杏木制成的屋梁，言其屋宇的高贵。宋晏殊《采桑子》："燕子双双，依旧衔泥入杏梁。"

【译文】

蒙蒙细雨如微尘一样氤氲着水汽，吴宫里的残花散落了一地。百花感到冷意，为了取暖在东风中摇曳闪避，这满地的残花令人怜惜不已，就连燕子也学着人的样子紧紧依偎在花下。

人都说疾病会随着满月减损成残月而慢慢减弱，现在反而如暮春一样萎靡颓丧。成双飞舞的蝴蝶飞舞流连，迟迟不肯离开花丛，梁上的燕子成双成对地飞走了，看着梁上空荡荡的燕巢，我苦笑了一下。

又

长记碧纱窗外语，秋风吹送归鸦。　片帆从此寄天涯，一灯新睡觉①，思梦月初斜。

便是欲归归未得，不如燕子还家。　春云春水带轻霞②，画船人似月③，细雨落杨花。

【注释】

①新睡觉：刚醒来。觉：醒转。

②春云：春天的云彩。轻霞：淡霞。

③人似月：比喻女子容貌姣好。

【译文】

永远记得你我曾在碧纱窗下低语话别，那时秋风吹拂，乌鸦正飞回它们的家。你从此离我远去，独自漂泊到天涯，如今我一觉醒来，只看到孤独的烛火闪烁，犹记得方才在梦中出现的你，而此时月亮才刚刚西斜。

即使想要回家也不能回去，还不如燕子能够秋去春归，来去自如。春云和春水都染上霞光，画船上的美人像月亮一样妩媚，杨花飘散，丝丝细雨飘洒。

又　塞上得家报云秋海棠开矣①，赋此

六曲阑干三夜雨②，倩谁护取娇慵③。可怜寂寞粉墙东④，已分裙衩绿⑤，犹裹泪绡红⑥。

曾记鬓边斜落下，半床凉月惺忪⑦。旧欢如在梦魂中⑧，自然肠欲断，何必更秋风。

【注释】

①塞上：塞边，边界上。家报：家中信息。秋海棠：又称"八月春"、"断肠花"，多年生草本植物，属秋海棠科。此花叶大棵矮，背有明显的红丝，花小、聚生、粉色。据《采兰杂志》载："昔有妇人，思所欢不见，辄涕泣，恒洒泪于北墙之下。后洒处生草，其花甚媚，色如妇面，其叶正绿反红，秋开，名曰断肠花，又名八月春，即今秋海棠也。"

②六曲阑干：指代亭园。

③娇慵：柔弱倦怠的样子，这里指秋海棠花。此系以人拟花，为作者想象之语。

④粉墙：用白灰粉刷过的墙。

⑤裙衩：裙子和头钗都是妇女的衣饰，这里以女子绿色裙衩比喻秋海棠绿色的枝叶。

⑥绡红：生丝织成的薄纱、薄绢。

⑦惺忪：形容刚刚睡醒，神志、眼睛尚模糊不清的样子。

⑧旧欢：指往日的欢乐情怀。

【译文】

家里已经下了三夜的雨，谁来保护这亭园里娇弱的秋海棠？可惜粉墙

的东边寂静无人，秋海棠花绿萼已分，红花上带着雨滴，好像哭泣的美人一样。

还记得海棠花曾在她的鬓边落下，那时她睡眼惺忪，静静感受着这半床月亮的清凉。往日的欢乐时光仿佛在梦中，还没等秋风吹起，我就已经痛断肝肠。

又　卢龙大树

雨打风吹都似此，将军一去谁怜①。画图曾记绿阴圆。旧时遗镞地②，今日种瓜田。

系马南枝犹在否③？萧萧欲下长川④。九秋黄叶五更烟⑤。止应摇落尽，不必问当年。

【注释】

①将军：指将军树，即大树。《后汉书·冯异传》："每所止舍，诸将并坐论功，异常独屏树下，军中号'大将军树'。"后遂以"将军树"借指大树，亦用为建立军功的典故。

②遗镞：指损折或遗失的箭矢。

③南枝：朝南的树枝，比喻温暖舒适的地方，此处指故土、故国。

④长川：长流。

⑤九秋：指九月深秋。黄叶：枯黄的树叶，亦借指将要飘落的树叶。

【译文】

雨打风吹造就了大树的模样，将军离去之后，还有谁会怜惜它呢？曾经在图画里看过那片绿树荫，昔日的战场如今已经变成了一块瓜田。

曾经拴着战马的树枝还在吗？秋叶早已落尽，被秋风卷入长河。五更时分，晨烟里到处飘飞深秋的黄叶，大树的叶子恐怕就要落尽，不必再问它当年的模样。

又 寒柳

飞絮飞花何处是？层冰积雪摧残①。疏疏一树五更寒。爱他明月好，憔悴也相关②。

最是繁丝摇落后③，转教人忆春山④。湔裙梦断续应难⑤。西风多少恨，吹不散眉弯⑥。

【注释】

①层冰：厚厚的冰。

②相关：彼此关联，相互牵涉，互相关心。

③最是：特别是。繁丝：指柳丝的繁茂。

④春山：喻眉黛。

⑤湔裙梦断：意思是涉水相会的梦断了。典出李商隐《柳枝词序》中说：洛中一男子偶遇柳枝姑娘，柳枝表示三天后将涉水湔裙来会。

⑥眉弯：弯弯的眉毛，喻指怨愁痛苦的样子。

【译文】

柳絮杨花漫天飞舞，不知道飘到哪里去了。原来是被厚

厚的冰雪摧残了。柳树只剩下稀疏的枯枝，在五更时分难以抵挡凄冷萧索。皎洁的明月无私普照，即使寒柳憔悴，也一样关怀。

最是在繁茂的柳树凋残的时候，容易让我想起她柳叶一般的娥眉。如今她已经离我而去，即使梦里想见，但是好梦易断，断梦难续。于是将愁思寄给西风，可再强劲的西风也吹不散我眉间紧锁的惆怅。

又

带得些儿前夜雪，冻云一树垂垂①。东风回首不胜悲。叶干丝未尽，未死只颦眉②。

可忆红泥亭子外，纤腰舞困因谁？如今寂寞待人归。明年依旧绿，知否系斑骓③？

【注释】

①冻云：寒云，严冬的阴云。这里是说凝结于柳枝秃条上的冰雪，望去犹如片片浮云。

②颦眉：皱眉。

③斑骓：毛色青白相间的马，泛指骏马，又指代御马的翩翩公子。

【译文】

干枯的柳枝上还带着前夜落下的积雪，看上去就像有片片浮云坠落在树端。在东风中回首往事，忍不住心生悲凉。柳叶早已干枯，但柳丝仍然摇曳，就像病了一般皱着眉头，正如愁病交加的自己。

是否记得驿站红亭外的柳树，柳枝为了谁摇曳至疲惫？如今那柳枝只是寂寞地等待那远行的人归来。明年的柳枝依然会长满新绿，只是不知道是否还能系住斑骓马，不让远行的人离去。

又　孤雁

霜冷离鸿惊失伴①，有人同病相怜。拟凭尺素寄愁边②。愁多书屡易，双泪落灯前。

莫对月明思往事，也知消减年年。无端嘹唳③一声传。西风吹只影，刚是早秋天。

【注释】

①离鸿：离散失群的大雁。

②尺素：书写用的一尺长左右的白色生绢，借指小的画幅，短的书信。

③嘹唳：形容声音响亮而凄清。这里指孤雁的叫声。

【译文】

寒冷的秋霜中，找不到同伴的孤雁拼命南飞，有人正与这孤雁同病相怜。想要写一封信寄到那令人生愁的边塞，但因愁绪太多而变幻不定，书信屡屡修改增删，迟迟写不下来，只能对着烛光暗自流泪。

不要望着明月追忆往事，免得年年日益憔悴。忽然传来一声孤雁哀鸣，那孤单的影子在寒风中飘渺远去，这时候刚刚是早秋时节。

蝶恋花

辛苦最怜天上月，一昔如环①，昔昔长如玦②。但似月轮终皎洁③，不辞冰雪为卿热④。

无奈钟情容易绝，燕子依然，软踏帘钩说⑤。唱罢秋坟愁未歇⑥，春丛认取双栖蝶⑦。

【注释】

① 一昔：一夜。昔，同"夕"。

②玦（jué）：玉玦，佩玉的一种，形如环而有缺口，借喻不满的月亮。

③月轮：泛指月亮。皎洁：明亮洁白，多形容月光。

④不辞：不畏，当仁不让。

⑤帘钩：卷帘所用的钩子。

⑥唱罢秋坟愁未歇：唐李贺《秋来》："秋坟鬼唱鲍家诗，恨血千年土中碧。"这里借用此典表示总是哀悼过了亡灵，但满怀愁情仍不能消解。

⑦春丛：春日丛生的花木。认取：注视着。双栖蝶：用东晋梁山伯祝英台的故事，意为愿期身后如此。

【译文】

最令人怜惜的是天上的月亮。它在一个月中只有一夜像玉环一样圆满，其他每夜都有残缺。如果你能像满月那样永远皎洁，我愿为此放弃一切，甚至生命也在所不惜。

无奈人的尘缘容易结束，但燕子还是像原来一样，轻盈地踏上帘钩。在秋天里，我面对你的坟茔哀悼，但满怀的愁情丝毫没有消减，我多希望能和你像蝴蝶一样在春天的草丛里并肩双飞啊。

又

眼底风光留不住，和暖和香，又上雕鞍去①。欲倩烟丝遮别路②，垂杨那是相思树？

惆怅玉颜成间阻③，何事东风，不作繁华主。断带依然留乞句④，斑骓一系无寻处⑤。

【注释】

①雕鞍：雕饰有精美图案的马鞍。

②烟丝：柳枝柳丝。

③玉颜：女子美好的容颜。间阻：阻隔。

④断带：割断了的衣带。这里用李商隐《柳枝词序》序云："柳枝，洛中里娘也……余从昆让山，比柳枝居为近。他日春曾阴，让山下马柳枝南柳下，

咏余《燕台诗》,柳枝惊问:'谁人有此?谁人为是?'让山谓曰:'此吾里中少年叔耳!'柳枝手断长带,结让山为赠叔乞诗。"

⑤斑骓(zhuī):骏马的一种,毛色苍白相杂。

【译文】

眼前的美好风光是留不住的,在一片温暖和芳香里,他又上马去远行。想要请柳丝拂动起来遮挡他前进的路,但杨柳树不是相思树,怎会懂得我的伤心。

为我们的天涯相隔而倍感痛苦惆怅,这东风为什么留不住这繁华旧梦。身边还留有当年他所写的信,但他的马已经走远,不知道现在身在何处。

又

又到绿杨曾折处①,不语垂鞭②,踏遍清秋路。衰草连天无意绪③,雁声远向萧关去④。

不恨天涯行役苦⑤,只恨西风,吹梦成今古。明日客程还几许⑥,沾衣况是新寒雨⑦。

【注释】

①绿杨曾折：古人在送别的时候，有折柳枝相赠的习俗。

②垂鞭：放马慢行。引用唐温庭筠《赠知音》诗："景阳宫里钟初动，不语垂鞭上柳堤。"

③衰草：指秋天干枯的野草。意绪：心情，情绪。

④萧关：古关名，故址在今宁夏固原东南，为自关中通向塞北的交通要塞，此处泛指边关。

⑤行役：旧指因服兵役、劳役或公务而长期在外跋涉，泛称行旅出行。

⑥几许：多少。

⑦新寒：气候开始转冷。

【译文】

又来到当初折柳送别友人的地方，我着骑马，默默地在这清秋天气里垂鞭前行。荒草无边了无生趣，大雁鸣叫着向遥远的边塞飞去。

不恨这天涯羁旅行役的辛苦，只可恨那西风吹散了多少还乡的美梦。明天的行程还在延续，不知道还要走多久，不知不觉中，乍寒的新雨已经打湿了衣衫。

又

萧瑟兰成看老去①，为怕多情，不作怜花句。阁泪倚花愁不语②，暗香飘尽知何处？

重到旧时明月路。袖口香寒，心比秋莲苦③。休说生生花里住④，惜花人去花无主。

【注释】

①兰成：南北朝时北周诗人庾信小字兰成。唐陆龟蒙《小名录》："庾信幼而俊迈，聪敏绝伦，有天竺僧呼信为兰成，因以为小字。"此处为词人借指自己。

②阁泪：含着眼泪。宋无名氏《鹧鸪天·离别》："尊前只恐伤郎意，阁

泪汪汪不敢垂。"

③秋莲：荷花，因于秋季结莲花，故称。

④生生：谓世世，一代又一代。

【译文】

寂寞凄凉的我已经渐渐老去，为了避免引发伤感情绪，如今已经不敢再写惜花的诗句。只是含着眼泪倚在花旁，默默无语，看着残花散尽，而不知道飘向何处。

又来到旧时我们曾一起散步的小路。袖口还残留着花香，但这余香已冷，心里像秋天的莲子一样苦。不要说生生世世愿在花丛里相依相守，如今惜花的你已经离去，花儿也不再属于我们。

又　夏夜

露下庭柯蝉响歇①。纱碧如烟，烟里玲珑月。并着香肩无可说②，樱桃暗吐丁香结③。

笑卷轻衫鱼子缬④。试扑流萤⑤，惊起双栖蝶。瘦断玉腰沾粉叶⑥，人生那不相思绝。

【注释】

①庭柯：庭院中的树木。

②香肩：散发着香气的肩背。

③樱桃：比喻女子的唇像樱桃一样小巧红艳，此处代指恋人。丁香结：本指丁香花蕾，后以之喻愁绪郁结难解。

④鱼子缬：一种绢织物。

⑤流萤：飞行无定的萤。

⑥玉腰：本指美女的腰，此处指蝴蝶的身体。

【译文】

庭院结满露水的树上，蝉停止了鸣叫。朦胧的月光透过碧纱窗，光线如烟似雾。那天你我默默无语地并肩走着，心中的愁绪却难以暗自消解。

你笑着卷起美丽的衣袖。捕捉飞来飞去的萤火虫,无意间却惊起了花上双宿双栖的蝴蝶。蝴蝶那沾着花粉的腰肢纤弱无比,就像如今的我,在思念中日渐消瘦。人生处处都是相思,令人无不为之气绝。

又 出塞

今古河山无定数①。画角声中②,牧马频来去。满目荒凉谁可语?西风吹老丹枫树。

幽怨从前何处诉。铁马金戈③,青冢黄昏路④。一往情深深几许?深山夕照深秋雨。

【注释】

①无定数:没有一定。
②画角:古管乐器,出自西羌。因表面有彩绘,故称。发声哀厉高亢,形如竹筒,本细末大,以竹木或皮革等制成,古时军中多用以警昏晓,振士气,肃军容。帝王出巡,亦用以报警戒严。
③铁马金戈:形容威武雄壮的士兵和战马。代指战事、兵事。
④青冢:长遍荒草的坟墓。这里指指王昭君墓,在今内蒙古自治区呼和浩特南,相传冢上草色常青,故名。

【译文】

自古以来,江山兴亡都没有定数。号角声中,战马驰骋来来去去。黄沙遮日,满目的荒凉景象,我暗自感伤,又能向谁诉说?只有那萧瑟的西风吹拂着日渐凋零的丹枫树。

往事无穷无尽的幽怨不知向何处诉说。再多的铁马金戈、南征北战,最终都会归于平静,只留下日落黄昏中青草掩藏着的几座坟墓。满腹的幽情能有多深?是否就像这深山中的夕阳和潇潇的秋雨呢。

又

尽日惊风吹木叶①。极目嵯峨②，一丈天山雪③。去去丁零愁不绝④，那堪客里还伤别。

若道客愁容易辍⑤。除是朱颜，不共春销歇⑥。一纸寄书和泪折，红闺此夜团栾月。

【注释】

①惊风：狂风。

②嵯峨（cuō é）：高峻，形容山势高大的样子。

③天山：即祁连山。

④去去：一步一步地远行，越走越远。丁零：古民族名。

⑤辍：中止，停止。

⑥销歇：消失。

【译文】

狂风整日吹掠着树叶，放眼望去，远处的群山覆盖着厚厚的积雪。向着塞外的极边之地走去，越走越远，愁绪也越加深重，哪里还禁得住行役中的感伤离别呢？

若想让行人的愁绪能够停止，除非是红润的容貌常在，不随春日的消逝而消散。写好书信，含泪折起，而此时闺中的你，也正孤独地对着象征团圆的明月怀念着我吧。

又

　　准拟春来消寂寞①。愁雨愁风,翻把春担搁②。不为伤春情绪恶,为怜镜里颜非昨。

　　毕竟春光谁领略③。九陌缁尘④,抵死遮云壑⑤。若得寻春终遂约,不成长负东君诺⑥。

【注释】

①准拟:料想、打算。

②翻:同"反"。担搁:耽搁、延迟、耽误。

③毕竟:终归,终究。领略:欣赏,晓悟。

④九陌:《三辅黄图·长安八街九陌》:"《三辅旧事》云:长安城中八街、九陌。"即指汉代长安城中的九条大道,后泛指都城市繁华热闹的街道。缁尘:黑色尘土,喻指世俗污垢等。

⑤抵死:总是、经常。宋晏殊《蝶恋花》:"百尺楼头闲倚遍。薄雨浓云,抵死遮人面。"云壑:云雾遮覆的山谷,此处借指僻静的隐居之所。

⑥东君:传说中的司春之神。

【译文】

　　本来打算在这大好的春天消遣我的寂寞。却无奈最近总是风雨萧索,辜负了春光。情绪不好并非因为伤春所致,而是因为镜中那日渐憔悴的容颜。

　　究竟如何才能领略这美好的春光?凡尘俗事总是萦绕在心头,繁华的喧嚣总是将幽僻的山谷遮蔽。如何才能静享这春光,怎样才能遂了我的心愿,不辜负春天之神对我的期待呢?

唐多令　雨夜

　　丝雨织红茵①,苔阶压绣纹②。是年年肠断黄昏。到眼芳菲都惹恨③,

那更说，塞垣春④。

萧飒不堪闻⑤，残妆拥夜分。为梨花深掩重门⑥。梦向金微山下去⑦，才识路，又移军⑧。

【注释】

①丝雨：谓细雨霏霏。红茵：红色的垫褥，此处形容红花遍地，犹如铺了红色地毯。

②苔阶：长有苔藓的石阶。

③芳菲：芳香的花草。

④塞垣：本指汉代为抵御鲜卑入侵所设的边塞，后亦指长安以西的长城地带。

⑤萧飒：形容风雨吹打草木所发出的声音。

⑥重门：宫门，亦指屋内的门。

⑦金微山：即今天的阿尔泰山，唐贞观间以铁勒卜骨部部地置金微都督府，乃以此山得名。唐卢照邻《王昭君》："肝肠辞玉辇，形影向金微。"

⑧移军：转移军队。

【译文】

细雨霏霏，雨打下的落花，好似红色地毯铺在苔藓覆盖的台阶上。年年都在伤心欲绝的黄昏中度过。满眼的花草都会无端地勾其幽怨，更不要说那边塞的风光了，更加令人断肠。

那风雨潇飒的声音不忍细听，夜半时分，妆容已残，拥着被衾迟迟不肯睡去。怕梨花被风吹尽，于是紧紧关上闺门。梦里来到你从军的边塞，谁知道才刚刚找到路径，你所在的军营便已经转移到别处去了。

又

金液镇心惊①，烟丝似不胜。沁鲛绡湘竹无声②。不为香桃怜瘦骨③，怕容易，减红情④。

将息报飞琼⑤，蛮笺署小名⑥。鉴凄凉片月三星⑦。待寄芙蓉心上露，且道是，解朝酲⑧。

【注释】

①金液：古代方士炼的一种丹液，谓服之可以成仙，亦可解作美酒。

②鲛绡：传说鲛人所织的绢，亦可代指手帕、丝巾。

③香桃：指仙境里的桃树。唐李商隐《海上谣》："海底觅仙人，香桃如瘦骨。"

④红情：指花的娇艳。

⑤将息：保重、调养。

⑥蛮笺：又称蜀笺，唐时指四川地区所造的彩色花纸，亦为唐时高丽纸的别称。

⑦片月：一弯月，弦月。三星：《诗经·唐风·绸缪》："三星在天。"毛诗："三星，参也。"郑玄笺："三星，谓心星也。"均专指一宿而言，但天空中明亮的三星，有参宿三星，心宿三星，河鼓三星，此处当指心宿三星，以暗喻心中的悲凉。

⑧朝酲：指隔夜醉酒，早晨酒醒后仍困惑如病。

【译文】

依靠美酒来安抚躁动的内心，你病得像风中的柳丝一样孱弱，默默地为你擦去眼泪，我会为你寻遍一切方药，只怕你的容颜变得越来越憔悴。

我把你需要调养身体的事告诉仙女，在蜀笺上写上我的小名。希望她可怜我的凄凉无助，将灵丹妙药寄来，让你可以从昏睡中醒过来。

又　塞外重九

古木向人秋，惊蓬掠鬓稠①。是重阳何处堪愁？记得当年惆怅事，正风雨，下南楼。

断梦几能留②，香魂一哭休③。怪凉蟾空满衾裯④。霜落乌啼浑不睡，偏想出，旧风流⑤。

【注释】

①惊蓬：被风卷吹的蓬草。稠：紧密，这里意即风紧。

②断梦：断绝已无望再续的梦，比喻逝去的情缘。

③香魂：喻指亡妻之魂。

④凉蟾：皎月，这里指月光。衾裯：被褥。

⑤旧风流：指往日重阳情事。

【译文】

古木飘落的树叶向人显露着秋意，秋风吹打飘蓬的声音从我耳边飘过。重阳时节，哪里才能纾解我的愁绪？想起当年的惆怅往事，你在风雨之中，轻轻地走下了南楼。

在梦中不能将你挽留，你就这样离我而去，让我伤心痛哭。清凉的月光照在我的被褥上，更感凄切。寒霜降下，乌鸦啼叫，我无法安然入睡，不由自主地想起那些和你在一起的前尘旧事。

踏莎美人　清明

拾翠归迟①，踏青期近，香笺小叠邻姬讯②。樱桃花谢已清明，何事缘鬓斜軃宝钗横③。

浅黛双弯，柔肠几寸，不堪更惹青春恨。晓窗窥梦有流莺，也说个侬憔悴可怜生。

【注释】

①拾翠：拾取翠鸟羽毛以为首饰，后多指妇女春游。语出三国魏曹植《洛神赋》："或采明珠，或拾翠羽。"

②邻姬：邻家女子。

③缘鬓：指乌黑发亮的头发。斜軃：斜斜地垂下来。

【译文】

春游到很晚才回来，马上就要到踏青的好时节了，邻家女伴写信来相邀游春。樱桃花谢了，很快就是清明节，却不知为了什么事儿总觉意兴阑珊，一头长发慵懒地垂着，任发钗斜垂发间，也懒得挽起。

她微微皱着眉头，心绪纠结，脆弱的心再不能承载一点忧恨。清晨窗外流莺的啼叫惊醒了她的梦，她那憔悴的样子真是让人怜惜。

苏幕遮

枕函香，花径漏①。依约相逢②，絮语黄昏后③。时节薄寒人病酒④，划地梨花⑤，彻夜东风瘦。

掩银屏，垂翠袖。何处吹箫，脉脉情微逗⑥。肠断月明红豆蔻⑦，月似当时，人似当时否？

【注释】

①花径：指花间的小路。

②依约：隐约，仿佛。

③絮语：连续不断地说话。

④薄寒：微寒。病酒：谓饮酒过量，沉醉如病。

⑤划地：无端地、平白地。

⑥逗：引发、触动。

⑦红豆蔻：多年生草本植物，宋范成大《桂海虞衡志·志花·红豆蔻》："红豆花从生……一穗数十蕊，淡红鲜妍，如桃杏花色。蕊重则下垂如葡萄，又如火齐璎珞及剪彩鸾枝之状。此花无实，不与草豆蔻同种。每蕊心有两瓣相并，词人托兴曰比连理云。"

【译文】

枕头上还留有余香，花径里尚存着春意，两人在小径上相逢，低声诉说着情意直至走到了黄昏时分。天气微寒，人也带着醉意，一阵东风吹过，梨花飘落一地。

掩上屏风，低垂下衣袖，不知道何处传来一阵箫声，那旋律逗引着她的相思之情。在满月之夜，看着象征连理的红豆蔻，一个人不免惆怅断肠，明月还是往日的明月，可明月下的人，却已经不是往日的模样了。

又　咏浴

鬓云松，红玉莹①。早月多情，送过梨花影。半晌斜钗慵未整②。晕入轻潮，刚爱微风醒。

露华清③，人语静。怕被郎窥，移却青鸾镜④。罗袜凌波波不定⑤。小扇单衣，可奈星前冷。

【注释】

①红玉：红色宝石，比喻女子红润而有光泽的肌肤。

②慵：慵懒。

③露华：清冷的月光。

④青鸾镜：即镜子。据《艺文类聚》卷九十引南朝梁范泰《鸾鸟诗序》

载：宾王于峻祁之山，获一鸾鸟，饰以金樊，食以珍馐，但三年不鸣。其夫人曰：尝闻鸟见其类而后鸣，何不悬镜以映之。王从其意，鸾睹形悲鸣，哀响中霄，一奋而绝。后因以"青鸾"代指镜。

⑤罗袜：丝罗所制的袜，此处代指女人之足。凌波：形容女子步履轻盈，行于水上。

【译文】

她发髻蓬松，肌肤红润，一副娇惰慵懒的模样。明月多情，将梨花秀美的影子投送过来。她头上的发钗歪斜，许久也没有整理一下。她脸上泛着红晕，心中喜爱这微风徐徐的天气。

清冷的月光洒满大地，人声全无。她怕被情郎发现，移步来到镜子面前。她轻手轻脚，脚步轻盈，就好像漂移行走在水波上面。她披上单衣，手持小扇，不知道能否耐得住这微凉的夜寒。

淡黄柳 咏柳

三眠未歇①，乍到秋时节。一树斜阳蝉更咽，曾绾灞陵离别②。絮已为萍风卷叶，空凄切。

长条莫轻折。苏小恨③，倩他说④。尽飘零、游冶章台客⑤。红板桥空⑥，湔裙人⑦去，依旧晓风残月。

【注释】

①三眠：指柽柳，又名人柳。此柳的柔弱枝条在风中摇曳，时时伏倒。《三辅故事》："汉苑中有柳状如人形，号曰人柳。一日三眠三起。"故又称三眠柳。

②灞陵：古地名，即霸陵，汉文帝之墓地，在今陕西省西安市东。

③苏小恨：喻与情人离别之怅恨。

④倩：请、请求。

⑤游冶：出游寻乐。章台：秦宫殿名，以宫内有章台而得名，此处指妓楼舞馆。

⑥红板桥：红色木板搭建的桥。诗词中常代指情人分别之地。

⑦浣裙人：代指情人或某女子。

【译文】

三眠柳还没有休息，秋天就突然降临了。树梢上挂着余晖，树上寒蝉幽咽。经过灞陵离别，飞絮已经飘落水面成为浮萍，落叶被风吹卷，空留下悲凉凄切。

不要轻易折断柳枝作离别，因为离别的怨恨还要由它来诉说，那些在章台游玩的人来来往往，如同飘零的柳枝一般。如今送别的红板桥上空空荡荡，游春浣裙的女子也已经离去，只留下清晓的风伴着残月。

青玉案　辛酉人日①

东风七日蚕芽软②。一缕休教剪。梦隔湘烟征雁远。那堪又是，鬓丝吹绿，小胜宜春颤③。

绣屏浑不遮愁断，忽忽年华空冷暖④。玉骨几随花骨换⑤。三春醉里，三秋别后，寂寞钗头燕⑥。

【注释】

①辛酉：康熙二十年（1681）。人日：旧俗农历正月初七日为"人日"。南朝梁宗懔《荆楚岁时纪》云："正月七日为人日。以七种菜为羹，剪彩为人或镂金箔为人，以贴屏风，亦戴之头鬓。又造华胜以相遗，登高赋诗。"

②蚕芽：即桑芽。

③小胜：即玉胜，又称华胜，古代一种玉制的头饰。传说为西王母所戴，后多以剪彩为之。人日之时，或妇女头戴小胜，或剪胜以饰门窗、屏风等。

④空冷暖：冷暖心事无人倾诉。

⑤玉骨：形容佳士、才人的风华岁月，这里指自己与友人均正当青壮年华。

⑥钗头燕：燕形钗，头饰。

【译文】

正月初七，桑芽在春风的吹拂下显得格外娇嫩，还是不要剪下那柔嫩的新芽吧。我对你的思念被湘江水隔断，即使大雁也不能把我的音信带到。纵然是绿鬓如云，金衣玉胜，也只能顾影自怜。

屏风怎么能够遮断愁绪呢，岁月一年一年过去，冷暖只有自知。花儿几开几谢，你我也在这花开花谢里老去了容颜。在春天里沉醉，在秋天里离别，我总是看着你的钗头凤寂寞神伤。

又　宿乌龙江①

东风卷地飘榆荚②，才过了，连天雪。料得香闺香正彻③。那知此夜，乌龙江上，独对初三月④。

多情不是偏多别，别离只为多情设。蝶梦百花花梦蝶⑤。几时相见，西窗剪烛⑥，细把而今说。

【注释】

①乌龙江：指黑龙江。

②榆荚：俗称榆钱，榆树结的果实，夏天结荚。

③彻：熏香燃尽，夜已深。

④初三月：上弦初月，一弯细眉时，由望月而思家。

⑤蝶梦百花花梦蝶：《庄子·齐物论》："昔者庄周梦为胡蝶，栩栩然胡蝶也，自喻适志与！不知周也。俄然觉，则蘧蘧然周也。不知周之梦为胡蝶与，

胡蝶之梦为周与？周与胡蝶，则必有分矣。此之谓物化。"后以"蝶梦"喻迷离恍惚的梦境。

⑥西窗剪烛：语出李商隐诗《夜雨寄北》："何当共剪西窗烛，却话巴山夜雨时。"

【译文】

连天的大雪刚刚停止，东风刮过，将地面飘落的榆荚卷起。想到你的闺房里应该正燃着熏香，你可知道我今夜在这乌龙江畔独自忍受着三月的寒冷。

不是越多情的人会有更多的伤心离别，而是离别只能伤害多情的人。我们就像蝴蝶梦见百花，百花梦见蝴蝶一般，出现在彼此的梦中。不知道我们什么时候才能相见，等到见面的时候一定要彻夜长谈，把今天的思念细细诉说。

月上海棠　中元塞外①

原头野火烧残碣②，叹英魂才魄暗消歇。终古江山，问东风几番凉热③。惊心事，又到中元时节。

凄凉况是愁中别，枉沉吟千里共明月。露冷鸳鸯，最难忘满池荷叶。青鸾杳④，碧天云海音绝⑤。

【注释】

①中元：中元节，指农历七月十五日，又称"七月半"、"鬼节"。此节与佛、道有关，逢此日佛家作盂兰盆会，道家作斋醮，以超度亡灵，追忆死者。民间则祭祖扫墓，放荷灯，演目连救母戏等。

②残碣：残碑。

③凉热：寒暑，冷暖。

④青鸾：即青鸟，神话中西王母身边传递消息的鸾鸟，后以之代指传递爱情信息的书信、信使等。化用李商隐《无题》："蓬山此去无多路，青鸟殷勤为探看。"

⑤碧天云海：形容天水一色，无限辽远。化用李商隐《嫦娥》："嫦娥应

悔偷灵药，碧海青天夜夜心。"

【译文】

野火烧过，原野上的残碑又添了烧痕，不知道石碑纪念的那位英雄如今魂归何处。问春风，是否知道这千古江山经历了几番变迁，发生过多少惊心动魄的故事，一转眼又到了中元节。

凄凉的时节，自己又偏偏在外远行，望着同样照耀着千里之外的你的明月，我独自沉吟。最难忘的是那满池的荷叶，而现在露水凉了，只怕池里的鸳鸯也禁不住这般寒冷了吧。连青鸾也不能为我们传递消息，我们相隔得实在太远了。

又　瓶梅①

重檐澹月浑如水②，浸寒香一片小窗里③。双鱼冻合④，似曾伴个人无寐。横眸处⑤，索笑而今已矣⑥。

与谁更拥灯前髻⑦，乍横斜疏影疑飞坠⑧。铜瓶小注，休教近麝炉烟气。酬伊也，几点夜深清泪。

【注释】

①瓶梅：插在瓶中以供观赏的梅花。

②重檐：两层屋檐。

③寒香：清冽的香气，形容梅花的香气。唐罗隐《梅花》："愁怜粉艳飘歌席，静爱寒香扑酒樽。"

④双鱼：双鱼洗，镌刻有双鱼形象的洗手器。冻合：犹言冰封。宋张元干《夜游宫》："半吐寒梅未坼，双鱼洗，冰澌初结。"杨慎注："双鱼洗，盥手之器。"宋苏轼《雪诗》之一："石泉冻合竹无风，夜色沉沉万境空。"

⑤横眸：指流动的眼神。

⑥索笑：求笑。

⑦拥髻：指以手捧持发髻。

⑧疏影：指梅花稀疏的花影。

【译文】

月光如水一样倾洒在屋檐上，小窗里，弥漫着梅花的清冽的香气。双鱼洗已经结冰，孤单的人不能入睡。回想当年的眉目传情，那些往事都无法重来。

当初与谁一起在灯下谈心，看那梅花的疏影，好像有什么东西坠落。将熏炉摆远一些吧，免得麝香的气味熏着梅花。不觉又想起你，唯有夜深时的几滴相思泪能寄托我的深情。

一丛花　咏并蒂莲[1]

阑珊玉佩罢《霓裳》[2]，相对绾红妆[3]。藕丝风送凌波去，又低头、软语商量。一种情深，十分心苦，脉脉背斜阳。

色香空尽转生香，明月小银塘[4]。桃根桃叶终相守[5]，伴殷勤、双宿鸳鸯。菰米漂残[6]，沉云乍黑，同梦寄潇湘[7]。

【注释】

①并蒂莲：并排长在同一茎上的两朵莲花。

②阑珊：零乱、歪斜之意。李贺《李夫人歌》："红璧阑珊悬佩挡，歌台小妓遥相望。"《霓裳》，即《霓裳羽衣曲》，唐代著名舞曲，为开元中河西节度使杨敬忠所献，初名《婆罗门曲》，经唐玄宗润色并制歌词，后改用今名。

③绾：盘绕，连结。

④银塘：清澈明净的池塘。

⑤桃根桃叶：晋代王献之的侍妾。

⑥菰米：菰的果实，一名雕胡米，古以为六谷之一。

⑦潇湘：指湘江。相传娥皇、女英姐妹同嫁大舜，舜帝南巡不返，死在苍梧之野，娥皇、女英南下寻夫，在悲恸之下投湘水而死，化为湘水女神，是为湘灵。这里借二妃代指并蒂莲。

【译文】

那并蒂莲好像歪斜带着玉佩的美女刚刚跳完霓裳羽衣舞，相对而视，各自梳妆。一阵微风吹过，它们又低下头来，好像在柔声地商量着什么。它们有一样的忧伤和思念，含情脉脉，背对着夕阳。

花朵娇艳的色泽褪去，但香味却更加浓郁，在银色月光的照耀下，池塘里的并蒂莲如同桃根、桃叶姐妹一样相依相守，陪伴着双宿双栖的鸳鸯。残余的菰米漂在水中，低沉的乌云渐浓，它们把同样的情寄托在一个人身上。

金人捧露盘　净业寺观莲有怀荪友①

藕风轻，莲露冷，断虹收。正红窗初上帘钩。田田翠盖②，趁斜阳鱼浪香浮③。此时画阁垂杨岸，睡起梳头。

旧游踪，招提路④，重到处，满离忧。想芙蓉湖上悠悠。红衣狼藉，卧看少妾荡兰舟⑤。午风吹断江南梦，梦里菱讴⑥。

【注释】

①净业寺：据《啸亭杂录》云："成亲王府在净业湖北岸，系明珠宅。"故净业寺约在净业湖边，旧址大约在今北京什刹海后海宋庆龄故居附近。

②田田：形容荷叶相连的样子。翠盖：饰以翠羽的车盖，此处指形如翠盖的植物茎叶。

③鱼浪：指似鳞纹一样的波浪。

④招提：梵语，原为"四方"之意，后北魏太武帝造伽蓝创招提之名，遂"招提"又为寺院的别称。此处代指净业寺。

⑤兰舟：木兰木制造的船，常用以对船的美称。

⑥菱讴：即菱歌，采菱人所唱的歌。

【译文】

轻轻地微风吹过莲花盛开的池塘，莲叶上凝结着冰凉的露珠，雨后残留的一段彩虹刚刚隐去身影。夕阳照射着帘钩，映红了纱窗。大片的荷叶相互覆盖，池面在夕阳的余晖里荡漾着鳞纹一样的波浪。而此时垂杨柳岸的画阁里，有人刚刚睡醒，正在梳头。

来到曾经游玩过的旧地，经过净业寺，心里满是离愁。料想你此刻应该在江南家乡那开满莲花的湖面上泛舟游玩吧。船儿经过，莲花被冲散，留下一片狼藉。午风吹断了我的江南梦，刚才在梦里梦到了采菱人那悠扬的歌声。

洞仙歌　咏黄葵①

铅华不御②，看道家妆就③。问取旁人入时否④。为孤情淡韵，判不宜春⑤，矜标格、开向晚秋时候⑥。

无端轻薄雨⑦，滴损檀心⑧，小叠宫罗镇长皱⑨。何必诉凄清，为爱秋光，被几日西风吹瘦。便零落蜂黄也休嫌⑩，且对倚斜阳，胜偎红袖。

【注释】

①黄葵：即秋葵、黄蜀葵，一年或多年生草本植物，叶掌状，大多为淡黄色，近花心处呈紫褐色。

②铅华：用来化妆搽脸的粉。

③道家妆：即身着黄色的道袍。

④入时：趋时，媚俗。

⑤判：断，决然无疑。

⑥矜：顾惜，自负。标格：风范、风度。

⑦轻薄雨：指细雨。

⑧檀心：浅红色的花心。

⑨宫罗：一种质地较薄的丝织品。镇：久、常之意。

⑩蜂黄：蜜蜂身上的黄色粉末。

【译文】

黄葵花开，宛若不施粉黛，身着黄袍的道士。问旁人这身装扮是否入时？为了保持孤高淡雅的风范，必然不流世俗，也不愿迎合春天，只愿在这深秋时节开放。

秋雨淅沥略带轻薄，滴洒在花上，使黄葵那紫褐色的花蕊像宫中的宫罗一样生出许多褶皱。何必诉说凄清悲凉呢，只因为偏爱这秋日，哪怕被秋风吹得消瘦了也无怨尤。即使花瓣飘零也没关系，至少能与夕阳为伴，慵懒地依偎在美人的身旁。

剪湘云　送友

险韵慵拈①，新声醉倚②。尽历遍情场，懊恼曾记。不道当时肠断事，还较而今得意。向西风约略数年华③，旧心情灰矣。

正是冷雨秋槐，鬓丝憔悴，又领略愁中送客滋味。密约重逢知甚日，看取青衫和泪④。梦天涯绕遍尽由人，只樽前迢递⑤。

【注释】

①险韵：指生僻难押的诗韵。

②新声：新作的乐曲，或指乐府歌词等，此处是说填写新词，不受任何音律的约束。

③约略：大约、粗略。

④青衫和泪：唐白居易《琵琶行》："座中泣下谁最多，江州司马青衫湿。"后借此喻指仕途失意。

⑤迢递：形容时间长久、连绵不绝之愁情。唐元稹《古决绝词》之三："一去又一年，一年何可彻。有此迢递期，不如死生别！"

【译文】

懒散地选用韵字生僻难押的诗韵，在酒醉中随意填写新词。还记得昔日情场失意，懊恼不已，而今日的失意却比往日的失意更令人心痛。对着秋风大略计算着逝去的年华，从前疏狂不羁的心忽然黯淡。

正是冷雨清秋世界，自己面容憔悴，而在悲愁中送别好友更令人神伤。想要约定重逢的日子，却不知道什么时候才能重逢，只是不住地流泪。在梦中走遍天涯轻而易举，而在这举杯送别的时刻，我们的离别却显得时间长久。

东风齐著力

电急流光①，天生薄命，有泪如潮。勉为欢谑②，到底总无聊。欲谱频年离恨，言已尽、恨未曾消。凭谁把、一天愁绪，按出琼箫③。

往事水迢迢。窗前月，几番空照魂销。旧欢新梦，雁齿小红桥④。最是烧灯时候，宜春髻、酒暖蒲萄⑤。凄凉煞、五枝青玉⑥，风雨飘飘。

【注释】

①电急流光：形容时间过得太快，犹如电闪流急。

②欢谑：欢乐戏谑。

③琼箫：玉箫。

④雁齿：比喻桥的台阶。

⑤蒲萄：即葡萄美酒。

⑥五枝青玉：指所燃之灯。《西京杂记》谓：咸阳宫有青玉玉枝灯，高七尺五寸，作蟠螭，以口衔灯，灯燃，鳞甲皆动。

【译文】

时光飞逝，快如闪电，而你天生薄命，过早地离开了我，让我泪流如潮。纵使我勉强的欢笑，但还是难以持久，到头来总是百无聊赖。想要写下这些年来对你的思念，词写完了，但心中的离愁不会消失。是谁在用玉箫吹奏我给你写的新词，帮我把这一天里无法排遣的郁闷排解出来。

往事如水一般流走。窗前的那一轮明月，又一次照着销魂的人。梦里又梦到过去的往事，想到曾经与你在那座有台阶的小红桥上。那是花灯怒放的元宵佳节，你梳着美丽的发髻，为我暖上葡萄美酒。如今风雨飘摇，那在元宵节盛放过的寂寞孤灯，只叫人断肠伤情。

满江红　茅屋新成却赋①

问我何心，却构此、三楹茅屋②。可学得、海鸥无事③，闲飞闲宿？百感都随流水去，一身还被浮名束。误东风迟日杏花天④，红牙曲⑤。

尘土梦，蕉中鹿⑥。翻覆手⑦，看棋局。且耽闲殢酒⑧，消他薄福。雪后谁遮檐角翠，雨余好种墙阴绿。有些些欲说向寒宵⑨，西窗烛。

【注释】

①却赋：再赋，再写一篇。

②三楹：房屋一间为一楹，这里未必确有三间茅屋，或为泛指几间茅屋之意。

③海鸥：海上常见的一种海鸟，性喜群飞，羽毛多黑白相间，以鱼螺、昆虫或谷物、植物嫩叶等为食，古人每用与海鸥为伴表示闲适或隐居，有"盟鸥""鸥侣"等典事。

④杏花天：杏花开放的时节，指春天。

⑤红牙曲：指拍击着红牙板歌唱。红牙：乐器名，檀木制的拍板，用以调节乐曲的节拍。

⑥蕉中鹿：《列子·周穆王》："郑人有薪于野者，遇骇鹿，御而击之，毙之。恐人见之也，遽而藏诸隍中，覆之以蕉，不胜其喜。俄而遗其所藏之处，遂以为梦焉。"后以此典成"蕉中鹿""蕉鹿梦"等词语，形容世间事物真伪难辨，得失无常。

⑦翻覆手：意谓反复无常、玩弄权术手腕等。

⑧殢（tì）酒：纵酒、醉酒。殢，困扰或滞留。

⑨些些：少量、一点点。

【译文】

问我为什么建造了这三间草房，难道是为了像海鸥那样在这无事闲居吗？将心中的感慨都付与流水，摆脱这浮名的羁绊，在那春光佳处，杏花开时，悠然地赏花唱歌。

任凭命运无常，世事反复，我们只需要在这里把酒言欢，享受清福。大雪遮挡了屋角的翠色，等雨后再在墙阴下种些植物。在这间茅屋里，我们可以西窗剪烛，彻夜畅谈。

又

代北燕南①，应不隔、月明千里。 谁相念、胭脂山下②，悲哉秋气③。 小立乍惊清露湿，孤眠最惜浓香腻。 况夜乌啼绝四更头，边声起④。

消不尽，悲歌意；匀不尽，相思泪。 想故园今夜，玉阑谁倚？ 青海不来如意梦⑤，红笺暂写违心字⑥。 道别来浑是不关心⑦，东堂桂⑧。

【注释】

①代北燕南：泛指汉、晋代郡和唐以后代州北部或以北地区，在今山西、河北一带。燕南，泛指黄河以北之地。

②胭脂山：即燕支山。在古匈奴境内，以产燕支（胭脂）草而得名，因

其地水草丰美，宜为畜牧，是为塞外之宝地。古诗中多代指值得怀念之地。

③秋气：指秋天凄清、肃杀之气。

④边声：指边境上羌管、角号等诸多声响。范仲淹《渔家傲》："四面边声连角起，千嶂里，长烟落日孤城闭。"

⑤青海：本指青海省内之最大的咸水湖，蒙古语为"库库诺尔"意即"青色的湖"，在青海东北部大通山、日月山和青海南山之间，北魏时始用此名。后以之喻边远荒漠之地。

⑥红笺：红色笺纸，多用以题写诗词等，这里指家书。

⑦浑是：满是，简直是。

⑧东堂桂：语出《晋书·郤诜传》：诜以对策上第，拜仪郎，后迁官，晋武帝于东堂会送。问诜曰："卿自以为何如？"诜对曰："臣举贤良对策，为天下第一。犹桂林之一枝，昆山之片玉。"后因科举考试而及第称为"东堂桂"。

【译文】

你我天南地北，然而却不能阻隔这千里的明月。你可知道，这胭脂山的秋天是何等的悲凉。我在寒风中小立片刻，被冰凉的露水打湿，独眠时最想念家中熏炉散发出的浓郁香气。夜已近四更，倾听城内的乌鸦啼叫，混杂了各种边塞的声音。

歌中的悲伤是无法消散的，相思的泪水是不能流尽的。遥想家乡的今夜，谁又在倚着栏杆思念我呢？远在青海湖边的我，连好梦都不能做，给你的信里只能写自己安好的违心话。你可知道这次远别之后，我越发想念你，功名利禄从此都不在意了。

又

为问封姨①，何事却、排空卷地。 又不是、江南春好，妒花天气②。 叶尽归鸦栖未得，带垂惊燕飘还起③。 甚天公不肯惜愁人，添憔悴。

搅一霎④，灯前睡；听半晌⑤，心如醉。 倩碧纱遮断⑥，画屏深翠。 只影凄清残烛下⁷，离魂缥缈秋空里⁸。总随他泊粉与飘香⁹，真无谓。

【注释】

①为问：相问、借问。封姨：古代神话传说中的风神，亦称"封家姨"、"十八姨"、"封十八姨"。唐谷神子《博异志·崔玄微》载：唐天宝中，崔玄微于春季月夜，遇美人绿衣杨氏、白衣李氏、绛衣陶氏、绯衣小女石醋醋和封家十八姨。崔命酒共饮。十八姨翻酒污醋醋衣裳，不欢而散。明夜诸女又来，醋醋言诸女皆往苑中，多被恶风所挠，求崔于每岁元旦作朱幡立于苑东，即可免难。时元旦已过，因请于某日平旦立此幡。是日东风刮地，折树飞沙，而苑中繁花不动。崔乃悟诸女皆花精，而封十八姨乃风神也。后诗文中常以之代指大风等。

②妒花天气：指暮春时节天气风雨不定，其摧残花落好似妒忌花美。

③"叶尽"二句：谓狂风将树叶吹落，归来的乌鸦无处栖息，使小燕惊飞，欲垂落，又被风吹起。带垂：指帘幕丝带之类。

④一霎：一瞬间。

⑤半晌：好长一会儿。

⑥倩：乞求、恳求。碧纱：碧纱窗、绿色的窗户。

⑦只影：喻指孤独无偶。
⑧离魂：指远游他乡的旅人。缥缈：隐隐约约，若有若无。
⑨泊粉：指飘零的落花。

【译文】

想问秋风，为何这般排空卷地地刮来。现在又不是江南的春天，有似锦的繁花让你嫉妒。狂风把树叶吹落，使归巢的乌鸦认不出栖所，使小燕惊飞，欲垂落，又被风吹起。上天为什么不肯怜惜愁苦的旅人，反而让这狂风为他增添憔悴。

在灯前刚刚昏睡过去，便被狂风惊醒。耳旁的狂风吹了半晌，心里像喝醉了一样惆怅凄迷。希望那纱窗可以遮挡住狂风，不让它接近深翠色的画屏。在这即将熄灭的烛光里，我形单影只，你的离魂在秋空中渺渺难寻，漫无目的地随着吹残的花瓣和飘散的花香，不知道将要飘到何方。

满庭芳

堠雪翻鸦①，河冰跃马，惊风吹度龙堆②。阴磷夜泣③，此景总堪悲。待向中宵起舞④，无人处、那有村鸡。只应是、金笳暗拍，一样泪沾衣。

须知今古事，棋枰胜负，翻覆如斯。叹纷纷蛮触⑤，回首成非。剩得几行青史⑥，斜阳下、断碣残碑。年华共、混同江水⑦，流去几时回。

【注释】

①堠：古代瞭望敌情的土堡，或记里程的土堆。
②龙堆：此泛指沙漠或边地。
③阴磷：即阴火、磷火，俗称鬼火。
④中宵起舞：即中夜起舞。
⑤蛮触：《庄子·则阳》："有国于蜗之左角者，曰触氏；有国于蜗之右角者，曰蛮氏；时相与争地而战，伏尸数万。"后有"触蛮之争"之语，意谓由于极小之事而引起了争端。

⑥青史：古时用竹简记事，所以后人称史籍为青史。

⑦混同江：指松花江。

【译文】

乌鸦从被大雪覆盖的土堡上飞过，凛冽的寒风吹过大漠，此时我正骑着骏马踏过结冰的河面。鬼火在夜空中闪烁，仿佛冤魂在哭泣。想要学古人闻鸡起舞，而这里寂寥无人，村鸡也无处寻找。只听得金笳声声，不由得伤怀落泪，泪湿衣襟。

要知道古往今来，胜败得失都如棋局上的拼斗一样，胜负无常。可叹人们拼命相争，什么都剩不下。即使获胜，也只不过徒留几行青史和夕阳下残破石碑上的碑文罢了。年华如同这松花江水一般飞速流逝，流去之后不知道什么时候才能够回来。

又　题元人芦洲聚雁图

似有猿啼，更无渔唱，依稀落尽丹枫①。 湿云影里，点点宿宾鸿②。 占断沙洲寂寞，寒潮上、一抹烟笼。 全不似、半江瑟瑟，相映半江红。

楚天秋欲尽，荻花吹处，竟日冥蒙③。 近黄陵祠庙④，莫采芙蓉。 我欲行吟去也，应难问、骚客遗踪⑤。 湘灵杳、一樽遥酹⑥，还欲认青峰。

【注释】

①丹枫：指经霜而泛红的枫叶。

②宾鸿：即鸿雁、大雁。

③冥蒙：幽暗不明。

④黄陵祠庙：即黄陵庙。传说为舜二妃娥皇、女英之庙，亦称二妃庙，在今湖南省湘阴县之北。

⑤骚客：指屈原。

⑥湘灵：一说为湘水之神；一说为舜妃，即湘夫人。此处指后者。酹：以酒浇地，表示祭奠。

【译文】

　　仿佛能听到猿啼，却没有渔人歌唱的声音，红色的枫叶已经落尽，云雾掩映里，能看到点点雁影飞过。轻烟朦胧，笼罩在寂寞的沙洲与寒冷的水面上，一点不像白居易所描绘的江边傍晚美丽的景象。

　　已近深秋，芦花处处，一片空蒙的景象。在靠近黄陵庙的地方，千万不要采摘荷花。我想要行吟而去，而这荒凉的路上应该寻不到前辈诗人的踪迹。湘灵的踪影更是无从寻觅，于是我举杯遥祭，然后细细辨认那几座青峰。

卷四

水调歌头　题西山秋爽图①

空山梵呗静②,水月影俱沉。悠然一境人外,都不许尘侵。岁晚忆曾游处,犹记半竿斜照,一抹映疏林。绝顶茅庵里③,老衲正孤吟④。

云中锡⑤,溪头钓,涧边琴。此生着几两屐,谁识卧游心⑥。准拟乘风归去,错向槐安回首⑦,何日得投簪⑧。布袜青鞋约⑨,但向画图寻。

【注释】

①西山:山名,为北京西郊群山的总称。

②梵呗:指寺庙中佛教徒作法事时念诵经文的声音。

③茅庵:茅庐,草舍。

④老衲:年老的僧人,亦为老僧自称。

⑤锡:即锡杖,指僧人行走。

⑥卧游:指观赏山水画等以代游览。

⑦槐安:指槐安梦、南柯梦故事。事见唐李公佐《南柯太守传》,故事说淳于棼饮酒古槐树下,醉入梦,见一城楼题大槐安国。槐安国王招其为驸马,任南柯太守三十年,享尽荣华富贵。醒后见槐下有一大蚁穴,南枝又有一小穴,即梦中的槐安国与南柯郡。后以此典喻人生如梦,富贵得失无常。

⑧投簪:丢下固冠用的簪子,比喻弃官。

⑨布袜青鞋:本指平民百姓的装束,借指弃官隐居。语出唐杜甫《奉先刘少府新画山水障歌》:"青鞋布袜从此始。"

【译文】

寺庙中诵经的声音停住了,空山里一片寂静,水光与月影都暗淡了。这里是红尘之外的悠然世界,尘世的烦恼都不能将它侵扰。夕阳西下,我想起从前曾到过的地方,还记得那里有夕阳的余晖洒在稀疏的树林间,在悬崖绝顶之上的茅草屋里,一位老僧正在诵经。

行走在云雾笼罩的山间,垂钓于溪水旁,弹琴于山涧边,真是逍遥无比。人一生能穿破几双木屐呢,而我赏画神游的雅趣又有谁能够理解?希望我可以乘风归去，过上快乐的生活。只可惜我往日误入仕途，贪图名利，不知何时才能辞官归隐。归隐山林的契约，只有在这幅画中寻找了。

又　题岳阳楼图①

落日与湖水，终古岳阳城②。登临半是迁客③，历历数题名。欲问遗踪何处，但见微波木叶，几簇打鱼罾④。多少别离恨，哀雁下前汀。

忽宜雨，旋宜月，更宜晴。人间无数金碧，未许著空明。淡墨生绡谱就⑤，待倩横拖一笔，带出九疑青⑥。仿佛潇湘夜，鼓瑟旧精灵⑦。

【注释】

①岳阳楼：著名的古城楼，在今湖南省岳阳市西门。相传三国吴鲁肃于此建阅兵台，唐开元四年（716年）中书令张说谪守巴陵（即今岳阳）时，于阅兵台基础上建此楼。主楼三层，巍峨雄壮。登楼远眺，八百里洞庭尽收眼底，为古今著名风景名胜。唐李白、杜甫、白居易、李商隐等著名诗人都有咏岳阳楼之作。宋庆历五年（1045年）滕子京守巴陵时重修，范仲淹为其撰《岳阳楼记》，遂使此楼名益著。后迭有兴废。

②终古：往昔，自古以来。

③迁客：被贬斥放逐的官员。

④鱼罾：捕鱼的网，其形似仰伞，用木棍或竹竿做支架，方形。

⑤生绡：未漂煮过的丝织品，古代多用以作画，故亦以指画卷。

⑥九疑：亦作"九嶷"，即九嶷山，在今湖南省宁远县南。

⑦鼓瑟：弹瑟，这里指"湘灵鼓瑟"，谓湘水女神弹奏古瑟。精灵，指湘灵。

【译文】

落日和湖水，自古以来就是岳阳城的名胜。登临岳阳城的人大多是迁客骚人，他们在岳阳楼上留下了不朽的诗句。想要问询他们的踪迹，却只看到落叶飘坠在洞庭微波上，还有几处横卧的渔网。人世间多少离愁别恨，都寄托在那飞下汀州的大雁的哀鸣声里。

无论是雨天晴空，还是明月暮霭，都各具风情。人间虽然有无数精美的山水画，但都不及它的澄澈空明。只用淡墨画在生绡上，巧妙地横向拖出一笔，便点燃出九嶷山的青翠，而画中的气氛，就如同那湘灵在这潇湘夜色中弹奏着鼓瑟。

凤凰台上忆吹箫
除夕得梁汾闽中信因赋

荔粉初装①，桃符欲换②，怀人拟赋燃脂③。喜螺江双鲤④，忽展新词。稠叠频年离恨⑤，匆匆里、一纸难题。分明见、临缄重发⑥，欲寄迟迟。

心知。梅花佳句，待粉郎香令⑦，再结相思。记画屏今夕，曾共题诗。独客料应无睡，慈恩梦、那值微之⑧。重来日，梧桐夜雨，却话秋池。

【注释】

①荔：植物名，又名木莲，常绿藤本，蔓生，叶椭圆形，花极小，隐于花托内。果实富胶汁，可制凉粉，有解暑作用。

②桃符：古代挂在大门上的两块木板，上画神荼、郁垒

二神以压邪,至五代在桃木板上书写联语,后又书于纸代木板贴之,是为春联。旧俗除夕张贴春联以迎新年。

③然脂:点燃火炬、灯烛等。

④螺江:江名,也称螺女江,在福建省福州市西北。双鲤:代指书信。

⑤稠叠:稠密层叠,形容相思愁绪深重。频年:连续多年。

⑥临缄重发:意谓信写好后,将封寄出时又拆开来,犹恐未尽深意。

⑦粉郎香令:指喻风流高雅之士。这里指顾梁汾。粉郎,傅粉郎君的简称,三国魏何晏美仪容,面如傅粉,尚魏公主封列侯,人称粉侯,亦称粉郎。香令,指三国魏荀彧。晋习凿齿《襄阳记》:"刘季和曰:'荀令君至人家,坐处三日香。'"

⑧慈恩:慈恩寺之省称。微之:元稹,字微之。此处借指顾梁汾。

【译文】

粉红的木莲刚刚发芽,春联将要换过,在这辞旧迎新的时刻,怀人之情悠然而起,于是我点上灯烛给你回信。很高兴收到你从福建寄来的书信,欣喜地奉读那动人的新词。这么多年积聚的离愁别绪,是一封书信不能说尽的。分明可以想到,你在将要寄出信的时候,又拆开来,总怕遗漏了什么,反复多次才寄出。

我明白你题写的咏梅的佳句里蕴含了怎样的情意,我也记得当年的今夕我们在画屏下一起题诗的情景。想你孤身在外,应该也正辗转无眠吧,我们心意相通,正如白居易和元稹的慈恩之梦一样。遥想他日重逢,我们听着梧桐夜雨的滴答声,一起来追忆今日。

又　守岁①

锦瑟何年②,香屏此夕③,东风吹送相思。记巡檐笑罢④,共捻梅枝。还向烛花影里,催教看、燕蜡鸡丝⑤。 如今但、一编消夜,冷暖谁知?

当时。 欢娱见惯,道岁岁琼筵⑥,玉漏如斯。 怅难寻旧约,枉费新词。次第朱幡剪彩⑦,冠儿侧、斗转蛾儿⑧。 重验取⑨、卢郎青鬓⑩,未觉春迟。

【注释】

①守岁：指在农历除夕这天，一夜不睡，送旧迎新。

②锦瑟：漆有织锦纹的瑟。此处借喻往日的好时光。

③香屏：指华美的屏风。

④巡檐：来往于檐前。

⑤燕蜡鸡丝：旧俗农历正月初一所做的节日食品，即燕蜡与鸡丝。明瞿祐《四时宜忌·正月事宜》谓："洛阳人家，正月元日造丝鸡、蜡燕、粉荔枝。"

⑥琼筵：美宴、盛宴。

⑦次第：依次地。朱幡：指尊显之家所用的红色的旗幡。

⑧斗转：乱转。斗，纷纷、纷乱之意。宋康与之《瑞鹤仙·上元应制》："风柔夜暖，花影乱笑声喧。闹蛾儿、满路成团打块，簇着冠儿斗转。"蛾儿，古代妇女于元宵节前后插戴在头上的剪裁成小帽之类的应时饰物。

⑨验取：检验、查看。

⑩卢郎：宋钱易《南部新书》云："卢家有子弟，年已暮犹为校书郎，晚娶崔氏女，崔有词翰，结褵之后，微有慊色。卢因请诗以述怀为戏。崔立成诗曰：'不怨卢郎年纪大，不怨卢郎官职卑。自恨妾身生较晚，不见卢郎年少时。'"后用为典故，此处是以卢郎借喻自己。

【译文】

什么时候才能再有往日的好时光，夜间隔着屏风，东风吹来更添了相思。记得当年的除夕，你我欢笑着在屋檐下跑来跑去，之后又一起捻着梅枝。你在灯影里，催我赶紧去看那蜡燕与鸡丝做得如何。而如今我却只能手拿着一卷书来消磨除夕，我的伤心寂寞有谁能够理解？

那时我们见惯了欢娱的情景，以为年年都会有这样的欢声笑语。如今却难实现当初的约定，你再也读不到我填的新词了。家家都挂起朱幡彩旗，人们都高兴地戴上迎新的头饰。看看我虽然还是青春年少，但心却已经老去，在憔悴中度过了春天。

金菊对芙蓉　上元

　　金鸭消香①，银虬泻水②，谁家玉笛飞声。正上林雪霁③，鸳甃晶莹④。鱼龙舞罢香车杳⑤，剩尊前袖拥吴绫⑥。狂游似梦，而今空记，密约烧灯⑦。

　　追念往事难凭。叹火树星桥⑧，回首飘零。但九逵烟月⑨，依旧胧明。楚天一带惊烽火⑩，问今宵可照江城。小窗残酒，阑珊灯灺⑪，别自关情⑫。

【注释】

①金鸭：一种镀金的铸为鸭形的铜香炉。古人多用以薰香或取暖。此处指薰香。

②银虬：银漏、虬箭。古代一种计时器，漏壶中有箭，水满而箭出，箭上有刻度，因以计时，又箭上刻有虬纹，故称。

③上林：上林苑，秦、汉时长安、洛阳等地之皇家宫苑，后泛指帝王之宫苑园囿。雪霁：雪止而初晴。

④鸳甃（zhòu）：鸳鸯瓦，成对互相覆承的屋瓦。甃：原指井壁，以瓦所砌，此处借指宫殿瓦。

⑤鱼龙舞：古代百戏杂耍节目，又名鱼龙杂戏、鱼龙百戏。唐宋时京城于元宵节盛行此戏。梁元帝《纂要》云："百戏起于秦汉，有鱼龙漫衍。……象人怪兽，舍利之戏。"《汉书·西域传赞》："作《巴俞》都卢、海中《砀极》、漫衍鱼龙、角抵之戏以观视之。"颜师古注："漫衍者，即张衡《西京赋》所云'巨兽百寻，是为漫延'者也。鱼龙者，为舍利之兽，先戏于庭极，毕，乃入殿前激水，化成比目鱼，跳跃漱水，作雾障日，毕，化成黄龙八丈，出水敖戏于庭，炫耀日光。"香车：泛命妇、闺秀所乘华饰之车。

⑥吴绫：指产于余杭（今杭州）一带的丝织品。

⑦烧灯：上元灯节一般至正月十八称落灯，烧灯大抵为此时事。

⑧火树星桥：形容元宵节灯火之盛，树上桥栏皆饰以花灯。

⑨九逵：京城大道。胧明，指月色微明，像灯笼一样高挂天心。

⑩楚天：本指楚地的天空，后泛指南方的天空。

⑪阑珊灯灺（xiè）：指灯火将尽，烛光微弱。灺，同"炧"，烧残的灯灰。
⑫关情：关心动情。

【译文】

金鸭型的香炉里燃着熏香，计时用的银虬在不停地滴水计时，谁家的笛声飞泄而出？皇家宫苑园囿中雪止而初晴，屋顶的鸳鸯瓦上晶莹冰冷。鱼龙杂戏演出完毕后，看灯的女子也坐着香车回家去了，只剩下我们还在樽前举杯对饮，互诉着郁结的心事。当年灯节上痴狂的游玩如梦幻一般，而现在都模糊了，只记得与你秘密相约在元宵之夜的灯火下。

追忆怀念往事又苦于无所凭借。可叹元宵日的绚烂花灯，转眼间便只剩下零星的光焰了。只有京城的通衢大道上，烟云缭绕，月色朦胧，灯笼所发出的光依旧明亮。如今江南一带正有战事，不知道你在江城是否受到了波及？我正在小窗下饮着残酒，灯火将尽，烛光微弱，这样的情景总容易让人动情。

琵琶仙　中秋

碧海年年①，试问取冰轮②，为谁圆缺。吹到一片秋香③，清辉了如雪④。愁中看好天良夜，争知道尽成悲咽⑤。只影而今⑥，那堪重对⑦，旧时明月。

花径里戏捉迷藏，曾惹下萧萧井梧叶⑧。记否轻纨小扇⑨，又几番凉热。只落得填膺百感⑩，总茫茫不关离别。一任紫玉无情⑪，夜寒吹裂⑫。

【注释】

①碧海：碧天似海，即指蓝天。
②冰轮：月亮代名之一，历来用以形容皎洁的满月。
③秋香：桂花香气。
④了如雪：明亮如雪。
⑤争：怎，怎么。
⑥只影：孤独一人。
⑦那堪：怎么经得起。

⑧井梧叶：井旁梧桐树叶。

⑨轻纨小扇：指纨扇，即用细绢制成的团扇。

⑩填膺：充塞于胸中。

⑪紫玉：古人多截取紫玉竹制成箫笛，因以紫玉作为箫笛的代称。

⑫吹裂：形容哀怨之极，音声裂笛箫。

【译文】

青天上挂着一轮明月，年年如此，而问那天上的月亮，却为何时圆时缺。秋风吹得桂花飘香，那遍地的月光更加清净如雪。带着满怀的愁绪欣赏这花好月圆的美好景色，怎么想到这美景让人伤感悲咽。如今形单影只，怎么能忍受一个人去面对那旧时明月。

曾记得我们在花径里捉迷藏，将梧桐树叶纷纷惊落。手上轻巧的纱团扇，又经历了几番凉热。而如今只落得心中百感交集，但这又与相思离别无关。任凭那无情的紫玉箫不停地吹奏，在寒风中那箫声倍感哀怨。

御带花　重九夜

晚秋却胜春天好，情在冷香深处。朱楼六扇小屏山①，寂寞几分

尘土。虬尾烟消②，人梦觉、碎虫零杵③。便强说欢娱，总是无憀心绪④。

转忆当年，消受尽皓腕红萸⑤，嫣然一顾。如今何事，向禅榻茶烟⑥，怕歌愁舞。玉粟寒生⑦，且领略月明清露。叹此际凄凉，何必更满城风雨。

【注释】

①朱楼：指富丽华美的楼阁。

②虬尾：指盘香，其形盘曲若虬。虬，古代传说中有角的小龙。

③碎虫零杵：指零碎而断续的秋虫鸣叫声和砧杵的响声。

④无憀：百无聊赖而烦闷的心情。

⑤皓腕：洁白的手腕。红萸：红色的茱萸。

⑥禅榻：即禅床。唐杜牧《题禅院》"今日鬓丝禅榻畔，茶烟轻飏落花风。"

⑦玉粟：形容皮肤因受寒凉而呈粟状。

【译文】

深秋的景致要比春天的风光更美好，无限柔情尽在秋日的花香深处。竹楼的屏风落下了些许尘土，一派寂寞的光景。熏香燃尽，我被窗外传来的虫鸣声和捣衣声惊醒。即使强颜欢笑，心中也总是百无聊赖。

记得当年，她手持红色茱萸在我身旁嫣然一笑。如今我却独自禅坐，在烹茶的烟气里消磨时光，怕见到那歌舞繁华。清风雨露，霜华渐生，感到一阵寒冷。不禁感叹这凄凉冷清的境况，哪里挨得住这满城的风雨呢？

念奴娇

人生能几？总不如休惹、情条恨叶①。刚是尊前同一笑，又到别离时节。灯灺挑残②，炉烟爇尽③，无语空凝咽④。一天凉露，芳魂此夜偷接⑤。

怕见人去楼空，柳枝无恙，犹扫窗间月。无分暗香深处住，悔把兰襟亲结。尚暖檀痕⑥，犹寒翠影，触绪添悲切。愁多成病，此愁知向谁说？

【注释】

①情条：指纷乱的情绪。

②灯灺（xiè）：灯烛。灺，亦作"炧"。
③爇（ruò）：燃烧。
④凝咽：犹哽咽，形容悲泣幽咽之声。
⑤芳魂：谓美人之魂魄。
⑥檀痕：带有香粉的泪痕。檀：檀粉。

【译文】

人生能有多长呢，不如别去沾惹那些爱恨情仇，免得徒添烦恼。刚刚还在一起饮酒欢笑，转眼就又要分别。灯油燃尽了，熏香也烧尽了，在无眠中说不出话来，空自哽咽。深夜露水降下，分别之后，希望能在梦中与你的芳魂相聚。

最怕见到人去楼空的场面，柳枝还是原来的样子，依旧遮挡着窗前的月光。既然你我无缘终生相守，当初就不应该那样亲昵。带有香粉的泪痕仍有余温，而你单薄的身影怎能禁得住这样寒冷的夜晚，这样的情景令我添悲增恨。愁苦交叠，以至于我相思成病，这一番寂寞哀愁又能向谁倾诉呢？

又

绿杨飞絮，叹沉沉院落、春归何许①？尽日缁尘吹绮陌②，迷却梦游归路③。世事悠悠，生涯非是④，醉眼斜阳暮。伤心怕问，断魂何处金鼓⑤？

夜来月色如银，和衣独拥⑥，花影疏窗度⑦。脉脉此情谁得识⑧？又道故人别去⑨。细数落花，更阑未睡⑩，别是闲情绪⑪。闻余长叹，西廊唯有鹦鹉。

【注释】

①沉沉：幽深沉寂的样子。何许：何处，哪里。
②缁（zī）尘：沉污。缁：黑色。绮陌：风光旖旎的街道。吹：被风吹起，引申为污染。
③迷却：迷失。
④生涯：生计。

⑤金鼓：即钲，军中用具，比喻战争。
⑥和衣：穿着衣，不脱衣。独拥：独自拥衾而坐。
⑦度：通"渡"，越过，移过。
⑧脉脉：凝视的样子，后多用以形容情思，有含情欲吐的意思。
⑨故人：这里指旧友，老朋友。
⑩更阑：夜阑，夜将尽，即夜深将亮的时候。
⑪别是：另样，异样。闲情绪：愁闷情绪。

【译文】

杨柳的飞絮自在飘扬，令人不禁感叹在这深深的院落里，春意到底在哪里。风光旖旎的街道上整日弥漫着尘土，让梦中的人看不清回家的路。酒醒后看着夕阳，只觉得世事变幻，人生无常。就连远处传来的金鼓的声音，也令我伤心断肠。

夜晚月色如银似水，我和衣独坐，看月光推着花影在窗帘上缓缓移动。故人已经离去，我的幽独寂寞又有谁能够知晓。夜深难眠，我仔细数着落花，又是另一种闲情逸致。四处无人，能听到我哀叹之声的，只有西廊里的鹦鹉。

又　废园有感

片红飞减①，甚东风不语、只催漂泊②。石上胭脂花上露③，谁与画眉商略④。碧甃瓶沉⑤，紫钱钗掩⑥，雀踏金铃索⑦。韶华如梦，为寻好梦担阁⑧。

又是金粉空梁⑨，定巢燕子，满地香泥落⑩。欲写华笺凭寄与⑪，多少心情难托。梅豆圆时⑫，柳绵飘处，失记当时约⑬。斜阳冉冉，断魂分付残角⑭。

【注释】

①片红：花瓣凋零，残花。
②漂泊：亦作飘泊，行止无定。
③胭脂：一种化妆用的红色颜料，这里指落在石上的花瓣。

④画眉：画眉鸟，善鸣，声婉转，是著名的笼禽，因有色眼圈而得此名。商略：商量，商讨。

⑤碧甃（zhòu）：青绿色的井壁，代指井。

⑥紫钱：指青紫色苔藓。钗：钗子，女子的一种首饰，由两股簪子合成。掩：此处指钗头被苔藓掩盖了。意谓往日相游相嬉的踪迹不见了。

⑦金铃索：系护花铃的绳索。

⑧担阁：亦作"耽搁"，即耽误。

⑨金粉：比喻富丽豪华的生活。

⑩香泥：燕巢的泥屑。

⑪华笺：花笺，印有精致印花的信笺，指代信函。

⑫梅豆：梅子。

⑬失记：忘却，忘记。

⑭断魂：形容哀伤。残角：远处断续零落的角号声。

【译文】

园内残花纷纷坠落，无言的东风默默地催促着百花的凋谢。石头上洒落了一片落花，如同胭脂一般，画眉鸟在枝头啼鸣婉转，犹如在与人闲谈。那银瓶沉在井底，金钗被苔藓掩盖，麻雀踏在

护花铃所系的绳索上。美好的时光如梦一样消散,为了追寻好梦又耽搁了一些时间。

又到了春日,燕子又来到空房梁上筑巢,地上铺满了飘落的花瓣。我想要把心事写进书信寄给你,却发现这纠结的心情难以表述。在梅子圆时,在柳絮飘飞的地方,你还记得我们的约定吗?冉冉斜晖,我的愁绪在隐约的号角声中无处排解。

又　宿汉儿村①

无情野火,趁西风烧遍、天涯芳草。榆塞重来冰雪里②,冷入鬓丝吹老。牧马长嘶,征笳乱动③,并入愁怀抱。定知今夕,庾郎瘦损多少④。

便是脑满肠肥,尚难消受,此荒烟落照。何况文园憔悴后⑤,非复酒垆风调⑥。回乐峰寒⑦,受降城远⑧,梦向家山绕。茫茫百感,凭高唯有清啸⑨。

【注释】

①汉儿村:应即汉儿城,清代属热河朝阳县境,后归属土默特部,在今辽宁陵原县西北,河北承德以北,属内蒙古境内。

②榆塞:边关,边塞。

③征笳:旅人吹奏的胡笳。

④庾郎:指北周时使北被留的庾信,这里是词人自指。瘦损:消瘦。

⑤文园:指汉司马相如。因司马相如曾任文园令,故称。患消渴病的相如形容憔悴,这里是词人自喻妻亡后多病体弱。

⑥酒垆:卖酒处安置酒瓮的砌台,亦借指酒肆、酒店。《史记·司马相如列传》:"相如与(文君)俱之临邛,尽卖其车骑,买一酒舍酤酒,而令文君当垆。相如身自着犊鼻裈,与保庸杂作,涤器于市中。"

⑦回乐峰:边塞烽火台名,位古灵周回乐县境,为朔方节度治所,在今甘肃灵武西南。

⑧受降城:城名,汉唐筑以接受敌人投降,故名。汉故称在今内蒙古乌

拉特旗北，唐筑有三城，中城在朔州，西城在灵州，东城在胜州。

⑨清啸：清越悠长的啸鸣。

【译文】

无情的野火趁着秋风将无边的草原都烧遍了，我在风雪交加的时节又一次来到北方边塞，寒风刺骨，吹白了我的鬓发。战马嘶鸣，胡笳声起，这些声音一并涌入我的愁怀，我如庾郎一样愁怀难遣，致使身心憔悴消瘦。

纵使是脑满肠肥的人也难以承受这边地的悲凉之景，更何况是像司马相如这样往日活力与风流都不在的憔悴之身。塞外苦寒凄凉，旅人梦回故乡。心中百感交集，思绪茫茫，只有登到高处，将心绪化作一声长啸才能抒怀。

东风第一枝　桃花①

薄劣东风②，凄其夜雨，晓来依旧庭院。　多情前度崔郎③，应叹去年人面。　湘帘乍卷④，早迷了、画梁栖燕。　最娇人清晓莺啼，飞去一枝犹颤。

背山郭、黄昏开遍。　想孤影、夕阳一片。　是谁移向亭皋⑤，伴取晕眉青眼⑥。　五更风雨，算减却、春光一线。　傍荔墙牵惹游丝⑦，昨夜绛楼难辨⑧。

【注释】

①桃花：即桃树所开之花，其色灼灼鲜艳，又在春日开花，故诗词中常与情事相关。

②薄劣：谓薄情。

③崔郎：崔护，字殷功，博陵（今河北定县）人，唐代诗人，岭南节度使。据唐孟棨《本事诗·情感》记载：崔护于清明日郊游，至村居求饮。有女持水至，含情倚桃伫立，遂一见倾心。明年清明再游访，则门庭如故，而人去室空矣。遂题诗云："去年今日此门中，人面桃花相映红。人面不知何处去，桃花依旧笑春风。"

④湘帘：用湘妃竹编织的帘子。

⑤亭皋：水边的平地。《汉书·司马相如传上》："亭皋千里，靡不被

205

筑。"王先谦补注:"亭当训平……亭皋千里,犹言平皋千里。皋,水旁地。"

⑥晕眉青眼:谓妇女晕淡的眉目,比喻柳叶。

⑦荔墙:薜荔墙。游丝:飘浮在空中的蛛丝。

⑧绛楼:红楼。

【译文】

东风薄情,夜雨凄迷,而拂晓看庭院里的桃花,还是昨天的样子。多情如前人崔护,应该会发出人面桃花的感叹吧。帘栊刚刚卷起,看着梁上双飞双栖的燕子,一时神迷。清晨黄莺那细嫩轻柔的啼鸣声最是动人,黄莺飞去,一枝桃花仍颤动不已。

黄昏时分,山阴处的桃花已经开遍。夕阳中独立的桃树,越发显得悲凉。是谁把它移来陪伴水边的杨柳?希望五更时分的风雨不要吹损桃花。那鲜艳的桃花依傍在薜荔墙下,牵惹着飘荡的蜘蛛丝,与昨夜那红色的楼阁互掩难辨。

秋水 听雨

谁道破愁须仗酒①,酒醒后,心翻醉。正香消翠被②,隔帘惊听,那又是点点丝丝和泪。忆剪烛幽窗小憩③。娇梦垂成④,频唤觉一眶秋水⑤。

依旧乱蛩声里⑥,短檠明灭⑦,怎教人睡。想几年踪迹,过头风浪⑧,只消受一段横波花底。向拥髻灯前提起⑨。甚日还来,同领略夜雨空阶滋味。

【注释】

①仗酒:即借酒。仗,依靠,凭借。

②香消翠被:熏炉香烟消散,意为夜深香已烬,故被褥生寒。

③忆剪烛:语出唐李商隐《夜雨寄北》:"何当共剪西窗烛,却话巴山夜雨时。"谓剔烛芯,后以"剪烛"作为促膝夜谈的典故。

④垂成:事情将近成功。

⑤频唤觉:不时逗引使之睁开眼来睡不成。秋水:水波闪动,比喻女子眼神闪烁。

⑥乱蛩声：一片秋虫繁杂啼鸣的声音。

⑦短檠：矮灯架，借指小灯。明灭：灯光闪烁不定，时暗时亮。

⑧过头风浪：险恶风波，喻指生活中艰险的遭遇。

⑨向拥髻句：意谓在灯烛前对着你拥髻相问的情景。向：与、对之意，介词。拥髻：捧持着发髻，是为女子心境凄凉之情态。朱敦儒《浣溪沙》："拥髻凄凉论旧事，曾随织女度银梭，当年今夕奈愁何！"

【译文】

谁说喝酒一定可以消愁？酒醒之后，心反而更加醉了。熏香燃尽，我独自拥着被子，听窗外渐渐沥沥地下起了秋雨，可知那秋雨是滴滴流下的眼泪。记得当初与你西窗剪烛，在秋夜里听雨，你刚刚睡着却又被频频唤醒，眼神迷离。

窗外的蟋蟀依然在哀鸣，灯光明灭，这境况却越发叫人难以入睡。回想这几年生活动荡不安，只有与你相守的日子才最让人安慰。想和你在灯前拥髻诉说，又不知道你什么时候才能再回来，与我一同领略这秋雨缠绵的凄凉滋味。

木兰花慢　立秋夜雨，送梁汾南行

盼银河迢递①，惊入夜，转清商②。乍西园蝴蝶，轻翻麝粉③，暗惹蜂黄④。炎凉。等闲瞥眼，甚丝丝点点搅柔肠。应是登临送客，别离滋味重尝。

疑将。水墨罨疏窗⑤。孤影淡潇湘⑥。倩一叶高梧，半条残烛，做尽商量⑦。荷裳⑧。被风暗剪，问今宵谁与盖鸳鸯。从此羁愁万叠⑨，梦回分付啼螀⑩。

【注释】

①迢递：高远的样子。

②清商：古代五音之一，即商音，其调悲凉凄切。此处借指入夜后的秋风、秋雨之声。

③麝粉：香粉，代指蝴蝶翅膀。

④蜂黄：蜜蜂身上黄色的粉末。

⑤水墨：浅黑色，常形容或借指烟云。疏窗：雕刻有花纹图案的窗户。

⑥潇湘：本指湘江，或指潇水、湘水，此处代指竹子。

⑦商量：商议，商讨。

⑧荷裳：用荷叶做衣服，这里指荷叶。

⑨羁愁：旅人的愁思。万叠：形容愁情的深厚浓重。

⑩螀：即寒蝉，蝉的一种，比较小，墨色，有黄绿色的斑点，秋天出来鸣叫。

【译文】

盼望着银河的出现，入夜的时候却偏偏下起了悲凄的秋雨。刹那间，园里的蝴蝶和蜜蜂纷纷飞起，匆匆躲避。是暖是寒。入秋夜雨本是等闲之事，但今晚那丝丝点点的雨声却令人搅断柔肠。应该是因为此时正是别离送友的时刻，所以这秋雨才这样让人断肠吧。

秋夜雨洒落在疏窗上，那雨痕仿佛是屏风上画出的水墨画。能否请求高高的梧桐树和烧残的灯烛细做掂量，不要在此时再添人的愁绪。池塘里，荷叶已经被秋风吹残，那今夜谁来代替荷叶为鸳鸯们遮风挡雨呢？你将上路远行，从此旅途劳顿，梦醒之时，唯有悲切的寒蝉声相伴。

水龙吟　题文姬图①

须知名士倾城②，一般易到伤心处。柯亭响绝③，四弦才断④，恶风吹去。万里他乡，非生非死⑤，此身良苦。对黄沙白草⑥，呜呜卷叶，平生恨，从头谱。

应是瑶台伴侣⑦。只多了、毡裘夫妇⑧。严寒觱篥⑨，几行乡泪，应声如雨。尺幅重披⑩，玉颜千载，依然无主。怪人间厚福⑪，天公尽付，痴儿骏女⑫。

【注释】

①文姬：汉蔡文姬，名蔡琰，字文姬，生卒年不详，陈留（今河南杞县）人。为汉代文学家蔡邕之女。博学能文，有才名，通音律。初嫁河东卫仲道，夫亡无子，归母家。汉献帝兴平（194—195年）中，天下乱，为乱军所虏，流落南匈奴十二年，生二子。后曹操以金璧赎还，改嫁董祀。有《悲愤诗》二首传世，又，琴曲歌辞《胡笳十八拍》据传亦系文姬所作。

②名士：指才名著称之士。倾城："倾国倾城"的缩略语，指佳人、美女。

③柯亭：古地名，又名高迁亭，在今浙江绍兴西南四十里处。晋伏滔《长笛赋》："邕避难江南，宿于柯亭。柯亭之观，以竹为椽。邕仰而盯之曰：'良竹也。'取以为笛，奇声独绝。历代传之，以至于今。"

④四弦：指琵琶，琵琶为四根弦，故云。

⑤非生非死：指处于人鬼之际的痛苦境地。

⑥黄沙白草：形容大漠的荒凉景象。

⑦瑶台：美玉砌筑的楼台，代指华丽的楼阁或神仙所居之处。

⑧毡裘：指北方游牧民族用兽毛制成的衣服。

⑨觱篥（bì lì）：古代簧管乐器名，状似胡笳，又称"笳管"、"管头"。起源于西域龟兹，后传入内地。

⑩尺幅：指小幅的绢或纸，这里泛指文章、画卷。披：披露、陈述。
⑪厚福：多福，大福。
⑫騃（ái）：痴，愚。

【译文】

要知道名士和美女都同样容易动情生愁。蔡文姬已经去世，人间再也听不到奇绝的笛声。文姬因战乱被虏往万里之外的他乡，遭受着生不能生，死不得死的磨难。望着黄沙白草，听秋风吹卷树叶，将平生的怨恨从头诉说。

她本应在中原佳地缔结良缘，而今却做了胡人的妻室。塞北严寒，在凄厉的笳管声中，她思乡的泪水如雨水般滚落。重新展开这副《文姬图》细看，感叹千载悠悠，她美好的容颜依旧，只是依然孑然一身，没有找到归宿。怪老天如此不公，尽把人间的厚福都给了那些庸庸碌碌之人。

又　再送荪友南还①

人生南北真如梦，但卧金山高处②。白波东逝③，鸟啼花落，任他日暮。别酒盈觞，一声将息④，送君归去。便烟波万顷⑤，半帆残月，几回首，相思否。

可忆柴门深闭⑥，玉绳低、剪灯夜语⑦。浮生如此，别多会少，不如莫遇。愁对西轩，荔墙叶暗⑧，黄昏风雨。更那堪几处，金戈铁马⑨，把凄凉助。

【注释】

①荪友：即严绳孙，康熙十二年（1673），五十一岁的严绳孙与年仅十九岁的纳兰相识，结为知己。康熙十八年（1679），举博学鸿词科，授翰林院检讨，迁右春坊中允、翰林院编修等。纳兰曾留绳孙住府邸二年，彼此诗词唱和，"闲语天下事，无所隐讳。"本篇是为绳孙南归的赠别之作。

②卧：隐居，归隐。金山：山名，在江苏镇江西北。这里代指严绳孙的家乡。

③白波：白色波浪，水流，这里喻指时光流逝。

④将息：即将爱、保重。

⑤便烟波万顷：指太湖，无锡位于太湖畔。

⑥柴门：简陋之门，一般指山居、村居。

⑦玉绳低：谓夜已深。玉绳，星名，北斗七星之斗杓，在北斗第五星玉衡之北，即天乙、太乙二星。

⑧荔墙：即薜荔墙。

⑨金戈铁马：金属制的戈，配有铁甲的战马，这里指战争。

【译文】

你我又将天各南北，聚散就如梦幻，你只管回家乡归隐好了。看江水东逝，鸟啼花落，任他时光消逝，很是逍遥自在。你我的离别之情充满了酒杯，只能一声叹息，送你离去。离别之后，你在残月下荡舟江心时，不知道是否会回首过去，像我思念你一样的思念我。

还记得从前柴门紧闭，斗转星移，你我夜雨畅谈的时光。人生就是如此令人无奈，聚少离多，还不如从不相识。如今我在西轩中品味着孤独，愁风冷雨中看薜荔爬上墙壁。更有那西南战事的消息传来，那地方离你的家乡不远，更加让我担心。

齐天乐　上元

阑珊火树鱼龙舞,望中宝钗楼远①。靺鞨余红②,琉璃剩碧③,待属花归缓缓。寒轻漏浅。正乍敛烟霏④,陨星如箭⑤。旧事惊心,一双莲影藕丝断。

莫恨流年似水,恨消残蝶粉⑥,韶光忒贱⑦。细语吹香,暗尘笼鬓⑧,都逐晓风零乱。阑干敲遍。问帘底纤纤⑨,甚时重见?不解相思,月华今夜满⑩。

【注释】

①宝钗楼:酒楼名,汉武帝时所建,在今陕西咸阳。此处借指歌楼酒肆。宋蒋捷《女冠子·元夕》:"春风飞到,宝钗楼上,一片笙箫,琉璃光射。"

②靺鞨:古靺鞨族居住地域盛产一种红色宝石,相传产于靺鞨国,故名。

③琉璃:指用铝和钠的硅酸化合物烧制成的釉料,常见的有绿色和金黄色两种,多加在黏土的外层,烧制成缸、盆、砖瓦等。

④烟霏:烟火所形成的烟雾。

⑤陨星:流星,代指燃放的烟火。

⑥蝶粉:本指蝶翅上的天生粉屑,此处代指唐人的宫妆。

⑦忒:副词,太,过于。

⑧暗尘:积累的尘埃。

⑨纤纤:原指女子的手小巧或细长而柔美,此处代指所思念的女子。

⑩月华:月光,月色。

【译文】

夜已阑珊,喧闹了一夜的明媚花灯渐渐沉寂下来,人们逐渐从歌楼酒肆中散去,踏上了回家的路。路旁的灯盏还残留着温暖,远看仿佛琉璃般星星点点,十分美丽,所以还是将脚步放慢些吧。夜将尽,计时的滴漏声轻了。空中骤然升起烟花,如同陨星一般,不由令人心惊,又令人念及和情人的藕断丝连。

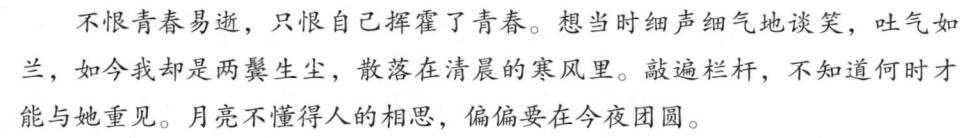

不恨青春易逝,只恨自己挥霍了青春。想当时细声细气地谈笑,吐气如兰,如今我却是两鬓生尘,散落在清晨的寒风里。敲遍栏杆,不知道何时才能与她重见。月亮不懂得人的相思,偏偏要在今夜团圆。

又 洗妆台怀旧①

六宫佳丽谁曾见②,层台尚临芳渚③。露脚斜飞④,虹腰欲断,荷叶未收残雨。添妆何处,试问取雕笼⑤,雪衣分付⑥。一镜空蒙⑦,鸳鸯拂破白蘋去。

相传内家结束⑧,有帊装孤稳⑨,靴缝女古⑩。冷艳全消;苍苔玉匣⑪,翻出十眉遗谱⑫。人间朝暮。看胭粉亭西,几堆尘土⑬。只有花铃⑭,绾风深夜语。

【注释】

①洗妆台:又名洗妆楼、梳妆楼,指金章宗为李妃所建的梳妆楼,在今北京市北海(即太液池之北部)琼华岛上,高士奇《金鳌退食笔记》称之为"广寒之殿",今已不存。晚明王圻《稗史汇编·地理门·郡邑》谓:"琼花岛梳妆台皆金故物也。……妆台则章宗所营,以备李妃行园而添妆者。"其自注云:"都人讹为萧太后梳妆楼。"词人误以为是萧太后的梳妆楼。

②六宫:古代皇后的寝宫,后指代皇帝后妃的住处。

③层台:高台,指高大的宫殿。芳渚:水中的小洲。

④露脚:残露。

⑤雕笼:饰有雕花的鸟笼子,代指笼中之鸟。祢衡《鹦鹉赋》:"闭以雕笼,剪其翅羽。"

⑥雪衣:白色的羽毛,即雪衣娘,白色鹦鹉。分付:吩咐、嘱咐,这里是交代、说明、解答的意思。

⑦一镜:指池水,即太液池,今称北海。

⑧内家:指皇宫宫廷,这里专指后宫,即六宫佳丽所居住的地方。结束:

装束。

⑨钿装：即钿服，谓女子施粉黛花钿，穿艳丽服装。孤稳：玉，古代契丹语的音译。

⑩女古：金、黄金，亦为古代契丹语音译。

⑪玉匣：玉制的匣子，用以贮藏珍贵之物。

⑫十眉遗谱，即《十眉图》，相传由唐玄宗令画工设计眉妆样式，成《十眉图》。这里借喻萧观音所作的《十香词》。

⑬几堆尘土：指坟墓。

⑭花铃：护花的铃铛，置于花梢或花丛附近，用以惊吓鸟雀。

【译文】

彼时的六宫中的佳丽早已消逝，谁又见到过呢？如今只剩台阁水榭依稀立在水滨。露滴斜飞，水漫拱桥，荷叶田田，残雨萧萧，还是一片迷蒙的景象。问一问雕笼中的鹦鹉，可知道萧皇后当时在哪里梳妆。看着这一片空蒙碧水，鸳鸯拂开萍花，远远游走。

辽代宫廷女装，是以玉饰首，以金饰足。而今翻检出的玉匣上已经布满苍苔，没有了当初的冷艳，而匣中仍然收藏着辽代女子梳妆的眉谱。人间变换只在朝夕。看那曾经的脂粉亭西侧，只见几处尘土堆积。沉寂之中，只有护花铃被夜风轻轻吹响。

又　塞外七夕

白狼河北秋偏早，星桥又迎河鼓①。清漏频移②，微云欲湿，正是金风玉露③。两眉愁聚。待归踏榆花④，那时才诉。只恐重逢，明明相视更无语。

人间别离无数。向瓜果筵前⑤，碧天凝伫。连理千花⑥，相思一叶⑦，毕竟随风何处。羁栖良苦。算未抵空房，冷香啼曙⑧。今夜天孙⑨，笑人愁似许。

【注释】

①星桥：神话中的鹊桥、天河中的鹊桥（由星辰所组成的"桥"）。河鼓，星官名，《尔雅·释天》："何鼓谓之牵牛"，又名天鼓。

②清漏：漏，漏壶，古代计时器。此言清晰的漏壶滴水声。

③金风玉露：秋风和白露，亦借指秋天。

④榆花：榆树花，早春先叶放花。

⑤瓜果筵：七夕夜食瓜果的习俗。

⑥连理：两树枝条连生，喻生死与共。

⑦相思一叶：用顾况游宫苑梧叶题诗故事。

⑧冷香：指花、果的清香或清香之花，代指女子。清侯方域《梅宣城诗序》："'昔年别君秦淮楼，冷香摇落桂华秋。'冷香者，余栖金陵所狭斜游者也。"本词则借指闺中妻子。

⑨天孙：星名，织女星，指传说中巧于织造的仙女。

【译文】

白浪河的秋天来得比别处早，又到了牛郎织女鹊桥相会的日子。

时间在不知不觉中流逝，天空的白云似乎也沾上了一丝湿气，这秋枫白露相逢的初秋时节，牛郎织女又一次相聚在一起。而我双眉紧锁。希望等到来年榆花飘落的季节踏上回家的路，见到那个人向她诉说衷肠。只怕相逢的时候，明明四目相对，却是相顾无言。

人间有无数的别离。在七夕之夜，人们在庭院陈列瓜果，举头仰望碧天。上千朵连理之花，一片相思红叶，究竟被风吹到了什么地方。羁旅虽苦。想来也抵不上家中一人独守空闺，相思成灾。今夜的织女星，也会笑话我们如此的离愁别绪。

瑞鹤仙　丙辰生日自寿。起用《弹指词》句，并呈见阳①

马齿加长矣②。枉碌碌乾坤，问汝何事。浮名总如水。判尊前杯酒③，一生长醉。残阳影里，问归鸿、归来也未④。且随缘、去住无心⑤，冷眼华亭鹤唳⑥。

无寐。宿醒犹在⑦，小玉来言⑧，日高花睡。明月阑干，曾说与、应须记。是蛾眉便自、供人嫉妒⑨，风雨飘残花蕊。叹光阴老我无能⑩，长歌而已。

【注释】

①丙辰：康熙十五年（1676），这年纳兰性德22岁。《弹指词》：指顾贞观《弹指词》（金缕曲·丙午生日自寿）。见阳：即张纯修，字子敏，号见阳，辽阳人，隶正白旗汉军籍，历官至庐州府知府。著有《语石轩词》。他是纳兰性德的生死交之一，康熙三十年（1691）刊刻《饮水诗词集》，其序云："容若与余为异姓昆弟。"可见相交之密。见阳为人清介高节，擅丹青，画品亦高逸。

②马齿：马的牙齿。马齿随年而添换，故视马齿可以推测马的年龄，后多用以喻人年龄增长。《梁传·僖公二年》："荀息牵马操璧而前曰：'璧则犹是也，而马齿加长矣！'"

③判：决意，甘愿。

④归鸿：春始北归的大雁。诗词中常喻离人归来。

⑤随缘：原为佛教语，谓佛应众生之缘而施教化。此处谓顺应自然，不与世争。

⑥华亭鹤唳：南朝宋刘义庆《世说新语·尤悔》："陆平原（机）河桥败，为卢志所谮，被诛。临刑叹曰：'欲闻华亭鹤唳，可复得乎！'"华亭，在今上海市淞江县西。陆机在吴亡入洛之前常与弟陆云游华亭墅中。后以"华亭鹤唳"为典感慨生平悔入仕途。

⑦宿醒（chéng）：宿醉，谓醉酒而经宿尚未全醒。

⑧小玉：原指神话中仙人的侍女，白居易《长恨歌》有"转教小玉报双成"，此处代指侍女。

⑨是蛾眉便自、供人嫉妒：语出屈原《离骚》："众女嫉余之蛾眉兮，谣诼谓余以善淫。"蛾眉，美人的秀眉，也喻指美女，美好的姿色。

⑩老我：使我老，指年华在岁月的流逝中老去，无所成就，也无能为力。长歌：放声高歌。

【译文】

年纪又长了一岁。自问在这莽莽乾坤中，徒自碌碌无为，到底做了些什么事情呢？虚荣空名转瞬消散如逝水。不如尽情饮酒，一生长醉。夕阳西下，不知道传书的大雁是否已经归来。不如一切随缘，去留都不要介怀，冷眼看待官场仕途上的风雨。

因为宿醉而无法安然入睡，侍女进来说天已大亮，连花儿都合拢了花瓣像睡去了一样。曾在明月高照时在栏杆旁说过一些值得牢记的话。说美人从来招人嫉恨，就像娇艳的花蕊最容易被风雨伤害。可叹年华在岁月的流逝中老去，而我只能高歌遣怀。

雨霖铃　种柳

横塘如练①。日迟帘幕②，烟丝斜卷。却从何处移得，章台仿佛③，乍舒娇眼。恰带一痕残照，锁黄昏庭院。断肠处又惹相思，碧雾蒙蒙度双燕④。

回阑恰就轻阴转⑤。背风花、不解春深浅。托根幸自天上⑥，曾试把霓裳舞遍。百尺垂垂⑦，早是酒醒莺语如剪⑧。只休隔梦里红楼，望个人儿见。

【注释】

①横塘：古堤名，泛指水塘。前蜀牛峤《玉楼春》："春入横塘摇浅浪，花落小园空惆怅。"

②日迟：即感到昼长而无聊。语出《诗经·豳风·七月》："春日迟迟。"帘幕：遮蔽门窗用的大块帷幕。

③章台：春秋时楚国离宫有章华台，亦称章台；战国时秦国宫中有章台；汉时长安城中街名亦为章台。此处则是泛指京城的宫苑。

④"碧雾"句：青色的云雾。度，通"渡"。

⑤轻阴：淡云或疏淡的树荫。

⑥托根：犹寄身。

⑦百尺：十丈，喻指高、长或深。垂垂：渐渐。

⑧莺语：莺的啼鸣声，亦形容悦耳的语音或歌声。

【译文】

水塘的水面如丝绸般光洁，白昼漫长，日光照进了帘幕，看帘外的柳丝被风斜斜吹起。且问这柳树是从哪里移来的，她睁开惺忪的睡眼，说仿佛是从章台而来。此时夕阳残照，庭院紧锁，燕子成双成对地在青色的云雾里飞来飞去，撩动了无尽的相思。

回廊转弯的地方恰好背阴，背风的花朵不受风欺，不知道春天的变化。而柳枝据说曾寄身于天上，曾经舞遍《霓裳羽衣曲》。早晨醒来，宿醉已消，黄莺婉转地歌唱，那长长的柳丝随风飘荡，摇曳生姿。只希望不要阻隔我的目光，让我可以继续观望梦中出现在红楼上的那个女子。

疏影　芭蕉①

湘帘卷处，甚离披翠影②，绕檐遮住。小立吹裙，常伴春慵③，掩映绣妆金缕④。 芳心一束浑难展⑤，清泪裹、隔年愁聚。 更夜深细听，空阶雨滴，梦回无据。

正是秋来寂寞，偏声声点点，助人离绪。 缬被初寒⑥，宿酒全醒，搅碎乱蛩双杵⑦。 西风落尽梧桐叶，还剩得、绿阴如许。 想玉人、和露折来⑧，曾写断肠诗句。

【注释】

①芭蕉：多年生树状草本植物，叶长而宽大，花白色，果实像香蕉，但不可食。古人有以其叶题诗者，如唐韦应物《闲居寄诸弟》："尽日高斋无一事，芭蕉叶上独题诗。"

②离披：分散下垂、纷纷下落的样子。

③春慵：以春天的到来而生的懒散意绪。

④掩映：指彼此遮掩，互相衬托。绣床：装饰华丽的床，多指女子的睡床。金缕，指金属制成的穗状物，或谓金丝所织之物。

⑤芳心：花心，亦喻女子的情怀。

⑥缬被：染有彩色花纹的丝被。

⑦蛩：蟋蟀的别称。

⑧玉人：容貌美丽的女子。此为对所爱之人的爱称。

【译文】

卷起竹帘，看到那摇动的芭蕉翠影围绕着屋檐。那芭蕉就像少女一样小立在风中，碧叶就是被清风吹起的罗裙，带着春的慵懒，掩映着绣床上那有金线刺绣的帷幔。芭蕉的叶子卷在一起，在雨水点滴下，仿佛包裹了太多愁绪。夜深之时。细听雨打芭蕉，让人从梦中醒来，难以成眠。

正是秋来寂寞的时候，偏又雨打芭蕉，那声音越发牵动人的离愁别绪。染有彩色花纹的丝被挡不住秋寒，隔夜的宿醉已经醒来，那雨声还搅乱了虫鸣声和捣衣声。梧桐树叶已经被秋风吹尽，只剩下芭蕉还遮出一点绿荫。想起美丽的女子曾在清晨这段带着露水的芭蕉叶上，写下伤心的诗句。

潇湘雨　送西溟归慈溪①

长安一夜雨，便添了几分秋色。奈此际萧条，无端又听、渭城风笛②。咫尺层城留不住③，久相忘、到此偏相忆。依依白露丹枫，渐行渐远，天涯南北。

悽寂。黔娄当日事④，总名士如何消得。只皂帽蹇驴⑤，西风残照，倦游踪迹。廿载江南犹落拓⑥，叹一人知己终难觅。君须爱酒能诗，鉴湖无恙⑦，一蓑一笠。

【注释】

①西溟：即姜宸英（1638—1699年），字西溟，又字湛园，浙江慈溪人。擅词章，工书画，生性疏放，屡试不第，年七十方成进士，又以主持顺天乡试案被牵连而死狱中。有《苇间诗集》《湛园未定稿》等。纳兰与之结识甚早，姜回忆说："君年十八九，举礼部，当康熙之癸丑岁。未几也，余与相见于其座主东海阁学士公（徐乾学）邸。"纳兰并不以之狂怪为戒，且交游甚厚，康熙十七、十八年留居西溟于府邸。二人诗词往还，多唱和之作。慈溪：隶属浙江，因治南有溪，东汉董黯"母慈子孝"传说而得名。

②无端：没来由，没道理。渭城：地名，本秦都咸阳，汉高祖元年改名新城，后废。武帝元鼎三年复置，改名渭城，治所在今陕西咸阳东北二十里。唐王维《送元二使安西》：

"渭城朝雨浥轻尘，客舍青青柳色新。劝君更进一杯酒，西出阳关无故人。"此诗又称《渭城曲》，后人以之代作送客、离别。风笛：管乐器，笛子的一种。

③层城：古代神话传说中昆仑山上的高城，后指高城、重城。

④黔娄：人名，春秋时隐士，不肯出仕，家贫，死时衾不蔽体。

⑤皂帽：黑色帽子。蹇驴：指跛脚弩弱的驴子。

⑥落拓：贫困失意，景况凄凉。

⑦鉴湖：即镜湖，又名长湖、庆湖，在浙江省绍兴城西南，为浙江名湖之一。

【译文】

京城下了一夜凉雨，便添了几分秋色。面对着萧条的秋色，正感无奈之际，又听到笛子吹出的别离之曲。近在咫尺的高城不能将你留住，你我共处的时光，从此后便成了令人思念的往事。在一片白露丹枫里，你渐行渐远，从此你我天各一方，相去万里。

心中有无限凄凉孤寂。忽然想起当年黔娄的故事，即使是名士风流，也难以适应尘世的势利。你戴着一顶黑帽，骑着一头跛脚的驴子，在西风残照里远去，从此浪迹天涯。你在江南已经负有盛名二十年，却仍以疏狂而落落寡欢，可叹知己难以寻觅。分别后想必你会更加喜好饮酒作诗，洒脱不羁，独钓于鉴湖之上。

风流子　秋郊射猎

平原草枯矣，重阳后，黄叶树骚骚①。记玉勒青丝②，落花时节，曾逢拾翠③，忽忆吹箫④。今来是，烧痕残碧尽，霜影乱红凋⑤。秋水映空，寒烟如织⑥，皂雕飞处⑦，天惨云高⑧。

人生须行乐，君知否？容易两鬓萧萧⑨。自与东风作别，划地无聊⑩。算功名何似，等闲博得，短衣射虎⑪，沽酒西郊⑫。便向夕阳影里，倚马挥毫⑬。

【注释】

①骚骚：形容风声。

②玉勒：玉饰的马衔。勒，即衔，套在马头上带嚼口之笼头。青丝：青色丝编成缰绳。

③拾翠：指游春女子。

④吹箫：用弄玉吹箫事，指代离去。

⑤霜影乱红凋：意即严霜过后落叶飘零。乱红：深秋乱落的红叶。

⑥寒烟：秋冬时山岚烟雾。

⑦皂雕：一种黑色羽毛的大雕。

⑧天惨：天色暗淡。

⑨萧萧：头发稀疏的样子。年老脱发渐多，故稀疏。

⑩刬（chǎn）地：照样，依旧。

⑪短衣：指带短下摆或短后裾的紧身上衣，指打猎的装束。射虎：指汉李广和三国吴孙权射虎的故事，诗文中常用以形容英雄豪气。

⑫沽酒：卖酒。

⑬挥毫：写毛笔字或作画。

【译文】

重阳节刚刚过去，平原上的草都枯萎了，黄叶在大风猛刮下凋落。记得在落花时节曾骑马来此踏青，偶遇美丽的游春女子，心生爱恋，那时是多么意气风发，而如今这里已是萧瑟肃杀，只有大火烧过的痕迹，没有一点花红柳绿。秋水映破长空，寒烟弥漫，在黑雕飞过的地方，天色惨淡，白云孤高。

你可知道，人生在世应当及时行乐，因为年华总是易逝。自从春天过后，每天都是百无聊赖。想想功名利禄算得了什么，不如沽酒射猎。兴致来时，在夕阳下挥毫泼墨。

沁园春

试望阴山①，黯然销魂，无言徘徊。见青峰几簇②，去天才尺；黄沙一片，匝地无埃③。碎叶城荒④，拂云堆远⑤，雕外寒烟惨不开。踟蹰久⑥，忽冰崖转石，万壑惊雷。

穷边自足愁怀。又何必平生多恨哉？只凄凉绝塞，蛾眉遗冢⑦；销沉腐草，骏骨空台⑧。北转河流，南横斗柄⑨，略点微霜鬓早衰。君不信，向西风回首，百事堪哀。

【注释】

①阴山：内蒙古自治区中部山脉，位于今河套以北、大漠以南，包括狼山、乌拉山、色尔腾山、大青山等。

②簇：簇拥，聚集。几簇：丛集的样子。

③匝地：满地，遍地。

④碎叶城：唐代古城，在今吉尔吉斯斯坦共和国的托克马克市附近。

⑤拂云堆：古地名，在今内蒙古自治区境内，堆上有中受降城，并建有拂云祠。

⑥踟蹰：徘徊，心中犹豫，要走不走的样子。

⑦蛾眉遗冢：指昭君墓。《汉书·匈奴传下》："元帝以后宫良家子王嫱，字昭君赐单于。"昭君死后葬于南匈奴之地（即今内蒙古呼和浩特），人称"青冢"。

⑧骏骨：骏马之骨。此用燕昭王求贤的典故。《战国策·燕策》谓：燕昭王欲得天下贤者，遂筑黄金台以求之。郭隗劝其诚以待士、虚心延揽，并用古人以千金买千里马之故事规谏他。后招来了乐毅、邹衍、剧辛等。后遂以"骏骨"喻杰出的人才。

⑨斗柄：即构成北斗星斗柄的三颗星。

【译文】

遥望塞外的阴山，不禁让人无限伤怀，徘徊不语。只见几座青峰高耸入云，仿佛离天只有几尺的距离，眼前黄沙遍地，不见一丝尘埃。碎叶城早已荒芜，拂云堆也遥远得看不见，只看见飞翔云外的雕鹰和凝聚着寒冷的雾气。我正在这里徘徊不前，忽然听到山崖上巨石撞击的声音，就像是万丈深壑里发出的隆隆雷声。

边塞的荒凉叫人看了愁苦满怀，更何况我平生的惆怅已经很多了。想到王昭君凄凉出塞，美人已去，但青冢犹存，而那掩埋在荒漠野草中的，是燕昭王为迎接天下贤达而筑的黄金台的遗迹。河流依然向北流去，北斗斗柄仍是横斜向南，愁苦的人已经未老先衰，两鬓已生出星星白发。在秋风中回首往事，愁苦满怀。

又

丁巳重阳前三日，梦亡妇淡妆素服，执手哽咽，语多不复能记。

但临别有云："衔恨愿为天上月，年年犹得向郎圆。"妇素未工诗，不知何以得此也，觉后感赋长调

瞬息浮生，薄命如斯，低徊怎忘。自那番摧折，无衫不泪；几年恩爱，有梦何妨。最苦啼鹃，频催别鹄，赢得更阑哭一场。遗容在，只灵飙一转，未许端详。

重寻碧落茫茫。料短发朝来定有霜。信人间天上，尘缘未断；春花秋月，触绪堪伤。欲结绸缪，翻惊漂泊，两处鸳鸯各自凉。真无奈，把声声檐雨，谱入愁乡。

【译文】

人生苦短，瞬息即逝，而薄命的你还是过早地离世，给我留下无尽的遗憾与哀思。自从遭受那一番打击后，我总是流泪湿了衣衫，几年的恩爱时光，即使梦

中能够重温也好。杜鹃的啼鸣声,最让人感到凄苦,声声催促归来,却惹得人大哭一场。哭的时候恍惚看到你的容颜,但只是匆匆一瞥,容不得我仔细端详。

和你分别在两个世界,明天我稀疏的头发又会再染白几许。纵使你我天人永隔,但我们的缘分也没有断绝,无论是看春花还是赏秋月,都让我触景伤怀。想要和你相伴一生,却转眼变成永别。真是无可奈何,听着屋檐上的淅沥细雨,我把对你的思念谱成这首词。

又

梦冷蘅芜①,却望姗姗②,是耶非耶? 怅兰膏渍粉③,尚留犀合④;金泥蹙绣⑤,空掩蝉纱⑥。影弱难持,缘深暂隔,只当离愁滞海涯。 归来也,趁星前月底,魂在梨花。

鸾胶纵续琵琶⑦。 问可及当年萼绿华⑧? 但无端摧折,恶经风浪;不如零落,判委尘沙⑨。 最忆相看,娇讹道字⑩,手剪银灯自泼茶⑪。 今已矣,便帐中重见,那似伊家。

【注释】

①蘅芜:香草名。晋王嘉《拾遗记·前汉上》:"(汉武)帝息于延凉室,卧梦李夫人授蘅芜之香。帝惊起,而香犹着衣枕,历月不歇。"

②姗姗:形容女子走路从容缓慢的样子。

③兰膏:一种润发的香油。渍粉:残存的香粉。

④犀合:犀角制成的奁盒。

⑤金泥:金屑,用以饰物。此处指用金屑粉饰的工艺品。蹙绣:即蹙金,一种刺绣方法,用金线绣花而皱缩成线纹,使其紧密而匀贴。

⑥蝉纱:即蝉翼纱,像蝉翼一样薄的轻纱。

⑦鸾胶:相传以凤凰嘴和麒麟角煎成的胶,可黏合弓弩拉断了的弦,后有续娶后妻之意。

⑧萼绿华:传说中的仙女名。自言为九嶷山中得道之女子罗郁。据南朝梁陶弘景《真浩·运象》载,晋穆帝时,罗郁夜降羊权家,赠权诗一篇,火

手巾一方，金玉条脱各一枚。李商隐《重过圣女祠》："萼绿华来无定所，杜兰香去未移时。"此处代指亡妻。

⑨判：甘愿、甘心。尘沙：尘世。

⑩道字：形容青年妇女读字不准。

⑪泼茶：煮茶。

【译文】

蘅芜香袅袅，看到你步履轻缓的身影，亦真亦幻。你润发用的香油，粉盒中残存的香粉，依旧在妆奁中静静地躺着，装饰用的金屑和没有绣完的轻纱还放在那里。看着这些，我怎能不怅然心伤，希望我们不是天人永隔，滞留天涯。回来吧，在星月清辉之下，与我在梨花树下相见。

即使我续娶了后妻，但又怎么能与你相比呢？如今我无端遭受命运的打击，如尘沙般孤独零落。最让我时常回忆的是你读错了字的娇柔之声，和你为我剪灯花，和我赌气泼茶的娇态。如今一切都已经结束，即使再在纱帐中看到你的影子，也不是真实的你了。

金缕曲　　赠梁汾①

德也狂生耳②。偶然间、缁尘京国③，乌衣门第④。有酒惟浇赵州土⑤，谁会成生此意⑥。不信道、竟逢知己。青眼高歌俱未老⑦，向尊前、拭尽英雄泪。君不见，月如水。

共君此夜须沉醉。且由他、蛾眉谣诼⑧，古今同忌。身世悠悠何足问，冷笑置之而已。寻思起、从头翻悔⑨。一日心期千劫在⑩，后身缘、恐结他生里。然诺重⑪，君须记。

【注释】

①梁汾：顾贞观（1637—1714年），又名华文，字华峰，一作华封，号梁汾，江苏无锡人。清康熙十五年（1676年）与纳兰性德相识，从此交契，直至纳兰性德病殁。

②德：作者自称。

③缁尘：浊世，指被污染的尘世间。京国：京都、国都。

④乌衣门第：指豪门，贵胄之家。

⑤赵州土：用平原君礼贤下士的故事。平原君：战国时期赵国工资，与信陵君、孟尝君、春申君齐称。李贺《浩歌》："买丝绣作平原君，有酒唯浇赵州土。"

⑥成生：纳兰性德自指，纳兰原名成德，满族习惯又称为成容若，后改性德以避太子胤礽讳。

⑦青眼：黑色的眼珠在眼眶中间，青眼看人表示对人的喜爱或重视、尊重。相传晋阮籍为人能作青白眼，见愚俗之人为白眼，见高人雅士、与己意气相投之人则为青眼。

⑧娥眉：亦作"蛾眉"，指代佳人，类比才士。谣诼：造谣毁谤。

⑨翻悔：对先前允诺的事情后悔而拒绝承认。

⑩千劫：佛教语，指旷远的时间与无数的生灭成败，现多指无数灾难。

⑪然诺：允诺，答应。

【译文】

我原本是个狂妄的人，只因命运的偶然安排才出身于高贵门第罢了。我真心仰慕平原君的豪爽好客，可有谁能理解我的心意呢。没想到今天竟然遇到了您这位知己。我们还不算老，不该在纵酒高歌的时候流泪悲叹。你没有看到吗，这月色如水。

今夜我们一定要开怀畅饮，不理那些小人的背后议论，从古到今，才干出众、品行端正的人遭受谣言中伤都是常有的事。自己的身世完全不值得一提，只需要冷笑置之即可。只有在自己思量往事的时候，才觉得悔不当初。今天我们一朝订交，成为知己，友情便会长存，生生世世也不会断绝。这个诺言很郑重，请你一定要牢牢记在心里。

又　　再赠梁汾，用秋水轩旧韵①

酒浣青衫卷②。尽从前、风流京兆③，闲情未遣。江左知名今廿载④，枯树泪痕休泫⑤。摇落尽、玉蛾金茧⑥。多少殷勤红叶句，御沟深、不似天河浅。空省识⑦，画图展。

高才自古难通显。枉教他、堵墙落笔⑧，凌云书扁。入洛游梁重到处⑨，骇看村庄吠犬。独憔悴、斯人不免。衮衮门前题凤客，竟居然、润色朝家典⑩。凭触忌，舌难剪⑪。

【注释】

①秋水轩：明末清初孙承泽之别墅，位于都城西南隅。清初周亮工之子周在浚居京时，孙氏借其下榻。康熙十年（1671）秋，周在浚作东道，主酬唱，展开了一场词坛上颇有影响的"唱和"活动。参与者二十余家，由曹尔堪开题首唱，龚鼎孳响应，周在浚主持。词非一境一题，但皆以"卷"字韵起，以"剪"字韵止。后辑为《秋水轩唱和词》。当时影响所及，大江南北邮件互寄者洋洋大观。纳兰此篇即用其韵而成。

②涴（wò）：污染、玷污。

③京兆：指京师所在地区，这里指北京。

④江左：即江东，原指长江下游芜湖以东流域，后泛指江南。

⑤枯树：凋枯的树。泫：流泪。

⑥玉蛾：白色飞蛾，比喻雪花。金茧：金黄色的蚕茧，比喻灯火。

⑦省识：审察，认识。

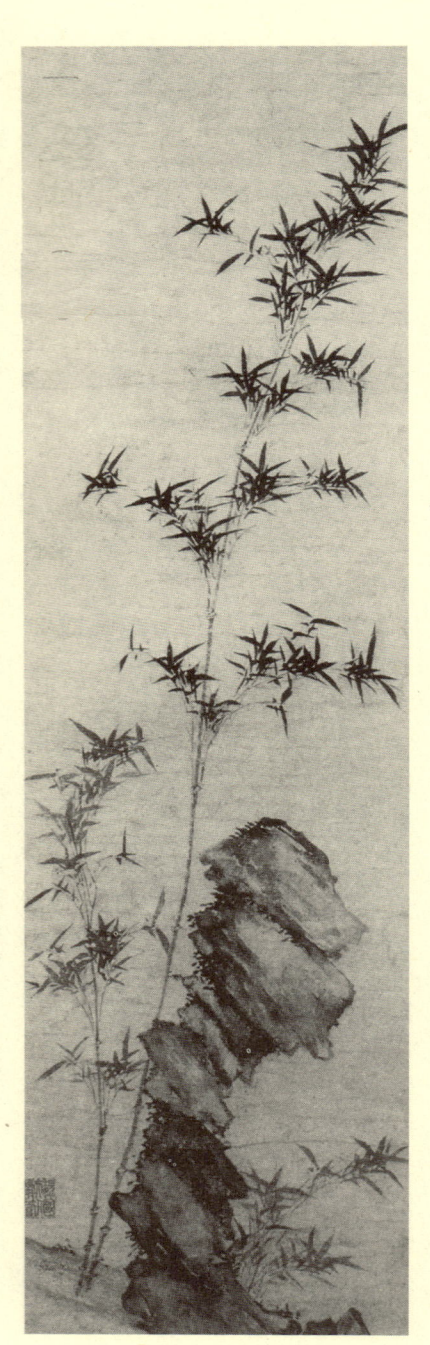

⑧堵墙：谓围观之人众多，排列如墙。

⑨洛：用陆机、陆云兄弟入洛的典故。陆氏二人于晋太康末自吴入洛，后得以发迹，但最终被谗遇害，详见《晋书·陆机传》。游梁，《史记·司马相如列传》谓相如"以赀为郎，事孝景帝为武骑常侍，非其好也。会景帝不好辞赋，是时梁孝王来朝，从游说之士齐人邹阳、淮阴枚乘、吴庄忌夫子之徒，相如见而说之，因病免，客游梁。"后人以"入洛""游梁"喻仕途不得志。

⑩衮衮：衮衮诸公，衣冠显宦。题凤客：比拟俗人、平庸之辈。南朝宋刘义庆《世说新语·简傲》："嵇康与吕安善，每一相思，千里命驾。安后来值康不在。喜（康兄）出户延之，不入。题门上作'凤'字而去。喜不觉，犹以为欣，故作'凤'字，凡鸟也。"后因以"题凤客"代指访友之人。朝家典，朝廷的典策。

⑪舌难剪：相传鹦鹉之属修剪舌尖后能仿人语，这里指直言犯忌。

【译文】

浊酒浸湿了青衫，想起从前在北京秋水轩唱和的风雅旧事，闲情还没有得到排遣。你的名声在江南已经有二十多年了，却仍然伤感流泪。你的才华如同白雪盈满天空，灯火灿烂散落。只是对你来说，想在京城求取功名，比登天还难。朝廷对于人才不是真的赏识，所以你的才华才难以施展。

自古以来，有才华的人总是仕途坎坷，志向难酬。纵使你才华卓越，终究不过是徒劳。如今你再入京城，重游故地，吃惊地发现横空出世的风流人物居然只能为朝廷粉饰太平。刚正不阿如你，只得独自憔悴。那些不学无术的人竟然取代了你的职位在主持朝廷的典册文书。直言不讳是你的本性，纵然对朝廷有犯忌的言论，你也不会改变。

又

生怕芳尊满①。到更深、迷离醉影，残灯相伴。依旧回廊新月在，不定竹声撩乱②。问愁与、春宵长短。燕子楼空弦索冷，任梨花、落尽无人管。

谁领略，真真唤。

此情拟倩东风浣③。奈吹来、余香病酒④，旋添一半。惜别江淹消瘦了⑤，怎耐轻寒轻暖。忆絮语、纵横茗碗⑥。滴滴西窗红蜡泪，那时肠、早为而今断。任欹枕，欹孤馆⑦。

【注释】

①芳尊：精致的酒杯，亦借指美酒。

②撩乱：同"缭乱"，此指风中竹声纷乱，实则心情缭乱。

③浣：洗濯。

④余香病酒：酒醒过后，余香仍在。

⑤江淹（444—505年）：字文通，南朝文学家，以《别赋》《恨赋》著称于世，晚年诗赋不如前期，人谓"江郎才尽"，故有此称。这里是词人自喻。

⑥絮语：不断地低声说话。

⑦欹（qī）：倾斜，歪向一边。

【译文】

最怕夜深人静时分，依然半睡半醒，残灯相伴左右，酒杯又被斟满。在回廊上仰望天空，月亮依旧，四周竹叶随风摆动，风吹竹叶的声音撩得人心乱如麻。春宵苦短，这愁绪却好像漫长无期。燕子飞走了，人去楼空，任凭梨花飞尽，也是无人打理。谁能理解这种感情呢，只有自己轻轻地呼唤。

多希望春风能吹散这种思念之情。怎奈春风吹去又生，带来的花的余香，加深了我的醉意。与你分别后我日渐消瘦，更何况是在这乍暖还寒的时候，我的身体更难禁受。回忆与你共同饮茶低语的美好时光，无限温馨。西窗下，红烛流下一滴滴红色的眼泪，此时的我愁肠寸断，在房间里斜倚着枕头，无望地思念着。

又　简梁汾①，时方为吴汉槎作归计②

洒尽无端泪。莫因他、琼楼寂寞③，误来人世。信道痴儿多厚福，谁遣偏生明慧④。就更着、浮名相累。仕宦何妨如断梗⑤，只那将、声影供群吠⑥。天欲问，且休矣。

情深我自拚憔悴⑦。转丁宁、香怜易爇⑧，玉怜轻碎。羡煞杀软红尘里客⑨，一味醉生梦死。歌与哭、任猜何意。绝塞生还吴季子⑩，算眼前、此外皆闲事。知我者，梁汾耳。

【注释】

①简梁汾：写给顾贞观的信札。简，简札、书信。

②汉槎：吴兆骞（1631—1684年），江南吴江（今属江苏）人。出身世家，少具隽才，与陈维崧、彭师度并称为"江左三凤凰"，深为吴伟业所器重。

③琼楼，即琼楼玉宇，代指月中宫殿，这里借指朝廷。苏轼《水调歌头·中秋》："我欲乘风归去，又恐琼楼玉宇，高处不胜寒。"

④谁遣：谁教，谁让。明慧：聪明，聪慧。

⑤仕宦：指做官。断梗：折断的桃梗，比喻漂泊不定的微贱之物，这里指仕途为官如同断梗，微不足道。

⑥声影供群吠：语本汉王符《潜夫论·贤难》："谚曰：一犬吠形，百犬吠声。"后以"吠形吠声"比喻不察真伪，随声附和。形，或作"影"，故以"声影"谓没有根据的谣传。

⑦拚：甘愿，甘心情愿之意。

⑧丁宁：叮咛，再三叮嘱。

⑨软红尘里客：指热衷功名利禄之人。软红，即红尘，谓繁华的都市。

⑩绝塞生还吴季子：此谓吴汉槎自边塞宁古塔归来。吴季子，即吴兆骞，顺治十四年（1657），吴兆骞以丁酉科场案被告发"舞弊"，翌年三月于京师复试。又以天寒不能握笔致罪，流放宁古塔（今黑龙江省宁安县）。康熙十五年（1676），顾贞观作《金缕曲》二首，寄吴汉槎，纳兰见之"为泣下数行"，并决心营救。后经纳兰的努力，汉槎于康熙二十年（1681）获释，得以入关。纳兰另有诗《喜吴汉槎归自关外，次座主徐先生韵》记之，诗云："才人今喜入榆关，回首秋茄冰雪间。玄菟漫闻多白雁，黄尘空自老朱颜。星沉渤海无人见，枫落吴江有梦还。不信归来真半百，虎头每语泪潺湲。"

【译文】

没来由的眼泪已经流尽。那仙界的人真不应该因为难耐仙界的寂寞而误入人间。世间说愚笨的人多有厚福，那又是谁偏偏让吴兆骞这样聪明呢？只是让聪明和名声拖累了他。仕途为官本如同断梗，漂泊无定，本来无妨，但又有那些诬陷和中伤如同群犬狂吠，无法从中辨别，才是最悲哀的。想要问问苍天，还是算了吧。

我为他的遭遇深感惋惜，以致形容憔悴，也心甘情愿。我要告诉你，香草总是容易燃尽，美玉总是容易摔碎。那些醉生梦死的凡夫俗子反而活得没有烦恼。他们不会理解我们这些性情中人的心思。我一定要把流放到宁古塔的吴兆骞救回来，再不分心理会其他事情。能明白我的人，只有你顾贞观了。

又　　慰西溟

何事添凄咽。但由他、天公簸弄①，莫教磨涅②。失意每多如意少，终古几人称屈。须知道、福因才折。独卧藜床看北斗③，背

高城、玉笛吹成血。 听谯鼓④，二更彻。

丈夫未肯因人热。 且乘闲、五湖料理⑤，扁舟一叶。 泪似秋霖挥不尽⑥，洒向野田黄蝶⑦。 须不羡、承明班列⑧。 马迹车尘忙未了，任西风、吹冷长安月。 又萧寺⑨，花如雪。

【注释】

①簸弄：玩弄、戏弄。

②磨涅：磨砺、折磨。比喻所经受之考验或外界之影响。

③藜床：用藜（莱草）茎编织的床。北斗，指北斗七星，古代诗文中常以北斗喻指朝廷，故此处亦寓含不忘朝廷之意。

④谯鼓：指谯楼上的鼓声。古代于城门望楼之上置鼓，为鼓楼，击鼓以报时。

⑤五湖：太湖及其附近四湖。春秋时，范蠡佐越王勾践灭吴后，浮舟太湖，易名鸱夷子皮，陶朱公。后人以此为不贪官位，隐居自适之典。料理：安排、安置。

⑥秋霖：秋雨。

⑦野田：田野。黄蝶：黄色的蝴蝶。

⑧承明：即承明庐，汉代侍臣值宿所居之屋，后为入朝、在朝为官之典。班列，位次，即朝班位置。

⑨萧寺：西溟居京时曾寓萧寺。姜西溟在为纳兰撰写的《祭文》中云："于午未间，我蹶而穷，百忧萃止，是时归兄，馆我萧寺。"

【译文】

什么事让你哽咽哭泣呢？纵然命运不济使你试而不第那又如何呢，不要自己折磨自己。人世间的事自古以来都是失意多于如意，更何况才气太高也会使自己的福气受损。你独坐在高城上，仰望北斗七星，吹笛自乐，听更鼓报夜。

大丈夫不要因为仕途不顺而急躁。不如索性学习范蠡泛游五湖，消闲隐居，怡然自得。纵然有像秋雨一般流不尽的眼泪，也应该洒向知己者。不要羡慕那些位列朝堂的人，京城里永远是这般熙熙攘攘的景象，人们忙着争名逐利，不如就让秋风把这京城的月亮吹凉，你且以达观处之吧。你所住的寺院中鲜花盛开，正如雪花般散落。

又　　西溟言别，赋此赠之

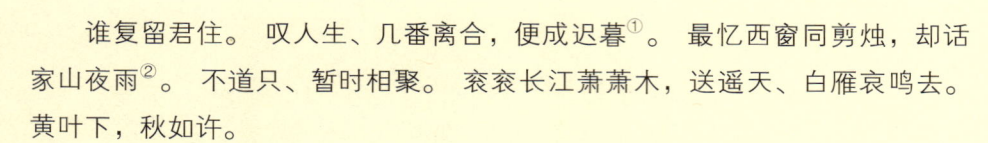

谁复留君住。叹人生、几番离合，便成迟暮①。最忆西窗同剪烛，却话家山夜雨②。不道只、暂时相聚。衮衮长江萧萧木，送遥天、白雁哀鸣去。黄叶下，秋如许。

曰归因甚添愁绪？料强似、冷烟寒月，栖迟梵宇③。一事伤心君落魄，两鬓飘萧未遇④。有解忆、长安儿女。裘敝入门空太息⑤，信古来才命真相负⑥。身世恨，共谁语？

【注释】

①迟暮：语出屈原《离骚》："日月忽其不淹兮，春与秋其代序。惟草木之零落兮，恐美人之迟暮。"

②最忆西窗同剪烛，却话家山夜雨：化用李商隐《夜雨寄北》诗："何当共剪西窗烛，却话巴山夜雨时。"言友情温馨。

③栖迟：淹留、隐遁。梵宇：佛寺。西溟在京中曾居住在"萧寺"，故云。

④飘萧：白发稀疏飘动的样子。

⑤裘敝：裘衣破旧。《战国策·秦策》："苏秦始将连横说秦王，书十上而说不行，黑貂之裘敝，黄金百斤尽。"后每以此典故喻抱负成空，奔走不遇。

⑥信古来才命真相负：引用李商隐《有感》诗句"古来才命两相妨"。

【译文】

谁能够把你挽留？可叹人生在几番伤感离别之后就匆匆老去。最令人思念的，是一起在西窗下秉烛夜谈，听你讲家乡的事情。没想到这次相聚却如此短暂。长江滚滚，落叶纷纷，大雁哀鸣着向远方飞去。黄叶飘落，秋天的景象如此凄凉。

听你说要离去，我平添了许多愁绪。但你想回乡还是回去吧，总好过勉强寄居在京城凄凉的寺院里。你两鬓斑白来京城求取功名却不能及第，儿女在家乡思念着你，我一直为你的落魄伤心不已。看来无论古今，才华与命运总是彼此相背离。这对不公命运的满腔怨恨，又能够对谁说呢？

又　寄梁汾

木落吴江矣①。正萧条、西风南雁，碧云千里。落魄江湖还载酒，一种悲凉滋味。重回首、莫弹酸泪。不是天公教弃置，是才华、误却方城尉②。飘泊处，谁相慰。

别来我亦伤孤寄③。更那堪、冰霜摧折，壮怀都废。天远难穷劳望眼，欲上高楼还已。君莫恨、埋愁无地。秋雨秋花关塞冰，且殷勤、好作加餐计④。人岂得，长无谓。

【注释】

①吴江：即吴淞江，县名，属江苏省。梁汾要归于江南居苏州等地，故云木落吴江。

②方城尉，指温庭筠。温庭筠曾为方城（今河南省方城县）尉，世称温方城。此处借指顾梁汾。

③孤寄：意同"孤寂"，独身寄居他乡。寄，含寄居、使寄居的意思。
④加餐：慰劝之辞，谓多进饮食，保重身体。

【译文】

叶落吴江。正是万物萧条的时节，西风大雁，长空上碧云千里绵延。想到你落魄江湖，船上还载着消愁的酒，一种悲凉之感油然而生。再回首时也不要落泪。不要抱怨苍天辜负了你的才华，使你仕途坎坷。当你四处漂泊，有谁来安慰你的伤悲呢？

自从分别之后，我也自伤自怜，经受不住险恶的环境，而磨灭了自己的理想。我想登上高楼，眺望你远走的身影，但还是不忍亲眼看你离去。你不要埋怨，使愁绪无处排遣。秋季的边塞天气转凉，你要注意饮食，保重身体。人怎么能一辈子沉沦呢？

又　亡妇忌日有感①

此恨何时已。滴空阶、寒更雨歇②，葬花天气③。三载悠悠魂梦杳④，是梦久应醒矣。料也觉、人间无味。不及夜台尘土隔，冷清清、一片埋愁地⑤。钗钿约⑥，竟抛弃。

重泉若有双鱼寄⑦。好知他、年来苦乐，与谁相倚。我自终宵成转侧⑧，忍听湘弦重理⑨？待结个、他生知已。还怕两人都薄命，再缘悭、剩月零风里⑩。清泪尽，纸灰起⑪。

【注释】

①忌日：指卢氏故去三周年的祭日。
②寒更：寒夜的更点，借指阴冷的寒夜。
③葬花天气：指春末落花时节，大致是农历五月，这里既表时令，又暗喻妻子之亡如花之凋谢。
④魂梦：梦，梦境。
⑤夜台：坟墓。埋愁地：墓葬处。
⑥钗钿约：钗钿即"金钗"、"钿合"，女子饰物。暗指夫妻间的盟誓。

⑦重泉：即"黄泉""九泉"，指生死两隔。

⑧终宵：中夜，半夜。

⑨忍听湘弦重理：古时悼亡每用"湘弦"意象，此意象与舜之二妃死于湘江、湘灵鼓瑟诸事有关。重理，在这里有两重意思，一指不忍重理当年共抚之琴，二是人间再无此般琴瑟和谐可续，即无缘续理。悼亡世称"断弦"，故重理有再"续"之意，是为纳兰心誓语。

⑩缘悭：缺少缘分。悭：吝啬，缺憾。剩月：残月、落月。零风：萧瑟寒风。

⑪纸灰：指坟前祭奠时所烧的纸钱的灰。

【译文】

这思念什么时候才能停止呢？滴落在台阶上的雨滴止住了，夜晚如此清冷，正是适宜葬花的天气。你离开我已经三年了，即使是一场梦也早该醒来了。猜想你一定是觉得人间没有意思吧。不如泥土下的黄泉，虽然冷清，但埋葬了所有的愁怨。你曾经和我约定不离不弃，如今竟然把我抛弃了。

如果书信能够寄到黄泉就好了。我就能够知道你这些年过得快乐与否，是在与谁相依相靠。我辗转反侧，无法入睡，不忍听他们让我续弦的提议。让我们来生还结为知己吧。只怕我们两个人都命薄，仍然没有缘分长相厮守。我的泪水已经流尽，纸钱烧成灰被风吹起。

又

未得长无谓①。 竟须将、银河亲挽②，普天一洗。 麟阁才教留粉本③，大笑拂衣归矣。 如斯者、古今能几④。 有限好春无限恨，没来由、短尽英雄气。 暂觅个，柔乡避⑤。

东君轻薄知何意⑥。 尽年年、愁红惨绿，添人憔悴。 两鬓飘萧容易白，错把韶华虚费⑦。 便决计、疏狂休悔⑧。 但有玉人常照眼⑨，向名花美酒拚沉醉。 天下事，公等在⑩。

【注释】

①未得：不可、不能。长：经常，长此以往。无谓：毫无意义。

②竟须：终应。

③麟阁：即麒麟阁，在汉未央宫中。汉宣帝时曾图画霍光等十一位功臣像于阁上，以表彰其功绩。后遂以画像于麒麟阁上作为功勋卓著和最高荣誉的表示。粉本：画稿，古人作画先施粉上样，然后依样落笔，故称画稿为粉本，这里指图画，谓功臣画像。

④如斯者：像这样实现了志向的人。

⑤柔乡：温柔乡，即古时文人常说的"醇酒妇人"之佳人柔情。

⑥东君：指司春之神，常用以指喻青春岁月。愁红惨绿：指经风雨摧残的百花残叶。

⑦韶华：美好时光，喻指青年时期。

⑧疏狂：不受拘束、放浪不羁。

⑨但有玉人常照眼：谓常有美女伴在身边。玉人，指美女。照眼，耀眼，光彩夺目。

⑩公等：指志得意满的达官显贵。

【译文】

人生不能长期无所作为。确实需要力挽狂澜，洗尽乾坤。功勋卓著，在麒麟阁上留下他的画像，他却大笑辞却，拂衣而去了。这样的人，自古以来没有几个。美好的春光短暂，忧愤却绵长，没来由地消磨尽了英雄志向。不如暂且寻找个温柔乡躲避这尘世烦扰，不再过问世事。

不知道轻薄的司春之神是什么意思，为什么年年都弄出些残花败叶，使人平添几分憔悴。不经意间，两鬓稀疏，已生白发，错把大好年华虚度。便拿定主意要疏狂到底，亦无怨无悔。只要有美人在眼前，可以尽情在灯红酒绿中一醉方休。国家大事就交给达官显贵去处理吧。

摸鱼儿 午日雨眺①

涨痕添、半篙柔绿②，蒲梢荇叶无数③。空蒙台榭烟丝暗④，白鸟衔鱼欲舞。桥外路。正一派、画船箫鼓中流住⑤。呕哑柔橹⑥，又早拂新荷，沿堤忽转，冲破翠钱雨⑦。

蒹葭渚⑧，不减潇湘深处。霏霏漠漠如雾。滴成一片鲛人泪⑨，也似汨罗投赋⑩。愁难谱。只彩线、香菰脉脉成千古⑪。伤心莫语，记那日旗亭⑫，水嬉散尽，中酒阻风去。

【注释】

①午日：农历五月初五日，即端午节。

②涨痕：涨水后留下的痕迹。柔绿：嫩绿。此处代指嫩绿的叶子或水色。

③蒲：菖蒲。多年生水生草本，形状似剑，故又称"蒲剑"。民间于端午节常将菖蒲叶与艾草结扎成束悬挂与门上，或烧其花序，以熏蚊虫，谓可以辟邪。荇：多年生草本植物，叶呈对生圆形，根节没水中，漂浮水面，可食。

④空蒙：细雨迷蒙的样子。台榭：泛指楼台等建筑物，多建于临水处。烟丝：指烟雾笼罩的柳林。

⑤箫鼓：箫与鼓，泛指乐奏。

⑥呕哑柔橹：船行水面橹篙划水发出轻柔的水声。呕哑，象声，摇橹声。

⑦翠钱：新荷的雅称。

⑧蒹葭渚：长满芦苇的洲渚。渚，水中小洲。

⑨鲛人：神话传说中的人鱼。晋张华《博物志》卷九："南海水有鲛人，水居如鱼，不废织绩，其眼能泣珠。"

⑩汨罗投赋：战国时楚诗人屈原忧愤国事，投汨罗江（湘江支流）而死。后人写诗作赋投入江中，以示凭吊。

⑪彩线、香菰脉脉成千古：指凭借用彩线缠裹香菰（即粽子）投入江中以示这千古的脉脉哀思。民间以将粽子投入江中以祭屈原，寄无尽哀思，已成千年习俗。菰，菰米，可煮食，这里指糯米。

⑫旗亭：酒楼。因悬旗为酒招，故名。

【译文】

端午时节，春水又涨高了一些，蒲柳和荇菜丰茂碧绿。楼台水榭一片孔孟，柳条随风舞动，如烟似梦，白鸟在水上捕鱼，那姿势犹如舞蹈一般。桥那边的路上，飘出箫鼓声的划船停在中流。橹声轻柔，小船荡开了新开的荷花，沿着堤岸转变了方向，激得荷叶上的水珠如雨水般洒落。

那长满芦苇的洲渚，一点不亚于烟水迷离的潇湘。霏霏细雨，仿佛雾气一般笼罩在天空，忽而聚成丝雨飘落，好像在为投江自尽的屈原悼念默哀。屈原的愁绪无法言说，人们只有以彩线扎粽子的习俗为他祭奠了数千年。不要再提伤心的往事。还记得那天在酒楼里看龙舟竞渡，待龙舟散尽，我们带着醉意，在风中返回家去。

又　送别德清蔡夫子①

问人生、头白京国②，算来何事消得。不知罨画清溪上③，蓑笠扁舟一只。人不识。且笑煮鲈鱼④，趁着莼丝碧⑤。无端酸鼻。向歧路销魂，征轮驿骑⑥，断雁西风急。

英雄辈，事业东西南北。临风因甚成泣。酬知有愿频挥手，零雨凄其此日⑦。休太息。须信道、诸公衮衮皆虚掷⑧。年来踪迹。有多少雄心，几番恶梦，泪点霜华织。

【注释】

①德清蔡夫子：蔡启僔（1619—1683年），字崑旸，号石公，浙江德清人，康熙九年（1670）一甲一名进士，授修撰，历官左春坊左庶子，有《存园草》。

②京国：京都、京城。

③罨画：溪水名，在浙江长兴境内，长兴与德清同属湖州府。

④鲈鱼：用南朝张季鹰的典故。刘义庆《世说新语·识鉴》谓："张季鹰辟齐王东曹椽，在洛，见秋风起，因思吴中莼菜羹、鲈鱼脍，曰：'人生贵得适志意尔，何能羁宦数千里以要名爵？'"于是弃官归里。后人因以"莼鲈之思"为弃官归隐的典故。

⑤莼丝：莼菜，水生草木，叶可食，以太湖流域所产最味美。

⑥征轮：远行人乘的车。驿骑：骑驿马传递公文的人

⑦零雨：慢而细的小雨。

⑧虚掷：白白地丢弃、扔掉。

【译文】

将整个人生都耗费在朝廷里，究竟值得不值得呢？还不如隐居到风景如画的水乡，身穿蓑笠，乘一叶扁舟，做个普通的百姓。就像辞官归乡的张季鹰一样，趁着莼菜成熟的季节，回家煮美味的鲈鱼来吃。无端鼻子发酸。在这分别的路上黯然神伤，你就要踏上远行的征程，这时候孤雁南飞，西风凛冽。

英雄人物从来都是志在四方。为什么要在风中流泪？在这凄凉的雨里，频频与你挥手道别。不要为你的贬谪遭遇而叹息，那些位居高位的人都没有你有才华。这一年的旅途，会有多少雄心，又有多少惆怅，一想到就不禁泪水飘零。

青衫湿 悼亡

青衫湿遍，凭伊慰我，忍便相忘。半月前头扶病①，剪刀声、犹共银

釭②。忆生来小胆怯空房。到而今独伴梨花影，冷冥冥、尽意凄凉③。愿指魂兮识路，教寻梦也回廊。

咫尺玉钩斜路④，一般消受，蔓草斜阳。判把长眠滴醒⑤，和清泪、搅入椒浆⑥。怕幽泉还为我神伤⑦。道书生薄命宜将息⑧，再休耽、怨粉愁香⑨。料得重圆密誓，难尽寸裂柔肠。

【注释】

①扶病：带病而勉强行动做事。

②银釭：银制的灯盏、烛台。

③冷冥冥：冷寂昏暗，阴森森。

④玉钩斜：在江苏省扬州西，相传为隋炀帝葬埋宫女的墓地。此处借指卢氏厝柩之地。

⑤判：同"拚"，甘愿。

⑥椒浆：即椒酒，以椒实浸制之酒，多于元旦饮用。这里是指祭奠之酒浆。

⑦幽泉：指阴间地府，代指亡妻。

⑧将息：休息、调养之意。

⑨耽：痴迷。怨粉愁香：粉香，代指女人，喻指男女间的恩怨私情，这里借指与妻往日的浓情密意。

【译文】

青衫衣襟被泪水打湿，我需要你的安慰，你怎么忍心将我忘记。半月来我拖着愁病的身体，依然起身剪烛，那剪刀声仍在我耳边回响。想来我生来胆小，不敢一个人独守空房，到如今却只有梨花树影相伴，冷冷清清，受尽凄凉。愿能为你的魂魄指路，带你在梦中回到曲折的回廊与我相会。

埋葬你的地方近在咫尺，与别的地方一样在斜阳下蔓草丛生。我的泪水滴入祭奠你的椒酒中，希望能把你从长眠中唤醒。只怕九泉之下的你也在为我伤心，劝告我这个薄命的书生要保重身体，不要再沉浸在思念的愁苦里。而我一想到和你相伴一生的誓言，就忍不住肝肠寸断。

忆桃源慢

斜倚熏笼①,隔帘寒彻,彻夜寒如水。离魂何处②,一片月明千里。两地凄凉,多少恨,分付药炉烟细③。近来情绪,非关病酒,如何拥鼻长如醉④。转寻思不如睡也,看道夜深怎睡。

几年消息浮沉,把朱颜顿成憔悴。纸窗淅沥⑤,寒到个人衾被。篆字香消灯炮冷,不算凄凉滋味。加餐千万,寄声珍重,而今始会当日意。早催人一更更漏⑥,残雪月华满地。

【注释】

①熏笼:覆盖于火炉上供熏香、烘物、取暖的器物。

②离魂:指远游他乡的旅人。

③分付:交付、交与。

④拥鼻:掩鼻吟之省称,指雅音曼声吟咏。《晋书·谢安传》:"安本能为洛下书生咏,有鼻疾,故其声浊,名流爱其咏而弗能及,或手掩鼻以效之。"

⑤纸窗:纸糊的窗户。

⑥更漏:古时夜间凭漏壶表示的时刻报更,因此漏壶又叫更漏。

【译文】

　　斜倚着熏笼，寒气透过帘子飘进来，这漫长的夜如冰水般寒冷。不知道远游他乡的人身在何处，是否也和我一样望着同一轮明月。你和我天各一方，两地相思，都交付给了这药炉的烟气。近来情绪低迷，不是因为饮酒太多，又怎能暗自吟咏，仿佛酒后沉醉呢。辗转寻思不如早早睡去，但现在夜已深，我却仍然无法入睡。

　　几年来你的消息沉浮不定，在牵挂中我已经渐渐憔悴了。窗外风雨渐沥，屋内的人盖着单薄的被衾，忍受着寒冷。篆字形的香已经燃尽，灯烛的余烬也变得凄凉了。你一定要照顾好自己，寄去一声珍重，到今日我才明白你当初的心意。更漏一遍遍催着人入睡，残雪中的月光已经铺满了大地。

湘灵鼓瑟

　　新睡觉①，听漏尽乌啼欲晓②。屏侧坠钗扶不起，泪浥余香悄悄。任百种思量都来，拥枕薄衾颠倒。土木形骸③，自甘憔悴，只平白占伊怀抱④。看萧萧一剪梧桐⑤，此日秋光应到⑥。

　　若不是忧能伤人，怎青镜朱颜便老⑦。慧业重来偏命薄，悔不梦中过了。忆少日清狂⑧，花间马上⑨，软风斜照。端的而今⑩，误因疏起⑪，却懊恼误人年少⑫。料应他此际闲眠⑬，一样百愁难扫。

【注释】

①新睡觉：才睡醒。新，刚，才。觉，醒来。

②漏尽：夜漏尽，谓长夜将尽。

③土木形骸：人的形体如土木一般自然，比喻人不加修饰的本来面目。引申为率性任情，粗疏拙直，不合时宜。

④占伊怀抱：承你所关爱，承蒙知我。

⑤萧萧：风声。一剪梧桐：一株梧桐。一剪，一树、一株、一枝。

⑥秋光：秋日的风光景色。

⑦青镜：即青铜镜。朱颜：红颜，喻青春容貌，故亦多喻女子。

⑧清狂：狂放不羁。
⑨花间：这里比喻歌酒风雅，吟诗填词。
⑩端的：果然。
⑪疏：粗疏，漫不经心。此处谓不精心爱惜。
⑫懊恼：悔恨。
⑬闲眠：静眠，独眠。

【译文】

刚刚睡醒，听到漏声将尽，乌鸦开始啼鸣，天快要亮了。可我却倚靠着屏风，病身难起，想到这些，就觉得眼泪上涌，默默无语。任各种愁绪都来侵袭，只在这衾被间颠倒辗转，挥之不去。我不会扭捏作态，只是为了得到你的关爱，才如此憔悴。看那秋风将梧桐树叶吹落，便知道秋天已经到了。

如果不是忧愁能够伤人，那镜子里的容颜怎么会日渐衰老？命运真是捉弄人，回想年少轻狂的时候，花间马上，在暖风和夕阳里沉醉。而如今才知道人生因疏懒而耽搁，悔恨因此而耽误了大好年华。料想他此刻跟我一样闲来寂寞，一样是愁绪难平吧。

大酺　寄梁汾

怎一炉烟，一窗月，断送朱颜如许。韶华犹在眼，怪无端吹上，几分尘土。手捻残枝，沉吟往事，浑似前生无据①。鳞鸿凭谁寄②，想天涯只影，凄风苦雨。便研损吴绫③，啼沾蜀纸④，有谁同赋。

当时不是错，好花月、合受天公妒⑤。只索倩、春归燕子，说与从头，争教他、会人言语。万一离魂遇，偏梦被、冷香萦住。刚听得、城头鼓⑥。相思何益，待把来生祝取。慧业相同一处⑦。

【注释】

①无据：没有依据或证据。
②鳞鸿：鱼雁，指书信。

③研（yà）损：指反复书写，致使吴绫也被碾压得光亮。研，碾压。吴绫，丝织品名，产于余杭（杭州一带）。

④蜀纸：即蜀笺，蜀地所造之笺纸，自唐以来享有盛名，文人喜用。

⑤好花月：比喻美好的事情。

⑥城头鼓：战时城上传令的鼓声或报更的鼓声。

⑦慧业：佛语，指智慧的业缘。

【译文】

炉中的香烟，窗前的明月，送走了美好的年华。美好的春光还在眼前，却无端被蒙上了几分尘埃。手捻着凋落的花枝，思怀往事，禁受这仿佛是前生注定的别离之苦。音信如何才能传递，想你在天涯之外形单影只，独自在这凄风苦雨里漂泊。任凭我把绫纸写遍，泪痕沾湿了蜀纸，但又有谁与我共赋呢？

当初并非是你做错了什么，只是才高招忌罢了。只请求春归的燕子向你转达我的心意，怎奈燕子不懂得人类的语言。期待在梦中与你相遇，这美梦却偏偏被清冷的花香绊住。刚刚传来城头更鼓的声音，我在对你的思念里不能成眠。对你的相思日益增加，只祈祷来生还能与你相逢续缘。

卷五

忆王孙

暗怜双绁郁金香①。欲梦天涯思转长。几夜东风昨夜霜。减容光②。莫为繁花又断肠。

【注释】

①绁：拴、缚。双绁（xiè）：谓两花相并，指郁金香成双成对。

②容光：脸上的光彩。

【译文】

她的罗袜上那成双成对的郁金香，令人暗生怜爱。无法亲近她，想要在梦中梦到她，越想就越思念她。连吹几夜的东风，昨夜却忽然下了寒霜。我在思念中日渐憔悴，就不要再为春尽而感伤了。

又

刺桐花下是儿家①。已拆秋千未采茶。睡起重寻好梦赊②。忆交加③。倚着闲窗数落花。

【注释】

①刺桐：树名，也称海桐、木芙蓉。落叶乔木，花、叶可供观赏，因枝干间有圆锥形棘刺，故名。儿家：古代年轻女子对其家的自称，意思即我家。

②赊：稀少、渺茫。

③交加：谓男女相偎，亲密无间。

【译文】

她的家在刺桐花下。秋千被拆掉了，茶叶还没有去采摘。一觉醒来，想要重寻刚才的美梦，但梦境却渺茫不清。她坐起身来，倚在窗边数着落花。

调笑令

明月，明月。曾照个人离别。玉壶红泪相偎①。还似当年夜来②。来夜，来夜。肯把清辉重借③？

【注释】

①玉壶红泪：晋王嘉《拾遗记》卷七："（魏）文帝所爱美人，姓薛名灵芸，常山人也……时文帝选良家子女以入六宫，（谷）习以千金宝赂聘之，既得，乃以献文帝。灵芸闻别父母，嘘唏累日，泪下沾衣。至升车就路之时，以玉唾壶承泪，壶则红色。既发常山，及至京师，壶中泪凝如血矣。"后因以"玉壶红泪"喻指美人泪。

②夜来：即薛灵芸。为了迎接灵芸，曹丕在洛阳城外筑土台，高三十丈，直入云间；在台下四周布满蜡烛，唤名"烛台"，蜡烛沿着灵芸入城的路线从烛台一路绵延至洛阳城郊。曹丕在烛台静候佳人时，远远望见车马滚滚，尘埃翻腾，宛如云雾弥漫，不由感叹："古人云，朝为行云，暮为行雨，今非云非雨，非朝非暮。"因而将薛灵芸的名字改为"夜来"。

③清辉：清澈明亮的光辉，这里指月光。

【译文】

明月啊，明月。曾经照见有情人伤心离别。离别时她依偎着我哭红了双眼，好似当年薛灵芸远嫁时的样子。明晚啊，明晚。能否再借来月光照见这彼此依偎的有情人。

忆江南

江南好，建业旧长安①。紫盖忽临双鹢渡②，翠华争拥六龙看③。雄丽却高寒④。

【注释】

①建业：古县名，东汉建安十七年孙权改秣陵县设置，治所在今南京市，南京曾为东吴、东晋、宋、齐、梁、陈、南唐、明灯八代王朝的都城，故称"旧长安"。

②紫盖：紫色车盖，帝王仪仗之一，借指帝王车架。鹢：水鸟如鹭而大，传说能压制水神，故古人画鹢鸟图像于船头以祈伏波，后用以指代船。

③翠华：帝王仪仗中以翠羽为饰的旗帜或车盖，为御车或帝王的代称。六龙：古代帝王的车架为六匹马，马八尺称龙，为天子车架的代称。

④高寒：地势高而寒冷，或指清高。

【译文】

江南好，南京这座古城，忽然迎来了圣上船队的驾临，紫盖双鹢，场面十分壮观，百姓围凑在四周看热闹。雄丽之景，盛况空前，却仍令人感到高寒。

又

江南好，城阙尚嵯峨①。故物陵前惟石马②，遗踪陌上有铜驼③。玉树夜深歌④。

【注释】

①城阙：城市，特指京城的城郭宫阙。嵯峨：形容山势高峻的样子。

②故物：旧物，前人遗物。石马：石雕的马，指前代帝王陵墓前的石刻。

③铜驼：铜铸的骆驼，多置于宫门寝殿前。

④玉树：指南朝陈后主所作的歌曲《玉树后庭花》，此曲以其声情浓艳被视作亡国之音，这里泛指柔软的歌曲。

【译文】

江南好，南京古城的城墙巍峨，仍是旧模样。前代陵墓前已经荒芜，故物尽遭毁弃，只剩下孤独的石马还在守陵。前代人的繁华的遗踪旧址里还残存着一点遗迹，这些遗迹承载着前代的繁华风流，也昭示着前代的荒淫堕落。

又

江南好，怀古意谁传？燕子矶头红蓼月，乌衣巷口绿杨烟①。风景忆当年。

【注释】

①乌衣巷：地名，在江苏省南京市秦淮河利涉桥南，为晋宋时期王、谢等名门望族所居之地。

【译文】

江南好，怀古的心绪不知从何而生。城郊的燕子矶头，红蓼花轻盈地开放在月光底下，城内的乌衣巷口，垂杨柳清冷地编织出一层层迷离的清烟。看着眼前的风景，不禁忆起当年的景象。

又

江南好，虎阜晚秋天①。山水总归诗格秀②，笙箫恰称语音圆③。谁在木兰船④。

【注释】

①虎阜：即虎丘，山名，在今江苏苏州市西北，一名海涌山。相传吴王阖闾葬于此，葬之三日有虎踞其上，故名。

②诗格：诗的风格，这里指山水极富诗情画意。

③笙箫：笙和箫，泛指管乐器。

④木兰船：画舫的美称。

【译文】

江南好，虎丘的晚秋天气最是宜人。山水如诗，笙箫悠扬，吴侬语软。是谁在木兰舟上渐行渐远？

又

江南好，真个到梁溪①。一幅云林高士画②，数行泉石故人题③。还似梦游非？

【注释】

①真个：的确，真的。梁溪：水名，在江苏无锡，源出惠山，流入太湖。古时此水极窄，梁时疏浚，故名。

②云林：元代画家倪瓒的别号，倪云林山水画以平远简

淡为尚，最具江南溪壑神韵。

③泉石：指山水。

【译文】

江南好，我真的到了梁溪。江南水乡就像是倪瓒的山水画一般，行走之间，总能发现泉石之上故交好友题字的笔迹。这感觉如同梦游一般。

又

江南好，水是二泉清①。味永出山那得浊，名高有锡更谁争②，何必让中泠③。

【注释】

①二泉：指江苏无锡的惠山泉，唐陆羽品评为天下第二泉，故称"二泉"。

②名高：崇高的声誉，名声显赫。

③中泠（líng）：泉名，即中泠泉，在今江苏镇江西北金山下的长江中，今江岸沙涨，泉已没沙中。相传其水烹茶最佳，有"天下第一泉"之称。

【译文】

江南好，水是有"天下第二泉"之称的惠山泉。泉水清澈隽永，不论是在山还是出山，都不会受污染，不变浑浊，这泉水已然是天下无双，还有哪里的泉水可以与之相比呢，又何必让给中泠"天下第一泉"的称号。

又

江南好，佳丽数维扬①。自是琼花偏得月②，那应金粉不兼香③。谁与话清凉④。

【注释】

①佳丽：美丽。维扬：扬州的别称。

②琼花：一种珍稀的名花，叶柔而莹泽，花色微黄而有香味，有"维扬一枝花，四海无同类"一说。

③金粉：黄色的花粉，这里指琼花。

④清凉：与热闹相对，形容氛围。

【译文】

江南好，美中之美，还数扬州。琼花占尽扬州最美的月色，且香气之馥郁又远胜于群芳。这清凉的景致，谁能与我一同分享。

又

江南好，铁瓮古南徐①。立马江山千里目②，射蛟风雨百灵趋③。北顾更踟蹰④。

【注释】

①铁瓮：铁瓮城，江苏镇江之子城，位于北固山前，相传为三国时期孙权所建，内外皆甃以甓，坚固如金城，故名。南徐：古州名，东晋南渡时曾侨置徐州于京口。南朝宋以江南晋陵（今常州）地为南徐州，仍治京口，故名。

②立马：骑在站立不动的马上，驻马。

③射蛟：指汉武帝射获江蛟的事，《汉书·武帝纪》："（元封）五年冬，行南巡狩……自浔阳浮江，亲射蛟江中，获之。"后以之为送样帝王勇武的典故。百灵：指众神。

④北顾：北望。

【译文】

江南好，南徐州北固山前的铁瓮城巍峨耸峙。如今登临山顶，驻马远望千里江山，遥想当年在众神灵的庇护下射获江蛟的壮举。北望真是叫人踟蹰万千。

又

江南好，一片妙高云①。砚北峰峦米外史②，屏间楼阁李将军③，金碧矗斜曛④。

【注释】

①妙高：妙高峰，在江苏镇江市金山的最高处，形势极胜，上有妙高台，一名晒台，宋僧人了元建。此处常有浮云缭绕，景观绝妙。

②米外史：宋代书画家米芾（1051—1107年），号鹿门居士，又称海岳外史、襄阳漫士。

③李将军：李建（651—716年），唐宗室，人称大李将军（其子李昭道，人称小李将军）。善画山水树石，笔力遒劲，自成家法，后人画着色山水多取其法。

④斜曛：夕阳的余晖。

【译文】

江南好，妙高峰上云雾缭绕。面对砚北园以北的风景，想起了米芾曾生活在这里，以这里的风景为原型创作水墨山水画，而佛寺画屏上李建的山水画，与真实山水交叠在一起，仿佛真的矗立在夕阳的余晖里。

又

江南好,何处异京华①？香散翠帘多在水②,绿残红叶胜于花。无事避风沙③。

【注释】

①异京华：与京城不同处。

②翠帘：绿色的帘幕。

③无事：不必从事,没有必要。

【译文】

江南好,到底是哪里与京城不同？花香沁透水边人家绿色的帘幕,即使是过了花季,满眼残绿,满山红叶,也要胜于二月之花。清朗的江南是无需躲避风沙的。

又

新来好①,唱得虎头词②。一片冷香惟有梦,十分清瘦更无诗③。标格早梅知④。

【注释】

①新来：新近,近来。

②虎头词：指纳兰性德好友顾贞观客居苏州时所填之词。虎头,东晋画家顾恺之,小字虎头。顾贞观与顾恺之同姓,这里借指顾贞观。

③一片冷香惟有梦,十分清瘦更无诗：这句诗是描写梅花的,梅花冷艳高洁,好似只有梦中才能亲历那撩人的芳香,清瘦的姿态,没有诗词能够轻易言出。这两句直接援引顾贞观的《浣溪沙·梅》："物外幽情世外姿。冻云深护最高枝。小楼风月独醒时。一片冷香惟有梦,十分清瘦更无诗。待他移影说相思。"这首词作于康熙十七年(1678)或十八年(1679)冬,顾贞观

于除夕寄达纳兰性德，性德为此作赋。冷香，梅花的清香。

④标格：风范、风度。

【译文】

新来甚好，读了你寄来的虎头词。最喜欢里面"一片冷香惟有梦，十分清瘦更无诗"这两句。正体现了早梅高洁脱俗的风度。

点绛唇　寄南海梁药亭①

一帽征尘②，留君不住从君去。　片帆何处？　南浦沉香雨③。
回首风流，紫竹村边住④。　孤鸿语⑤。　三生定许⑥，可是梁鸿侣⑦。

【注释】

①梁药亭：梁佩兰（1629—1705年），字芝五，号药亭，别号柴翁，广东南海（今属佛山市）人，世居广州。顺治十四年（1657）举人，康熙二十七年（1688）进士，改庶吉士，遽乞归，著有《六莹堂诗集》，与屈大均、陈恭尹并称为"岭南三家"。

②征尘：指旅途中风尘仆仆。

③南浦：南面的水边，后泛指送别之地，与陆上送别之地"长亭"相对。沉香雨：谓沉香浦之雨，沉香浦在广州西郊的江滨，相传晋代广州刺史吴隐之曾投沉香于其中，因而得名。

④紫竹村：或指今北京西郊之紫竹院一带。

⑤孤鸿：喻指孤身在京的梁佩兰。

⑥三生：佛家语，指前生、今生、来生。许：期许、愿望。

⑦梁鸿：字伯鸾，系汉扶风平陵人，家贫而好学，尚气节，为隐逸之士，与妻子孟光举案齐眉，相敬如宾。世人传为佳话。后以"梁鸿"喻指丈夫，亦喻贤夫。

【译文】

帽子还积着旅途中的尘土，我百计留你，你却马上就要出发。你乘着这叶扁舟要到哪里去呢？是要去那飘着沉香雨的南浦吗？

回首往日隐居紫竹村边,那潇洒风流的生活真令人怀念。就像空中飞过的孤雁,你这个梁鸿一样的隐士,我愿意与你结下三生的友谊。

浣溪沙

十里湖光载酒游,青帘低映白蘋洲①。西风听彻采菱讴②。

沙岸有时双袖拥③,画船何处一竿收④。归来无语晚妆楼⑤。

【注释】

①青帘:古时酒店门口挂的幌子,多用青布制成。白蘋洲:泛指水中长满白色花的沙洲。

②听彻:听尽,听得清楚。采菱讴:乐府清商曲名,又称《采菱歌》《采菱曲》。讴,歌曲。

③沙岸:指用沙石等筑成的堤岸。双袖拥:两手藏于袖内相拢着,清闲的样子。指所见岸上之人,如收竿休憩的渔翁或休闲自乐的农家妇等。

④一竿收:收船篙。

⑤妆楼:指女子闺楼。

【译文】

船上载着美酒,在江南十里的湖光中悠游,撩起船舱上青色的帘子，看湖中那开满白色花的沙洲。一首《采菱曲》顺着西风飘了过来。

堤岸上有人拥着双袖，悠闲自得，又见画船上的人收了船篙，不知将船驶向何处。风光惬意美好，游赏尽兴而归，回房后却沉默无语。

又

脂粉塘空遍绿苔①，掠泥营垒燕相催。 妒他飞去却飞回。
一骑近从梅里过②，片帆遥自藕溪来③。 博山香烬未全灰④。

【注释】

①脂粉塘：地名，传说为春秋时西施沐浴的溪塘。南朝梁任昉《述异记》："吴故宫有香水溪，俗云西施浴处，又呼为脂粉塘。吴王宫人濯妆于此溪上源，至今馨香。"这里指闺阁之外的溪塘。

②梅里：地名，在今江苏无锡东南。据传春秋时期吴太伯居于此，故又名泰伯城。

③片帆：孤舟，一只船。藕溪：无锡一溪名。

④博山炉烬：博山炉中的香已烧完。博山炉，香炉的美称，炉体呈青铜器中的豆形，上有盖，盖高而尖，镂空，呈山形，山形重叠，其间雕有飞禽走兽，象征传说中的海上仙山——博山，因此而得名。

【译文】

脂粉塘已经长满了青苔，燕子飞来飞去衔泥筑巢，嫉妒燕子都能双双来去。

远处有人骑马从梅里穿过，有船从藕溪深处驶来。我就这样看着，博山炉中的香已经烧完，烟却还未散尽。

又　大觉寺①

燕垒空梁画壁寒②，诸天花雨散幽关③。 篆香清梵有无间④。

蛺蝶乍从帘影度⑤，樱桃半是鸟衔残。 此时相对一忘言⑥。

【注释】

①大觉寺：未详何指，可能为今北京西北郊群山台之上的大觉寺。此寺始建于辽咸雍四年（1068），初名"清水院"，后改为"灵泉寺"，为金代"西山八景"之一。明宣德年（1428）重修，改名"大觉寺"。

②燕垒：燕巢。画壁：绘有图画的墙壁。

③诸天：佛教语，指护法众天神。佛经谓欲界有六天，色界之四禅有十八天，无色界之四处有四天，其他尚有日天、月天、韦驮天等诸天神，总称之为诸天。花雨：佛教语，谓神界众仙为赞叹佛说法之功德而散花如雨。后用为赞颂高僧颂扬佛法之词。幽关：深幽的关隘、紧闭的关门。

④篆香：即盘香。清梵：指僧尼诵经的声音。

⑤蛺蝶：蝴蝶的一种，翅膀呈赤黄色，有黑色纹饰，幼虫身上多刺。

⑥忘言：即心领神会，不需用语言来表达。

【译文】

燕子在寺中空梁上筑巢，绘有壁画的墙壁上透出一丝丝凉意，花絮纷飞，如同护法诸神撒下爱的漫天花雨。空气中弥漫着篆香的烟气，诵经的声音似有若无。

蝴蝶翩跹从帘幕下飞过，枝上的一颗樱桃被鸟儿啄去半颗。此情此景必有别样的意蕴，令人相对忘言，心领神会。

又

抛却无端恨转长①，慈云稽首返生香②。《妙莲花》说试推详③。
但是有情皆满愿④，更从何处着思量。 篆烟残烛并回肠⑤。

【注释】

①抛却：丢弃，忘却。

②慈云：指代佛像，佛座。稽首：叩头至地，为古代最恭敬的跪拜礼。

返生香:即还魂香。

③《妙莲花》:即《法华经》,全称《妙法莲华经》,为佛教重要经典之一。引用莲花喻佛法之清净微妙,故名。推详:详加推究,悉心体味。

④但是:只是,这里有"如果"、"假如"的意思。满愿:满足愿望,如愿。

⑤篆烟:香制成篆字形,故名。回肠:形容焦虑哀思如肠之旋转。

【译文】

越想抛却烦恼,烦恼却越益深长。我只有在佛像面前虔诚地跪拜,祈求佛祖赐予我返生香,好让亡妻回到我的身旁。同时细细地研究《法华经》。

经文里说,只要是潜心希望,都可以如愿,而我如此虔诚地许愿,为什么还不能如愿呢?香火已经燃尽,蜡烛也已经熄灭,而我的愁绪何时才能纾解?

又　小兀喇[1]

桦屋鱼衣柳作城[2]，蛟龙鳞动浪花腥[3]。飞扬应逐海东青[4]。
犹记当年军垒迹[5]，不知何处梵钟声[6]。莫将兴废话分明[7]。

【注释】

①兀喇：亦作乌喇，即今吉林省吉林市。

②桦屋：指用桦树木、皮所建的屋子。鱼衣：用鱼皮做的衣服。我国东北地区赫哲族人（原为女真连之支裔），居吉林东北松花江沿岸，生活极为质朴，他们以桦木建构屋宇，鱼皮为弓箭袋，扦插柳木作为城围。

③蛟龙：传说中能使洪水泛滥的一种龙。

④海东青：一种凶猛而珍贵的鸟，雕之一种，产于黑龙江下游一带的海岛上。北方民族极重视调养此禽，以为狩猎之用。金代特设"鹰坊"豢养。庄季裕《鸡肋篇下》："鹜鸟来自海东，唯青鹜最佳，故号海东青。"

⑤军垒：军营周围的防御工事。

⑥梵钟声：僧人诵经时敲击的钟声。

⑦兴废：盛衰，兴亡。

【译文】

在小兀喇这个地方，人们用桦木建构房子，用鱼皮做衣服，种植柳树作为城围。蛟龙鳞动，江上的浪花逐着海东青。

当日的营垒让人想起往事，不知道从何处飘来寺院的钟声。朝代更迭，历史兴衰，一切都成过眼云烟，又何必要分辨出孰是孰非呢？

又　姜女祠[1]

海色残阳影断霓[2]，寒涛日夜女郎祠[3]。翠钿尘网上蛛丝[4]。

澄海楼高空极目⑤，望夫石在且留题⑥。六王如梦祖龙非⑦。

【注释】

①姜女祠：孟姜女庙，在山海关东南海边的一座山上，又称贞女祠。据民间传说，在秦始皇时，孟姜女的丈夫被强迫修筑长城，一去几年音信全无。她不远千里去送寒衣，然而却未找到丈夫。她在城下痛哭，城墙因而崩裂，露出了丈夫的尸骨。孟姜女痛不欲生，投海而死。姜女祠就是为纪念她而建，相传始建于宋，明代重修。

②断霓：断虹，残阳倒映海中犹如一段彩虹霓，副虹为霓。

③女郎祠：即姜女祠。

④翠钿：女子头饰，这里指代词中供奉的孟姜女的雕像。

⑤澄海楼：楼名，在今河北省旧临榆县南宁海城上，明兵部主事王致中建。

⑥望夫石：在姜女庙主殿后有一巨石，上刻有"望夫石"三字。相传为孟姜女望夫所化。

⑦六王，指战国燕、赵、韩、魏、齐、楚六国。

【译文】

落日残阳的余晖映在海面上，贴着涌动的浪涛，成为一段虚渺的霓虹。冰冷的潮水日夜拍打着姜女祠下的岩石。庙中孟姜女雕像的盘髻上已经结满了细密的蛛丝和尘埃。

登上高耸的澄海楼眺望远处，望夫石至今犹在，且在那里可以见到文人墨客参观游览时写下的观感题诗。六王毕、四海一的大业，恍然做了一场大梦，而秦始皇也早已作古，他的英姿已长眠于地下。

菩萨蛮　回文

客中愁损催寒夕①，夕寒催损愁中客。门掩月黄昏，昏黄月掩门。
翠衾孤拥醉②，醉拥孤衾翠。醒莫更多情，情多更莫醒。

【注释】

①愁损：犹愁杀，极度的忧愁。
②翠衾：即翠被。

【译文】

身在异乡时在寒夜尤其感到忧愁，寒冷的夜晚摧折着忧愁的旅人。黄昏时分，关上门挡住月光，在昏黄的月光里关上门。

酒醒后，独自拥着翠色的被子，孤独的醉酒人拥着翠色的被子。酒醒后更加忧愁，忧愁的人索性不要从醉酒中醒来。

又　回文

砑笺银粉残煤画①，画煤残粉银笺砑。 清夜一灯明，明灯一夜清。

片花惊宿燕，燕宿惊花片。 亲自梦归人，人归梦自亲。

【注释】

①砑笺：压印有图案的信笺。银粉：银色的粉末。煤：即墨。

【译文】

压印有图案的信笺上有银色粉末的装饰，上面涂有墨水的痕迹。清冷的夜晚里亮着一盏孤零零的灯，明灯在这个夜晚显得冷冷清清。

一片落花惊起了檐下栖宿的燕子,檐下栖宿的燕子被一片落花惊起。梦中梦到了思念的人归来,却为何只是梦中之人。

又

飘蓬只逐惊飙转①,行人过尽烟光远。 立马认河流,茂陵风雨秋②。

寂寥行殿锁③,梵呗琉璃火④。 塞雁与宫鸦⑤,山深日易斜。

【注释】

①飘蓬:随风飘荡的蓬草,比喻漂泊或飘泊不定的人。惊飙:狂风,暴风。

②茂陵:指明十三陵之宪宗朱见深的陵墓,在今北京昌平县北天寿山。

③行殿:行宫,皇帝出行在外时所居住的宫室。

④梵呗:佛家语。佛教做法事时念诵经文的声音。琉璃火,即琉璃灯,寺庙中点燃的玻璃制作的油灯,俗称万年灯。

⑤宫鸦:栖息在宫苑中的乌鸦。

【译文】

飘荡的飞蓬随着突发的狂风飘零,行人过尽,远方好似是烟光一片。停下马来,要认清河流的走向来辨别方向,这明十三陵一带,在秋风秋雨中更显萧瑟。

一把铜锁锁住了行宫大门,只透出些许琉璃火的光亮和僧人诵经的声音。那些盘旋在宫殿上空的大雁和乌鸦还在不停地聒噪着,似乎还想在这深山日暮的断瓦残垣里找寻到昔日之景。

采桑子

那能寂寞芳菲节①,欲话生平。 夜已三更,一阕悲歌泪暗零②。

须知秋叶春花促，点鬓星星③。遇酒须倾，莫问千秋万岁名。

【注释】

①芳菲节：指春天。

②一阕：一曲。

③星星：形容白发星星点点地生出。

【译文】

花草香美的美丽时节，人怎能在寂寞中度过呢？因而与友人话起了生平。夜至三更，禁不住弹唱一曲，悲歌低吟浅唱，竟引得清泪暗流。

要知道春花秋叶，季节更替地催促时光流转，恍惚间鬓角已添了白发。索性今朝有酒今朝醉，不再去操心那深厚的虚名。

又　九日①

深秋绝塞谁相忆②？木叶萧萧。乡路迢迢③，六曲屏山和梦遥④。
佳时倍惜风光别，不为登高。只觉魂销⑤。南雁归时更寂寥⑥。

【注释】

①九日：即农历九月九日重阳节。逢此日，古人要登高饮菊花酒，插茱萸，与亲人团聚。

②绝塞：极遥远的边塞。

③乡路：还乡之路。迢迢：遥远的样子。

④六曲屏山：如山峦般曲折往复的屏风。

⑤魂销：神伤，憔悴委顿。

⑥南雁归时：指春归时，大雁秋时南飞，春暖北归。

【译文】

深秋时节，我身在边塞，不知道谁在思念我。落叶萧萧，一片萧索肃杀之气。还乡之路迢迢，家乡似是只能在梦里才能见到。

正逢重阳佳节，须珍惜这与平日不同的风光，并不是因为登高远望的缘故，心里感到黯然消魂，而是在这北雁南归的时节，我却不能归去，因此才倍感寂寥。

又

海天谁放冰轮满①？惆怅离情。莫说离情，但值凉宵总泪零②。

只应碧落重相见③，那是今生。可奈今生④，刚作愁时又忆卿⑤。

【注释】

①冰轮：月亮。

②凉宵：景色美好的夜晚。

③碧落：道教语。指青天、天空。

④可奈：怎奈，可恨。李煜《采桑子》："可奈情怀，欲睡朦胧入梦来。"

⑤作：生愁。卿：爱称。卿：指所爱者。

【译文】

谁在海天之间放了一轮皎洁的圆月？匆匆一瞥就不禁令人惆怅起来。不要再说什么离愁别绪，每个夜晚总是涕泪飘零。

只有去到另外一个世界才能重逢，可今生又到哪里去相遇呢？这无奈的今生今世，刚刚因触景

而伤了情，就又在愁怀中想起了你。

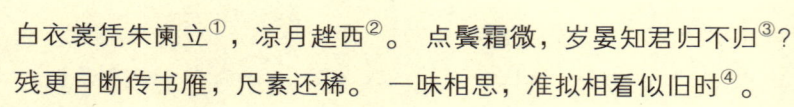

又

白衣裳凭朱阑立①，凉月趖西②。点鬓霜微，岁晏知君归不归③？
残更目断传书雁，尺素还稀。一味相思，准拟相看似旧时④。

【注释】

①朱阑：即朱栏，朱红色的围栏。

②趖（suō）西：向西斜。

③岁晏：年末之时，一年将尽的时候。

④准拟：料想、希望。

【译文】

身穿白色衣衫，倚靠着朱红栏杆，秋月带着凉气缓缓地向西落去。思念渐深，鬓角有了些微白发，已经是岁末了，不知道古人会不会归来。

更鼓已稀，望穿天际，日日企盼传书的鸿雁，等的书信却迟迟未至。只能一味地思念你，料想着重逢的时候，你一定还是迷人的旧时模样吧。

清平乐

麝烟深漾，人拥缑笙氅①。新恨暗随新月长，不辨眉尖心上。
六花斜扑疏帘②，地衣红锦轻沾③。记取暖香如梦④，耐他一晌寒严⑤。

【注释】

①缑笙氅：犹如仙衣道服式的大氅。用王子乔于缑山乘鹤成仙的典故。汉刘向《列仙传·王子乔》："王子乔者，周灵王太子晋也。好吹笙，作凤凰鸣。游伊洛之间，道士浮丘公接以上嵩高山。三十余年后，求之于山上，见桓良曰：'奉告我家，七月七日待我于缑氏山岭。'至时，果乘白鹤驻山头，望之不得到，举手谢时人，数日而去。"后因以为修道成仙的典故。

②六花：即雪花，雪花六瓣，故名。

③地衣：地毯。

④暖香：春天的花香。

⑤一晌：指很短的时间。

【译文】

身披着大氅，看屋子里麝香的香气荡漾。愁绪随着新月长成满月而不断增长，既锁在眉间，也锁在心上。

雪花斜落，扑打着门帘，轻轻飘落在红色的地毯上。心里还想念着春天的花香，所以能忍受这一时半刻的严寒。

眼儿媚

林下闺房世罕俦，偕隐足风流①。今来忍见②，鹤孤华表③，人远罗浮④。

中年定不禁哀乐，其奈忆曾游。浣花微雨，采菱斜日，欲去还留。

【注释】

①偕隐：一同隐居，诗词中多指夫妻同归故里。此处谓夫妻二人一同隐居山林。

②忍见，看见。忍，通"认"，认识。

③鹤孤：意即孤独，鹤性孤高，故云。华表，指房屋外部华美的装饰。

④罗浮：指罗浮山，在广东省东江北岸。晋葛洪曾在此修道，又传说隋赵师雄在此山蒙遇女郎。与之语，则芳香袭人，语言清丽，遂相饮竟醉，及觉，乃在大梅树下。后多以此典咏梅。此处则是借指往日荣华之事。

【译文】

无论是林下之风还是闺房之秀，两者都具有无可比拟的风采。能与这样的女子一同隐居山林是莫大的快事。但是如今要怎么面对她的离世呢？

人近中年，渐渐禁不起太多的喜怒哀乐，特别是今天旧地重游，回想起当初和她一起到这里游玩的快乐。细雨淋湿花枝，夕阳下有人采摘菱角，我

不忍心独自面对这样的情景，想要离去却还有些不舍。

又　咏红姑娘[1]

骚屑西风弄晚寒[2]，翠袖倚阑干。霞绡裹处[3]，樱唇微绽，靺鞨红殷[4]。

故宫事往凭谁问？无恙是朱颜。玉墀争采[5]，玉钗争插，至正年间[6]。

【注释】

[1] 红姑娘：酸浆草的别称，又称"挂金灯"，多年生草本，高二三尺，叶卵形而尖，六七月开白花，其果实呈囊状，色绛红，酸甜可食。杨慎《丹铅总录·花木·红姑娘》引明徐一夔《元故宫记》："金殿前有野果，名红姑娘，外垂绛囊，中空有子如丹珠，味酸甜可食，盈盈绕砌，与翠草同芳，亦自可爱。"

[2] 骚屑：风声。

[3] 霞绡：指美艳轻柔的丝织物，这里形容红姑娘的花冠。

[4] 靺鞨（mò hé）：红宝石，这里形容红姑娘殷红的颜色，好像是红宝石一样。

[5] 玉墀：宫殿前的石阶。

[6] 至正：元惠宗顺帝妥欢帖睦尔

第三个年号（前二年号为元统、至元），为公元1341—1367年。

【译文】

秋风瑟瑟，给夜晚带来些微寒意，红姑娘花的绿叶被风吹得斜倚着栏杆，好似少女般温婉可爱。红姑娘的花冠好像丝织品一样，花朵微微绽放了些，殷红的颜色好像玛瑙一样好看。

当年宫殿里的往事还能向谁询问呢？只有这红姑娘花还依稀尚存。记得当年元代至正年间，宫殿前的红姑娘花争相斗艳，宫女们争相采摘插戴。而如今，花还在，采花人已经不在了。

又　中元夜有感①

手写香台金字经②，惟愿结来生。莲花漏转③，杨枝露滴④，相鉴微诚⑤。

欲知奉倩神伤极⑥，凭诉与秋檠⑦。西风不管，一池萍水⑧，几点荷灯⑨。

【注释】

①中元：农历七月十五，俗称"鬼节"。旧俗民间于此日悼念亲人，举办祭祀亡故亲人的活动，是日于水上放荷灯，以奠亡灵。

②香台：佛殿的别称，即香烛供台。金字经：佛经。

③莲花漏：古代一种计时器，壶身或壶嘴饰作莲花形。

④杨枝露：露湿杨柳枝，中元为白露节前后，露至于滴，亦喻夜深。

⑤鉴：审察、辨明。

⑥神伤：神气颓伤，言伤心之至。

⑦凭诉：即凭说，用以辨明的证据。秋檠：秋天在水面放的荷灯。

⑧萍水：比喻伤心的泪水。

⑨荷灯：旧时民俗在农历七月十五中元节夜举行盂兰盆会，于水边放荷花灯，诵经施食，以超度亡灵。

【译文】

我亲自用金泥抄写佛经,唯愿来生还能与你再续今生之缘。莲花漏的漏滴,杨柳枝的露水,都能表明我的诚意,一分一厘,都是真诚祈求。

想要知道我供奉神明,又伤心至极的心情,唯有这浮在秋水上的荷灯可以证明了。寂寥的水面上孤单地飘着浮萍与几盏花灯,西风却无情地吹了起来。

满宫花

盼天涯,芳讯绝①。莫是故情全歇。朦胧寒月影微黄,情更薄于寒月。
麝烟销,兰烬灭②。多少怨眉愁睫。芙蓉莲子待分明③,莫问暗中磨折。

【注释】

①芳讯:即音讯,对亲友、恋人音讯的美称。
②兰烬:蜡烛的余烬,因状似兰花,故称。
③芙蓉:即荷花。

【译文】

期盼着远方恋人的来信,却始终盼望不到。难道是他全然忘记了往日的情愫。那朦胧的月色,在清寒的夜里泛着微黄,而他的情意,比寒月还要淡薄。

麝香燃尽的轻烟已经散去,状似兰花的烛芯已经熄灭。而我仍然愁眉怨睫,在愁苦的纠结中无法入睡。你对我到底是否有情意,希望对我说明,不要让我在暗自猜测中受折磨。

少年游

算来好景只如斯①。惟许有情知。寻常风月②,等闲谈笑,称意即相宜③。

十年青鸟音尘断④,往事不胜思。一钩残照⑤,半帘飞絮,总是恼人时。

【注释】

①好景:良辰美景。如斯:如此。

②寻常:普通,一般。风月:本指清风明月,后代指男女情爱。

③称意:合乎心意。相宜:合适,符合。

④十年:多年,此非实指。青鸟:神话传说中为西王母取食传信的神鸟。《山海经·西山经》:"又西二百二十里,曰三危之山,三青鸟居之。"郭璞注:"三青鸟主为西王母取食者,别自栖息于此山也。"又,汉班固《汉武故事》云:"七月七日,上于承华殿斋,正中,忽有一青鸟从西方来,集殿前。上问东方朔,朔曰:'此西王母欲来也。'有顷,王母至,有两青鸟如乌,侠侍王母傍。"后遂以"青鸟"为信使的代称。

⑤残照:指月亮的余晖。

【译文】

细细算来,所谓的美景不过只那些时日。只有在多情人的眼里,风景才会美丽。即使是一般的风景,随意谈笑,只要称心,一切也都很好。

已经多年没有收到你的音信,总是不忍回想往事。一弯残月下,飞絮扑打着半掩的门帘,这样的情景总是让人伤怀。

浪淘沙　望海

蜃阙半模糊①。踏浪惊呼。任将蠡测笑江湖②。沐日光华还浴月,我欲乘桴③。

钓得六鳌无④?竿拂珊瑚⑤。桑田清浅问麻姑⑥。水气浮天天接水,那是蓬壶⑦?

【注释】

①蜃阙:海市蜃楼。

②蠡测:用瓠瓢测量海水,比喻见识短浅,难识全貌。笑江湖:望海之浩瀚笑江湖之自大。

③乘桴（fú）：乘小筏出海。

④六鳌：神话中负载五座仙山的六只大龟。

⑤竿拂：钓竿掠过。珊瑚：许多珊瑚虫的骨骼聚集物，树状，供玩赏。

⑥桑田：沧海桑田，比喻世事变迁巨大。清浅问麻姑：意为沧海桑田变迁事没有谁能预知，只有去请教麻姑仙子作答。

⑦蓬壶：即蓬莱，古代传说中的海中仙山。

【译文】

海上波涛涌起，缥缈的海市蜃楼涌动，好像在踏浪高歌。见识短浅的人怎么能识得江湖的广阔。水天无边，太阳和月亮都从海水中升落，我多想乘着小筏驶向大海。

是否钓到了那负载五座仙山的大龟呢？钓竿掠过，也许是钩到了海底的珊瑚吧。询问麻姑，这世间经过了几番沧海桑田的变化。漂浮的水汽使天空与海相接，哪里才是蓬莱仙境呢？

又

　　双燕又飞还，好景阑珊①。东风那惜小眉弯②。芳草绿波吹不尽，只隔遥山。

　　花雨忆前番，粉泪偷弹③。倚楼谁与话春闲？数到今朝三月二④，梦见犹难。

【注释】

①阑珊：将尽、衰歇之意。

②那惜：不顾惜，不管。小眉弯，指眉头紧皱。

③粉泪：指女子的眼泪。

④三月二：古代"上巳"节，汉以前以农历三月上旬巳日为"上巳"，是游春之日，是日人们到水边洗濯、饮酒、欢聚等，以为驱邪避祸，消除不祥。王季桥《上巳》诗："曲水湔裙三月二。"

【译文】

　　成双成对的燕子又飞了回来，美好的时节就要消逝。春风自顾自地吹，不会顾惜你愁眉不展。春风吹过了芳草地，吹过了碧绿的湖面，吹向了远处的青山。

　　她在如雨的落花里回忆从前，偷偷地抹着眼泪。倚靠着小楼，不知道要把愁绪向谁诉说。细数着日子，数到三月二，已经是上巳节，不知道是否能够重逢，如今连梦中相见都很难。

鹧鸪天

谁道阴山行路难？风毛雨血万人欢①。松梢露点沾鹰绁②，芦叶溪深没马鞍。

侬树歇，映林看。黄羊高宴簇金盘③。萧萧一夕霜风紧，却拥貂裘怨早寒④。

【注释】

①风毛雨血：指狩猎时禽兽毛血纷飞的情状。

②鹰绁：拴牵猎鹰的绳索。

③黄羊：即蒙古羚，分布于内蒙古、甘肃、新疆一带。

④貂裘：用貂的皮毛制作的衣服。

【译文】

谁说边塞之地行路艰难？君王巡行边塞，围猎的场面万众欢腾。拴牵猎鹰用的绳索上沾着松树梢落下的露水，飘着芦叶的溪水深得没过了马鞍。

倚靠着树干休息，看阳光映照着树林。盛大的宴席上有珍贵的黄羊，大家围着金盘欢饮。一夜秋风吹过，带来了萧萧寒意，围猎尚未尽兴，拥着貂裘埋怨天冷得太早。

又

小构园林寂不哗，疏篱曲径仿山家①。昼长吟罢《风流子》②，忽听楸枰响碧纱③。

添竹石④，伴烟霞⑤。拟凭尊酒慰年华⑥。休嗟髀里今生肉⑦，努力春来自种花。

【注释】

①山家：山野人家。

②《风流子》：原唐教坊曲名，后用为词牌。分单调、双调两体。单调三十四字，仄韵。双调又名《内家娇》。

③楸枰：棋盘，古时多用楸木制作，故名。响：棋子落盘的声音，即敲棋声。

④竹石：竹与石。

⑤烟霞：山水自然。

⑥尊酒：意即杯酒。

⑦休嗟：休叹。嗟，感叹声。髀里今生肉：因为长久不骑马，大腿上的肉又长起来了，形容长久过着安逸舒适的生活，无所作为。语出《三国志·先主传》裴松之注引晋司马彪《九州春秋》："备住荆州数年，尝（刘）表坐起至厕，见髀里肉生，慨然流涕。还坐，表怪问备，备曰'吾常身不离鞍，髀肉皆消。今不复骑，髀里肉生。日月若驰，老将至矣，而功业不建，是以悲耳。'"

【译文】

小小的园林一片寂静而不喧哗，稀疏的篱笆和曲折的小径都仿照着山野人家的样式。白天在这里吟唱《风流子》，到了晚上可以听到碧纱窗里传出棋子落盘的声音。

添加一些竹子和石头，来衬托山水的自然风光。准备在这里用酒来度过年华。不要感叹会在安逸舒适的生活中无所作为，等来年春天来到时，亲自在这里种植花草。

南乡子

何处淬吴钩①？一片城荒枕碧流②。曾是当年龙战地③，飕飕。塞草霜风满地秋。

霸业等闲休④。跃马横戈总白头⑤。莫把韶华轻换了，封侯⑥。多少英雄只废丘。

【注释】

①淬：淬火，铸刀剑时将刀剑烧红后浸入水中，使之坚刚。吴钩：钩兵器形似剑而曲，春秋吴人善铸钩，故称，后也泛指利剑。

②碧流：绿水。

③龙战地：指古战场。

④霸业：指称霸诸侯或维持霸权的大业。等闲休：转眼成空。

⑤跃马横戈：指手持武器纵马驰骋，指在沙场作战。

⑥封侯：封拜侯爵，泛指显赫功名。侯：爵位名，为五等爵第二等。

【译文】

到哪里去打造锋利的宝剑呢？如今只剩下一座荒城，四周围绕着碧水。这里曾是两军对峙万马奔腾的战场，现在只有满地的荒草和凛冽的霜风，已是边塞凉秋。

霸业转眼成空，跃马横戈作战沙场的将军总是不经意就熬成了白头。时间匆匆，切莫用大好的年华去换取浮世的功名。千百年来，多少英雄征战一生而最终化为一把冢中枯骨？

鹊桥仙

月华如水，波纹似练，几簇淡烟衰柳。塞鸿一夜尽南飞①，谁与问倚楼人瘦②。

韵拈风絮③，录成金石④，不是舞裙歌袖。从前负尽扫眉才⑤，又担阁镜囊重绣⑥。

【注释】

①尽：全，都。

②倚楼人瘦：指倚靠在楼窗（或楼栏杆）的人，为相思而变得清瘦。

③风絮：用谢道韫口占"未若柳絮因风起"事，赞妻有诗才。

④金石：指《金石录》一书。此书由宋赵明诚撰，其妻李清照亦参与撰写，方使之成立。这里用此事喻闺中雅情。

⑤扫眉才：指有才能的女子。语见唐胡曾《赠薛涛》："扫眉才子知多少，管领春风总不如。"（一说此诗为王建作）

⑥担阁：耽误。镜囊：盛镜子或其他梳妆用具的袋子。

【译文】

明亮的月光如水流淌，粼粼的波纹如同白练，淡淡的雾霭笼罩着矗立的残柳。北方的大雁在一夜之间尽数南飞，那倚靠着栏杆远眺的女子，为什么如此憔悴？

你不是寻常的歌女舞姬，而是像谢道韫和李清照一样有着高绝的文才。从前你因为才华横溢而享有盛名，如今你重绣镜囊，苦苦等待误了归期的良人归来。

虞美人

绿阴帘外梧桐影，玉虎牵金井①。怕听啼鴂出帘迟，恰到年年今日两

相思。

凄凉满地红心草②,此恨谁知道。待将幽忆寄新词,分付芭蕉风定月斜时③。

【注释】

①玉虎:井上的辘轳。金井:栏上有雕饰的水井,多指宫廷园林里的井。

②红心草:草名。相传唐王炎梦侍吴王,久之,闻宫中出辇,鸣箫击鼓,言葬西施。吴王悲悼不止,立诏词客作挽歌。炎应教作了《西施挽歌》,有"满地红心草,三层碧玉阶"之句,后以红心草喻美人之遗恨。

③分付:托付,寄意之意。

【译文】

绿阴帘外晃动着梧桐树的影子,用以汲水的辘轳缠于深井之上。害怕听到杜鹃鸟哀怨忧伤的叫声,所以迟迟才走出屋子,每年的今天,都是我们彼此相思的时候。

满地红泪般的红心草无限凄凉,你我天人永隔,这样的遗憾有谁能够懂得。待我把对幽幽往事的回忆寄存于诗行中,在云破月来的时候,将思念托付给芭蕉。

茶瓶儿

杨花糁径樱桃落①。绿阴下晴波燕掠②。好景成担阁。秋千背倚,风态宛如昨③。

可惜春来总萧索。人瘦损纸鸢风恶④。多少芳笺约⑤,青鸾去也⑥,谁与劝孤酌。

【注释】

①糁径:洒落在小路上。糁:溅落。
②晴波:指阳光下的水波。
③风态:风姿。
④瘦损:消瘦、瘦弱。
⑤芳笺:带有芳香气味的信笺。
⑥青鸾:即车或指女子。

【译文】

杨花洒落在小路上,熟透的樱桃从枝头掉落。绿荫下的燕子飞过波光粼粼的水面。可惜这美好的风光总是被错过。我斜倚着秋千,神态仿佛与往日一样。

可惜春光总是让人心生愁绪。人渐渐憔悴,就像单薄的纸鸢在风中摇摇欲坠。深爱的女子不在,我唯有在寂寞中独自饮酒。

临江仙

点滴芭蕉心欲碎,声声催忆当初。欲眠还展旧时书①。鸳鸯小字②,犹记手生疏。

倦眼乍低缃帙乱③,重看一半模糊。幽窗冷雨一灯孤④。料应情尽,还道有情无?

【注释】

①旧时书:指旧时情书。
②鸳鸯小字:指男女相互爱恋的文辞。

③缃帙（xiāng zhì）：套在书上的浅黄色书套，这里泛指书籍、书卷。

④幽窗：幽静的窗户。

【译文】

窗外雨打芭蕉的滴答声，让我的心都快要碎了，每一声都使我记起了当初的情景。临睡前，我又翻捡出旧时书信，看着那写满柔情字句的书笺，便记起当时她初学书法用笔生疏的样子。

我已经双眼疲倦，低下头来，看着这些散乱的书册，重新翻阅一遍，不禁泪眼模糊。幽暗的窗前，我点着一盏孤灯，听着窗外寒雨泠泠。原以为这感情已经淡去了，可谁又道得清究竟是有情还是无情呢？

蝶恋花　散花楼送客

城上清笳城下杵。秋尽离人，此际心偏苦。刀尺又催天又暮，一声吹冷蒹葭浦①。

把酒留君君不住。莫被寒云②，遮断君行处。行宿黄茅山店路③，夕阳村社迎神鼓④。

【注释】

①浦：水滨。

②寒云：寒天的云。

③黄茅山店：指荒村野店。

④村社：旧时农村祭祀社神的日子或盛会。

【译文】

城头远处胡笳清唱，城下阵阵的捣衣声。这些声音回荡在离人的心中，此刻他的心情益发凄苦。家中又在忙着赶制冬衣，夕阳下，一声胡笳响起，远处的蒹葭浦越发显得清冷。

频频向你劝酒，想要挽留你却挽留不住。希望不要被寒云遮断前进的道路。当你走到荒凉的山村野店休息的时候，应该会听到农家祭祀社神的鼓声吧。

金缕曲　再用秋水轩旧怨

疏影临书卷。带霜华、高高下下，粉脂都遣。别是幽情嫌妩媚①，红烛啼痕休泫②。趁皓月、光浮冰茧③。恰与花神供写照④，任泼来、淡墨无深浅。持素障，夜中展。

残釭过看逾显⑤。相对处、芙蓉玉绽，鹤翎银扁⑥。但得白衣时慰藉⑦，一任浮云苍犬⑧。尘土隔、软红偷免⑨。帘幕西风人不寐，恁清光、肯惜鹔鹴典⑩。休便把，落英剪。

【注释】

①幽情：高雅幽深的情思。

②泫：下滴的样子。

③冰茧：即冰蚕所结的蚕茧，为普通蚕茧的美称，此处指蚕茧纸，用蚕茧壳制成的纸，洁白缜密。

④花神，指花之精神、神韵。写照：描写刻画，犹映照。

⑤残釭：将要熄灭的灯烛。

⑥鹤翎：本指鹤的羽毛，此处喻指白色的花瓣。银扁：遍地银白色。扁：通"遍"。

⑦白衣：白色衣服，此处指白色花朵。

⑧浮云苍犬：犹白云苍犬（或白

云苍狗），即白衣苍狗。唐杜甫《可叹》："天上浮云如白衣，斯须改变如苍狗。"后以之喻世事变化无常。

⑨隔：隔开、分开。软红：犹软红尘，即繁华热闹之意。

⑩恁：如此、这样。鹔（shuāng）裘典：即典当鹔裘。鹔裘，即裘。相传为汉司马相如所制。一说用鹔鹴鸟皮制成，一说用鹔鹴飞鼠皮制成。

【译文】

稀疏的花影画在画卷上。花枝高高低低，带着霜痕，就像涂着脂粉一般。别是一种幽情，又带着几分妩媚，红烛像泪痕一样滴落。趁着这月色欣赏这幅画卷吧。仿佛是花神的写照，随意几笔淡墨就将花的神采表现了出来。展开素白的绢帛，暂且在夜色中细细赏玩。

灯烛将要熄灭了，而画面却越发美丽起来。绽放的鲜花洁白如玉，遍地都是银白色。只要有白色鲜花的慰藉，又何必在意世事的变幻无常呢。这幅画使人忘记了世俗。西风吹拂着帘幕，因赏画而不肯入睡，为了这幅画就算把鹔裘典当掉也不可惜。因为爱花而惜花，以后不会轻易把残花剪掉了。

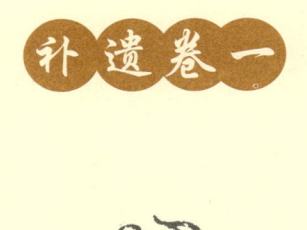

补遗卷一

望江南　咏弦月

初八月①，半镜上青霄②。斜倚画阑娇不语③，暗移梅影过红桥，裙带北风飘。

【注释】

①初八月：即上弦月。农历每月的初七或初八，月亮呈月牙形，其弧在右侧。

②青霄：青天，高空。

③画阑：绘有彩画的栏杆。

【译文】

初八的月亮像半面圆镜一样斜挂在天空，清辉之下她倚靠着栏杆娇羞不语。月亮西沉，不经意间梅花的影子已经移到了红桥上，她却还在原地，任北风把裙带吹起。

鹧鸪天　离恨

背立盈盈故作羞。手挼梅蕊打肩头①。欲将离恨寻郎说，待得郎归恨却休。

云淡淡，水悠悠。一声横笛锁空楼②。何时共泛春溪月，断岸垂杨一叶舟。

【注释】

①手挼（ruó）：用手揉弄。

②横笛：笛子，即今七孔横吹的笛子，与直吹的古笛相对。锁空楼：意即笛声萦绕在空寂的楼阁中。锁，形容笛声不绝，仿佛凝滞在楼中。

【译文】

她背过身去盈盈而立，故意做出含羞的姿态，她用揉搓着梅花花蕊的玉手，嗔打着情郎的肩头。本想向她的郎君诉说这些日子的离别愁怨，而等到郎君出现，她的愁怨瞬间消散无踪。

云淡淡漂浮，水悠悠流动，一声横笛的笛声幽怨空灵，锁住那寂寞的空楼。她期待着，期待着何时才能与他在春溪的明月下共同泛舟。

明月棹孤舟　海淀①

一片亭亭空凝伫。趁西风霓裳遍舞②。白鸟惊飞，菰蒲叶乱③，断续浣纱人语。

丹碧驳残秋夜雨④。风吹去采菱越女⑤。辘轳声断⑥：昏鸦欲起，多少博山情绪？

【注释】

①海淀：即今北京西郊，此处指纳兰性德家别墅自怡园，后并入圆明园之一的长春园。

②霓裳：即《霓裳羽衣曲》。

③菰蒲：指菰和蒲，水边多年生草本植物，地下茎白，地上茎直立，开紫红色小花。

④丹碧：泛指涂饰在建筑

物或器物上的色彩，此处代指绘画。

⑤越女：古代越国多美女，西施尤其著名，后因以泛指美女。

⑥辘轳：指安在井上用以绞起汲水斗的器具。

【译文】

一片含苞待放的荷花在水中亭亭玉立，仿佛一群凝视远方的少女。一阵风吹过，如同美女翩翩起舞。白鸟惊飞，搅乱了菰蒲的叶子，这时传来浣纱人断断续续的私语。

秋夜雨使绘画上的丹青褪去了颜色。风吹向越地采菱的少女。辘轳声停了下来，黄昏的乌鸦将要起飞归巢，博山炉轻烟袅袅，撩拨起多少烦恼愁绪。

临江仙

昨夜个人曾有约[①]。严城玉漏三更[②]。一钩新月几疏星[③]。夜阑犹未寝，人静鼠窥灯。

原是瞿唐风间阻[④]，错教人恨无情。小阑干外寂无声。几回肠断处，风动护花铃。

【注释】

①个人：那人。

②严城：戒备森严的城池。

③新月：农历每月初出现的弯形的月亮。

④瞿唐：即瞿塘峡，为长江三峡之首，也称夔峡。西起四川奉节白帝城，东至巫山大溪，两岸悬崖壁立，水速风疾，中有滟滪堆，古时行船者常在此遇难，此处喻指阻隔约会的意外变故。

【译文】

昨夜与情郎相约，在三更时分相会。一轮新月挂在天际，周围伴着几颗孤星。夜色将尽，她还在等待中未眠，在这寂静无声的夜里，只有老鼠在灯下不停地张望。

他一定是被什么事情耽搁了吧，真不该错怪他的无情。小栏杆外听不到人来的声音，只听到风吹护花铃的声响，让独自等待的她不禁断肠泪下。

望海潮　宝珠洞[①]

汉陵风雨[②]，寒烟衰草，江山满目兴亡。白日空山，夜深清呗[③]，算来别是凄凉。往事最堪伤。想铜驼巷陌[④]，金谷风光[⑤]。几处离宫[⑥]，至今童子牧牛羊。

荒沙一片茫茫。有桑干一线[⑦]，雪冷雕翔。一道炊烟，三分梦雨[⑧]，忍看林表斜阳[⑨]。归雁两三行。见乱云低水[⑩]，铁骑荒冈[⑪]。僧饭黄昏[⑫]，松门凉月拂衣裳[⑬]。

【注释】

①宝珠洞：今北京西郊八大处之宝珠洞。洞在第七处。是为八大处最高处。

②汉陵：借指十三陵。

③清呗：指佛教徒清晰的诵经的声音。

④铜驼巷陌：地名，即铜驼街，在今河南省洛阳市洛阳古城中，以道旁曾有汉铸铜驼两枚相对而得名。为古代著名的繁华之地。

⑤金谷：古地名，在今河南洛阳西北，后亦代指繁华之地，游宴之所。

⑥离宫：古代帝王出巡在外时所居住之宫室。

⑦桑干：河名，今永定河上游，相传每年桑葚熟时河水干涸，故名。

⑧梦雨：迷濛细雨。

⑨忍看：不忍看。林表：树林之外。

⑩低水：冬日水枯故水低。

⑪铁骑：原指披铁甲的战马，这里指精锐的骑兵。

⑫僧饭：僧侣的斋饭。

⑬松门：前植松树的屋门。此指寺庙之门。

【译文】

风吹雨打的汉陵，到处是寒烟衰草，看着这些就想起许多朝代兴亡的往

事。这座空山白日里只有阳光高照，夜深时能听到诵经的声音，想来别是一种凄凉的况味。往事是最令人伤心惆怅的，不禁想起晋代洛阳的铜驼和石崇金谷园的故事。几处前朝的离宫，如今都变成了牧童放牧牛羊的地方。

一片茫茫的荒沙中，依稀看到了桑干河，有大雕在雪中飞翔。又看到细雨中升起一道炊烟，不忍再看那斜阳下的丛林。两三行南飞的大雁飞过，云朵凌乱，溪水低流，骑兵在荒凉的山冈上前行。黄昏时分，到了僧人吃饭的时候，我站在寺院门口，在冰冷的月光下撩动衣裳。

忆江南

江南忆，鸾辂此经过①。一掬胭脂沉碧甃②，四围亭壁幛红罗③。消息暑风多④。

【注释】

①鸾辂：天子王侯所乘的车。

②胭脂：指胭脂井，即南朝陈国景阳宫的景阳井，故址在今南京市玄武湖侧。祯明三年，隋兵南下过江，攻占台城，陈后主闻兵至，与妃张丽华、孔贵嫔投此井。至夜，为隋兵所执，后人因又称此井为辱井，井有石栏，呈红色，好事者附会为胭脂所染，称为胭脂井。

③红罗：红色的丝织品。

④消息：变化。

【译文】

回忆江南往事，帝王的仪仗队刚刚从这里经过。当年隋灭南陈时，张丽华、孔贵嫔随着陈后主一同藏进的景阳宫井，已成为历史陈迹，亭壁四周挂起了红罗，以遮蔽江南多变的暑热。

又

春去也，人在画楼东。 芳草绿粘天一角，落花红沁水三弓①。 好景共谁同？

【注释】

①弓：旧时丈量土地用的器具和计算单位。

【译文】

春天将尽，我独立画楼欣赏这最后的春光。碧绿的芳草连到了天边，飘落的红花铺盖在茫茫的水面上。这样好的风景，谁来与我共同欣赏呢？

赤枣子

风淅淅①，雨纤纤②。 难怪春愁细细添。 记不分明疑是梦，梦来还隔一重帘。

【注释】

①淅淅：象声词，形容轻微的风声。

②纤纤：形容春雨细绵。

【译文】

徐徐微风，丝丝细雨，将心底的春愁一点点地加剧。往事在脑海中已记不分明，分不清到底是真还是梦，即使在梦中，也隔着一层厚厚的帘幕，看不清楚。

玉连环影

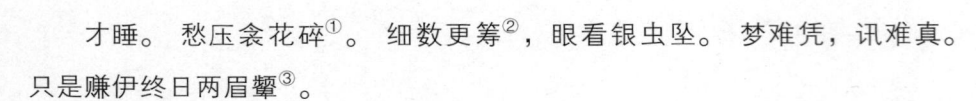

才睡。愁压衾花碎①。细数更筹②，眼看银虫坠。梦难凭，讯难真。只是赚伊终日两眉颦③。

【注释】

①衾花：指织印在被子上的花卉图案。

②更筹：古代夜间报更用的计时竹签，借指时间。

③赚：赚得、赢得。颦：皱眉。

【译文】

刚刚睡下，烦愁就把衾被上的花卉图案压碎了。无眠中细细数着时间，看灯花飘坠。梦境不可相信，音讯不能辨别真假，只有在思念你的时光里，终日蹙眉。

如梦令

万帐穹庐人醉①，星影摇摇欲坠。归梦隔狼河，又被河声搅碎。还睡，还睡。解道醒来无味②。

【注释】

①穹庐：古代游牧民族居住的毡帐，圆形。

②解道：知道。

【译文】

千万座行军的毡帐中，将士们酩酊大醉，满天繁星摇摇欲坠。回家的路被白狼河阻隔，回家的梦，被那河水滔滔之声搅碎。索性睡吧，让梦境延续。梦醒之时，更加百无聊赖。

天仙子

月落城乌啼未了①，起来翻为无眠早。薄霜庭院怯生衣②，心悄悄，红阑绕，此情待共谁人晓？

【注释】

①城乌：城楼上的乌鸦。

②生衣：夏衣。唐王建《秋日后》："立秋日后无多愁，渐觉生衣不著身。"

【译文】

月亮落下了，城头乌鸦的啼叫声还没有停息，辗转无眠，起身到院子里去。在结着轻霜的院子里，单薄的夏衣抵挡不住寒意，满怀着愁绪在红色的栏杆里徘徊，这种心绪谁能理解？

浣溪沙

锦样年华水样流，鲛珠迸落更难收①。病余常是怯梳头。

一径绿云修竹怨②，半窗红日落花愁。惜惜只是下帘钩③。

【注释】

①鲛珠：原指鲛人的眼泪化作了珍珠，此处比喻为泪珠。宋刘辰翁《宝鼎现·丁酉元夕》："灯前拥髻，暗滴鲛珠坠。"

②绿云：繁茂的绿色枝叶。

③愔愔（yīn）：悄寂、幽深的样子。

【译文】

美好的花样年华像流水一样流逝得太快，一旦落泪，心情就再也无从收拾。病后很是虚弱，常常惧怕梳妆的时候头发落下。

一条小径、一片竹林，半窗落日、点点落花，每处风景都尽是愁绪。于是快快地放下帘钩，把窗外景致上的愁怨都锁在窗外。

又

肯把离情容易看，要从容易见艰难。 难抛往事一般般①。

今夜灯前形共影，枕函虚置翠衾单。 更无人与共春寒。

【注释】

①一般般：一件件、一样样。唐方干《海石榴》："亭际天妍日日看，每朝颜色一般般。"

【译文】

离别愁绪最让人难以释怀，想要看淡一些，却十分困难。件件往事很难忘怀。

今夜的烛光前形单影只，枕头和被衾都被放在一边，没有人与我共度这难挨的春寒。

又

已惯天涯莫浪愁①，寒云衰草渐成秋。 漫因睡起又登楼②。

伴我萧萧惟代马③，笑人寂寂有牵牛④。劳人只合一生休⑤。

【注释】

①浪愁：愁个没完，无穷无尽愁。

②漫：懒散，百无聊赖的样子。

③萧萧：形容马嘶鸣声。代马：北方所产良马。代，古代郡地，后泛指北方边塞地区。

④牵牛：即牵牛星，俗称牛郎星。

⑤劳人：忧伤之人，这里为词人自指。

【译文】

已经习惯了浪迹天际，就不要再愁个没完，看清冷的愁云，衰败的荒草，就知道秋意浓了。睡醒后百无聊赖，于是去登高远眺。

陪伴我的只有北方骏马的嘶鸣声，连天边的牵牛星都会嘲笑我不能与爱人团聚。忧伤的人，难道就这样度过一生？

采桑子　居庸关①

巂周声里严关峙②，匹马登登③。乱踏黄尘，听报邮签第几程④。

行人莫话前朝事，风雨诸陵⑤。寂寞鱼灯⑥，天寿山头冷月横⑦。

【注释】

①居庸关：关名，在北京昌平县境，距北京50公里，是长城的重要关口之一。据传秦修长城时，将一批庸徒（佣工）徙居于此，故得名"居庸"。

②巂（guī）周：指车轮转一周。巂通"规"。严关，地势险要之关口。

③登登：象声词，指马蹄声。

④邮签：古代驿馆夜间报时的器具，即漏筹。

⑤诸陵：指十三陵，如长陵、泰陵等。

⑥鱼灯：鱼形的灯。

⑦天寿山：位于北京昌平县东北部。旧名东山，一名东作山。明永乐七年建山陵，改名天寿山，为明代皇陵（十三陵）所在地。

【译文】

伴着登登的马蹄声,我骑着马在边关独行。马蹄踏起一路黄沙,我细听驿馆里报时的漏筹来计算行程。

风雨中经过前朝的帝陵,前朝的往事不要再说。一盏寂寞的鱼灯在燃烧,与天寿山头的一弯冷月遥相呼应。

清平乐　发汉儿村题壁

参横月落①,客绪从谁记。望里家山云漠漠②,似有红楼一角③。

不如意事年年,消磨绝塞风烟。输与五陵公子④,此时梦绕花前。

【注释】

①参横月落:月亮已落,参星横斜,形容夜深。

②漠漠:紧密分布或大面积分布的样子。

③红楼:家园楼阁,在这里特指闺楼。

④五陵公子:指代京城豪门贵族子弟。五陵,西汉五个皇帝陵墓所在地,长陵、安陵、阳陵、茂陵、平陵的合称,后以五陵代指京都繁华之地。

【译文】

月亮已落，夜色已深，心头的愁绪又能向谁诉说。透过微薄的月色，向家乡的方向放眼远望，一片寒烟萦绕，隐约中只能看见红楼的一角。

不如意的事情年年都有，这塞外寒烟里，竟蹉跎了好些年岁。哪里比得上那京城之中的富家公子们，此时一定在楼中梦里笙歌，还没有醒来。

又

角声哀咽，襆被驮残月①。过去华年如电掣②，禁得番番离别。

一鞭冲破黄埃③，乱山影里徘徊。蓦忆去年今日，十三陵下归来。

【注释】

①襆被：用包袱捆上衣被。此处是取马背上驮着行李之意，谓旅途之艰苦。

②电掣：电光疾闪而过，比喻迅速、转瞬即逝。

③黄埃：黄色的尘埃。

【译文】

边塞声声的号角声如同哭声一般，我收拾行装，骑着马在残月的清光中前行。时间像电光一样转瞬即逝，又怎么能禁得住与你年年离别。

挥着马鞭从尘埃中穿过，在杂乱的山影里徘徊。蓦然想起去年的今日，我正在归途中经过十三陵。

又

画屏无睡，雨点惊风碎。贪话零星兰焰坠①，闲了半床红被。

生来柳絮飘零。便教呪也无灵②。待问归期还未，已看双睫盈盈。

【注释】
①兰焰：即烛花。
②呪：祈祷。

【译文】
疾风骤雨的夜里，我们却迟迟未睡，在屏风边说着闲话，看灯花坠落，红色的被子被闲放在床边。

生来如柳絮般漂泊不定，即使向神灵祷告也摆脱不了这样的命运。想要询问离别后的归期，还没等开口，就已经清泪欲滴。

秋千索

锦帷初卷蝉云绕①，却待要起来还早。不成薄睡倚香篝②，一缕缕残烟袅。

绿阴满地红阑悄，更添与催归啼鸟③。可怜春去又经时，只莫被人知了。

【注释】
①锦帷：锦帐。
②香篝：即熏笼。
③催归啼鸟：即杜鹃鸟。

【译文】
锦帐刚刚卷起来，她发髻松散，姿态慵懒，想要起床，天色却还早。不能入眠就倚着熏笼胡乱想着心事，轻烟袅袅，熏香快要燃到尽头。

静静的回廊上绿荫满地，还有杜鹃鸟声声催归的啼叫声。可惜春天已经过去了，伤春的心事有谁能够知晓。

浪淘沙　秋思

霜讯下银塘①，并作新凉。奈他青女忒轻狂②。端正一枝荷叶盖，护了鸳鸯。

燕子要还乡，惜别雕梁。更无人处倚斜阳。还是薄情还是恨，仔细思量。

【注释】

①霜讯：即霜信，霜期到来的消息。银塘：清澈明净的池塘。

②青女：传说中掌管霜雪的女神，此处代指冷风。轻狂：放浪轻浮。

【译文】

霜期将要到来，明净的池塘里生出了寒意，凛冽的寒风放肆地吹，特意安排一枝荷叶盖住了栖宿的鸳鸯。

燕子就要飞回南方，与雕梁上的巢窝依依惜别。我在无人的地方独倚栏杆，仔细思量你对我的冷淡是因为薄情还是因为怨恨呢？

虞美人　秋夕信步[1]

愁痕满地无人省，露湿琅玕影[2]。闲阶小立倍荒凉[3]。还剩旧时月色在潇湘[4]。

薄情转是多情累，曲曲柔肠碎。红笺向壁字模糊[5]，忆共灯前呵手为伊书[6]。

【注释】

①信步：漫步，随意行走。
②琅玕：一种青色似珠玉的美石，是孔雀石的一种，又名绿青，喻指竹。
③闲阶：空荡寂寞的台阶。
④潇湘：指斑竹，又称湘妃竹。旧时月色：指当年曾共照之月光。
⑤红笺：粉红花笺。向壁：面对墙壁，指写字时洒脱的样子，不必定言写向壁上，语自李白《草书歌》："起来向壁不停手，一行数字大如斗。"
⑥呵手：手冷时用嘴吹气使温暖。

【译文】

愁绪像落叶一样撒落满地，而这愁绪却无人能够理解，露水打湿了竹叶的影子，我孤零零地站在空荡的台阶上，只有旧时曾共同照耀着我们的斑竹月色能安慰我的心绪。

我宁愿让自己薄情寡义，不因多情而心累，阵阵歌声催得我柔肠寸断。对着墙壁读你的信笺，不禁想起当初在灯前呼着热气暖手，为你书写心曲。

补遗卷二

渔父

收却纶竿落照红①。秋风宁为剪芙蓉②。人淡淡,水蒙蒙。吹入芦花短笛中。

【注释】

①纶竿:钓竿。

②宁为:乃为、竟为。

【译文】

夕阳西斜,渔人在晚霞红遍之时收起钓竿。莲花在秋风的阵阵吹拂下微微摆动。淡淡的人影,蒙蒙的流水,从芦花荡中传来短笛的旋律,一切都是这么恬淡从容。

菩萨蛮　过张见阳山居赋赠①

车尘马迹纷如织,羡君筑处真幽僻②。柿叶一林红③,萧萧四面风。功名应看镜,明月秋河影④。安得此山间,与君高卧闲⑤。

【注释】

①张见阳:张纯修号。

②幽僻:幽静偏僻。

③柿叶:柿树的叶子,经霜即红,诗文中常用以渲染秋色。

④秋河:银河。

⑤高卧:高枕而卧,比喻隐居,亦指隐居不仕的人。

【译文】

到处都是车马奔走的纷杂景象,我真羡慕你找到这样一个幽静偏僻的住处。这里满山都是殷红的柿叶,听到的是四面萧萧的清风。

看着镜中老去的容颜,越发感慨勋业无成。真想让明月和银河与我们做伴，和你一起高枕而卧，隐居在这个山间。

南乡子　秋莫村居①

红叶满寒溪②，一路空山万木齐③。试上小楼极目望，高低，一片烟笼十里陂④。

吠犬杂鸣鸡，灯火荧荧归路迷⑤。乍逐横山时近远，东西，家在寒林独掩扉⑥。

【注释】

①莫：即暮。秋暮，即暮秋，深秋。

②寒溪：寒冷的溪流。

③万木齐：万木齐秋，万木齐响。

④陂（bēi）：山坡。

⑤荧荧：微弱闪烁的光，这里形容前途山村灯光闪烁的样子。

⑥寒林：寒冷的树林。扉：门扇。

【译文】

冰冷的溪流上飘满红叶，这一路空山小径上树木齐齐伫立。登上小楼极目远眺，高高低低的地势，蒙蒙的烟雾笼罩着十里山坡。

犬吠和鸡鸣的声音混杂，灯光闪烁，骑马归来却迷失了方向。顺着山势而去，离村庄时近时远，分不清东西，家在寒冷的树林中独自掩着门扉。

雨中花

楼上疏烟楼下路①，正招余、绿杨深处。奈卷地西风②，惊回残梦，几点打窗雨。

夜深雁掠东檐去③。赤憎是、断魂砧杵④。算酎酒忘忧，梦阑酒醒⑤，愁思知何许⑥！

【注释】

①疏烟：指香火冷落。

②奈：无奈。西风：寒风。

③雁掠：雁飞过，指秋深南飞。

④赤憎是、断魂砧杵：最令人厌恶的是那使人断魂的捣衣之声。

⑤梦阑：即梦残、梦醒。

⑥何许：多少。

【译文】

楼上的烛火将要燃尽，下楼走在小路上，绿杨在远处摆着枝条，仿佛在召唤我。无奈一阵寒风刮起，使我从凌乱不整的梦中醒来，听到窗外淅淅沥沥的秋雨声。

深夜里，受惊的大雁沿着东檐飞去。令人最生憎的是那使人断魂的捣衣声。想要借酒浇愁，在从醉酒中醒来以后，愁思还会剩多少呢？

满江红　为曹子清题其先人所构楝亭①，亭在金陵署中②

籍甚平阳③，羡奕叶、流传芳誉④。君不见、山龙补衮⑤，昔日兰署⑥。饮罢石头城下水⑦，移来燕子矶边树⑧。倩一茎黄楝作三槐⑨，趋庭处。

延夕月，承晨露。看手泽⑩，深余慕。更凤毛才思⑪，登高能赋。入梦凭将图绘写，留题合遣纱笼护⑫。正绿阴青子盼乌衣⑬，来非暮。

【注释】

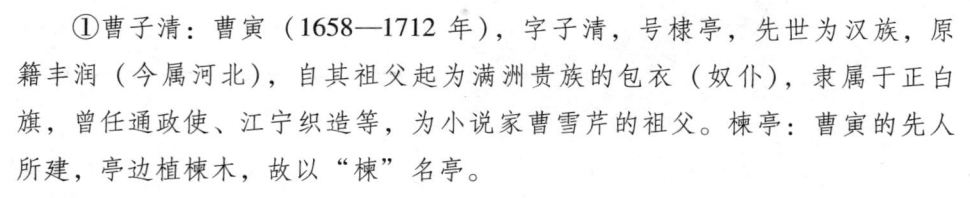

①曹子清：曹寅（1658—1712年），字子清，号楝亭，先世为汉族，原籍丰润（今属河北），自其祖父起为满洲贵族的包衣（奴仆），隶属于正白旗，曾任通政使、江宁织造等，为小说家曹雪芹的祖父。楝亭：曹寅的先人所建，亭边植楝木，故以"楝"名亭。

②金陵：古邑名，今南京市的别称。

③平阳：地名，在今山西省境内，相传古帝尧时为都。此处代指金陵。因金陵亦为古帝王之都。

④奕叶：累世，代代。

⑤山龙补衮：古人衮服和族旗上的山形、龙形的图案。

⑥兰署：即兰台，指秘书省。

⑦石头城：古城名，又名石首城，故址在今江苏南京市清凉山，原临江，建自东吴孙权时。与秦淮水循城会合，故后即以之指代南京。

⑧燕子矶：在南京东郊，屹立于长江边，三面悬绝，宛如燕飞，故名。

⑨黄楝：落叶乔木，树高丈余，叶如槐而尖，三四月开花，红紫色，芬芳满庭，其实如小铃，熟而黄，树皮可以入药，偶祛湿热的作用，也叫苦树。三槐：相传周代于官廷外植三株槐树，三公朝见天子时面三槐而立，后世遂以三槐喻三公一类的高官。

⑩手泽：本指手汗，后代指先人、前辈的遗物或遗墨。

⑪凤毛：形容子孙后辈能继承父辈遗风。这里代指曹寅等人承继了祖上的遗风遗业，都有着超人的才华。

⑫合遣：应当使。纱笼：谓以纱蒙覆贵人、名士壁上题咏的手迹表示崇敬。

⑬青子：指梅实，泛指未黄熟的果实。乌衣：指燕子。

【译文】

令人羡慕的高贵家世，世代以来都有美好的名声。你的祖先曾经在朝廷担任要职，你的父亲后来被派往江宁，才饮罢石头城下的江水，便将燕子矶边的树木移到庭院中来，祖先在庭院中栽种了一株黄楝，使你家的子孙都会位至三公。

时光匆匆，祖先的遗墨让人羡慕不已，你也像先人一样才华出众。是先人在梦中对你有所嘱托吗？你绘制出这幅图画，而我们这些朋友对这幅画的题咏，也会受到崇敬而流传下去吧。江宁的百姓盼望着你的治理，就如同青色的梅子盼着燕子归来，你去做官可谓是正合时宜。

浣溪沙　郊游联句

出郭寻春春已阑（陈维崧），东风吹面不成寒（秦松龄[①]）。青村几曲到西山（严绳孙）。

并马未须愁路远（姜宸英），看花且莫放杯闲（朱彝尊[②]）。人生别易会常难（纳兰成德）。

【注释】

[①]秦松龄（1637—1714年）：字汉石，又字次椒，号留仙，又号对岩，江苏无锡人，顺治十二年（1655）进士，康熙十八年（1679）举"博学鸿儒"科一等，有《苍岘山人集》《微云词》等。

[②]朱彝尊（1629—1709年）：字锡鬯，号竹垞，秀水（今浙江嘉兴市）人，清代诗人、词人、学

者、藏书家，康熙十八年（1679）举博学鸿词科，授翰林院检讨之职，入值南书房，博通经史，诗与王士祯称南北两大宗。作词风格清丽，为浙西词派巨擘，与陈维崧并称朱陈。精于金石文史，也是清初著名藏书家之一。

【译文】

到城外去寻找春天，春天已经要过去了，春风吹面，暖暖的没有寒意。春色青翠，转过几个村落，就来到了西山脚下。

结伴策马前行，不会因前路遥远而感到寂寞，尽情赏花，酒杯一定要斟满。人生从来就是离别容易而相聚难。

参考文献

[1]（清）纳兰性德；张草纫笺注. 纳兰词笺注（修订本）[M]. 上海：上海古籍出版社，2007.

[2]（清）纳兰性德著；张草纫导读. 纳兰词集 [M]. 上海：上海古籍出版社，2009.

[3] 严迪昌选注；马大勇整理. 纳兰词选 [M]. 北京：中华书局，2011.

[4]（清）纳兰性德著；聂小晴，王鹏，王青主编. 一生最爱纳兰词大全集 [M]. 北京：中国华侨出版社，2010.

[5]（清）纳兰容若著；李勋笺注. 纳兰词笺 [M]. 北京：中国华侨出版社，2011.

[6]（清）纳兰性德著；苏缨，毛晓雯注译. 纳兰词全译 [M]. 长沙：湖南文艺出版社，2014.

[7]（清）纳兰性德著；子艮注解. 纳兰词 [M]. 沈阳：万卷出版公司，2012.